김재준 평전

김재준 평전

성육신 신앙과 대승 기독교

2001년 9월 1일 초판 1쇄 펴냄
2014년 9월 25일 개정판 1쇄 펴냄

펴낸곳 (주)도서출판 **삼인**

글쓴이 김경재
펴낸이 신길순
부사장 홍승권
편집 김종진 김하얀
미술제작 강미혜
마케팅 한광영
총무 정상희

등록 1996.9.16 제 10-1338호
주소 120-828 서울시 서대문구 연희동 220-55 북산빌딩 1층
            (서울시 서대문구 성산로 312)
전화 (02) 322-1845
팩스 (02) 322-1846
전자우편 saminbooks@naver.com

제판 문형사
인쇄 영프린팅
제책 성문제책

ⓒ 김경재, 2001

ISBN 978-89-6436-085-9 03810

값 18,000원

김재준 평전

성육신 신앙과 대승 기독교

김경재 지음

삼인

長老 金在俊목사 胸像
(1901. 9. 26 ~ 1987. 1. 27)

한신대학교 신학대학원 본관 벽면에 부착되어 있는
김재준의 청동 부조상.

위 사진은 아오야마 신학원 동창 기념(1934).
뒷줄 왼쪽 첫번째 김재준, 앞줄 오른쪽 두번째 송창근.
아래 사진은 송창근 목사(오른쪽 끝)와 함께.

함태영 부통령 경동교회 내방 기념(1953).
앞줄 왼쪽에서 두번째 김재준 중앙 함태영.

위 사진은 1950년대의 김재준.
아래 사진은 한국신학대학 학위 수여식에서의 김재준.

한국기독교장로회 제 68회 총회 기념(1983, 경동교회).

위 사진은 민주주의 국민연합 북미 지부 대표자 대회(1979).
앞줄 왼쪽에서 세번째가 김재준.
아래 사진은 캐나다에서 앞줄 왼쪽부터 이상철, 김재준, 함석헌.

위 사진은 북미주 민주화 강연회에서(오른쪽부터 김재준, 함석헌, 이상철).
아래 사진은 북미주에서 신학공개 강연(1981).

위 사진은 캐나다에서 귀국한 김재준 목사 환영회에서 강연(1983).
아래 사진은 1980년대 재야 시절. 오른쪽부터 안병무, 김재준, 김대중, 고은.

1970년대, 민주화 운동시절 재야 인사들과 함께.
오른쪽부터 이병린, 함석헌, 김재준, 장준하, 계훈제.

위 사진은 김재준 내외(1984).
아래 사진은 국토를 순례하였던 말년의 김재준.

愛者無歡

根深而枝茂
本立而道生

自由·正義·
秩序

主是真理
真理賜爾自由

1973년 11월 5일 서울 종로 YMCA에서 시국간담회를 하고 있는 재야인사들.
가운데 태극기 아래 서 있는 이가 김재준 목사.
왼쪽에 서 있는 이가 함석헌, 바로 옆 왼쪽 줄에 안경 쓰고 앉은 이가 지학순 주교,
그 옆이 이호철 소설가. 오른쪽 아래부터 김지하, 계훈제, 법정스님, 천관우.

한신대학교 신학대학원(서울 수유동) 본관 건물과 학훈 기념탑.
장공의 필체로 '학문과 경건'이라고 새겨져 있다.

들꽃을 응시하며
자연을 사랑했던
김재준.

개정판에 부처

장공 김재준 탄생 100주년을 기념하면서 펴냈던 『김재준 평전』이 출판된 지 10년이 더 지났다. 첫째 판이 절판된 후, 그 책을 찾는 독자의 문의가 여러 번 있었으나 저자로서 재판의 용기를 내지 못하였다. 왜냐하면 (사)장공기념사업회가 머지않아 『장공 김재준의 삶과 신학』이라는 이름으로 본격적인 장공의 생애와 사상을 소개할 책이 간행하리라 기대하기 때문이었다. 그러나, 장공의 삶과 사상을 간추려 핵심을 알려주는 읽기 편한 책도 여전히 필요하다는 주위 사람들의 격려와 독자들의 요구가 계속되어 둘째 판을 내기로 작정하였다. 개정판에는 부록으로 '장공과 신천옹의 비교연구' 논문과 역사적 '편지', 그리고 중요한 사진 자료를 추가하였고 본문에서도 편집상 변화를 주게 되었다.

한국의 개신교가 위기라고 시민들이 염려하는 요즘, '대승적 기독교의 선구자' 장공 김재준의 사상과 삶을 담은 『김재준 평전』은 한국 사회와 교계에서 좀 더 읽힐 가치가 있다고 확신한다. 이 둘째 판이 그 필요성에 다소나마 응답되기를 기대한다. 둘째 판이 나올 수 있기까지 마음 써주신 삼인출판사 홍승권 사장과 김종진 편집장에게 깊은 감사를 드린다.

2014년 9월 중추절

김경재

머리말

이 땅에 그리스도의 복음이 전래된 지 어언 200여 년이 지났다. 1885년 개신교의 공식적 전래 이후만으로 따져도 120년이된다. 19세기 이후의 한국 현대사는, 싫든 좋든 세계적 보편 종교인 그리스도교가 한국 역사에 미친 영향을 고려하지 않고서는 역사 서술 자체가 불가능하다. 2001년은 한국 개신교의 두 거목 장공(長空) 김재준(金在俊)과 신천(信天) 함석헌(咸錫憲)의 탄생 100주년이 되는 해이기도 하다. 이 책은 김재준이라는 한 인간에 대한 평전이지만, 긴 안목으로 말한다면 한국 정신 문화사 속에서 그리스도교가 역사 의식과 사회 변혁의 동력으로서 어떠한 영향을 주었는가를 아울러 이야기하는 책이기도 하다.

나는 이 작은 책에서 김재준 목사의 일생을 통시적으로 조명해 보면서, 그가 한국 개신교사(改新教史) 및 사회사 속에서 갖는 의미를 독자들과 함께 음미해 보고자 했다. 신라에 불교가 공식 전래된 지 200여 년이 지나 원효 대사와 의상 대사를 낳았고, 조선 왕조가 유교를 국가 이념으로 삼아 건국한 지 200년쯤 되자 퇴계 이황과 율곡 이이를 낳았다. 그와 비슷하게 그리스도교는 한국 땅에 전래된 지 200여 년 만에 김재준과 함석헌을 낳았다. 이 점에 관해서는 세월이 훨씬 더 지나간 뒤에라야 두 인물의 역사적 중요성이 확연하게 보이겠지만, 앞당겨 그렇게 판단하는 필자의 소신을 굳이 감추려 하지 않겠다.

그러나 이러한 필자의 판단은 결코 터무니없는 주관적 독단이지만은 않다. 김재준과 함석헌이 각각 남긴 문헌 전집 20여 권이 그 사실을 말해 주고 있다. 오늘날 한국 사회에서 활동하는 진보적인 기독교 지성인들 가운데 적잖은 사람들이 그 두 분 선각자의 사상적 영향을 받고서 정계·학계·교계·언론계·문화 예술계에서 일하고 있다. 필자는 감히 그 두 분을, 그보다 앞선 소승적인 전통 기독교에 대하여 한국 '대승적 기독교'의 창시자들이라고 부르고자 한다.

이 책은 『김재준 평전』이라 제목을 달았지만 본격적인 전기 문학으로서의 격을 충분히 갖춘 책은 못 된다. 이 책의 일차적 목적은, 장공 김재준을 부분적으로 알고 있거나, 다소 관심을 갖고 있는 독자들에게 "김재준은 누구이며, 무슨 일을 하면서 일생을 살았는가?"를 총체적 시각에서 간추려 보여주기 위해 집필되었다. 자세한 일들, 곧 교회사나 기장 교단사나 한신대학교의 역사를 다시 반복 서술하려는 것은 아니다. 역사적 사건들의 잔가지들을 쳐 내고 김재준이라는 거목의 몸통 줄기를 보려고 했다. 그러므로 김재준의 본격적 신학 사상이나 종교 사상을 살펴보고자 하는 사람들은 교회사 및 연구 논문집 등 전문 서적을 더 참고해야 할 것이다.

이 책을 저술하는 데에는, 장공 선생 자신이 말년에 집필하신 자서전 『범용기』를 기본 자료로 삼고, 20권 분량의 전집과 선생에 관한 연구 논문 및 에세이, 그리고 가족이나 후학들과의 인

터뷰 내용을 자료로 활용하였다. 그분의 아호처럼 구만리 창공과 같이 높고 맑고 깊은 장공 선생의 인격과 영성과 사상을 젊은 제자가 드러내 보겠다는 것은 무모한 짓이다. 본의 아니게 큰 결례를 범하는 일이 아닐까 두려워하면서도, 새로 뒤따라오는 젊은 세대들이 장공 선생의 뜻과 '성육신적(成肉身的) 영성'을 창조적으로 계승·발전시켜 가도록, 징검다리 구실이라도 해야 한다는 책임감에서 만용을 부렸다. 그러므로 이 책의 내용 중에서 잘못된 해석이나 판단은 전적으로 필자의 책임이다.

20세기 후반 40년 동안 한국 사회의 격동기에 양적으로 크게 신장한 한국 개신교는, 한국 사회로부터 차가운 비판 속에 '자기 개혁'의 요청을 받고 있으며, 21세기를 맞아 새로운 전환기에 직면해 있다. 이 책이 조명하는 장공 김재준 목사의 기독교 복음에 대한 이해가 한국 개신교를 정화시켜 질적으로 성숙해 가게 하는 데 도움이 되기를 기대한다.

이 책은 도서출판 삼인의 문부식, 홍승권, 이홍용 선생들이 어느 날 수유리 나의 연구실까지 찾아와 『김재준 평전』의 집필을 강권한 데서 시작되었다. 세 분 선생님들과 도서출판 삼인의 편집부 직원들께 감사를 드린다.

2001년 7월 김경재

경흥 산골 마을에서 자란 늦깎이 청년

1901~1920

함북 산골 마을에서 서당 훈장을 하는 부친에게서 한학
을 배우며 성장기를 보낸 김재준은, 3·1 운동 이듬해
송창근의 권유로 서울 유학길에 오른다.

자연 환경, 가족 혈통, 시대 상황

장공 김재준 목사(1901~1987)는 조선 왕조가 이미 기울어 일본의 조선 합방이라는 식민 지배 야욕이 차근차근 진행되던 1901년 9월 26일, 함경북도 경흥군 상하면 오봉동 일명 '창꼴' 마을이라고 부르는 두만강가 산골 마을에서 김호병 씨와 채성녀 씨를 부모로 하여 이 세상에 태어났다. 김재준은 그의 자서전이랄 수 있는 『범용기』 첫 권 「머리말」에서 이렇게 자신의 일생을 회고한다.

내가 받은 기초 교육이란 국민학교 4년, 간이농업학교 2년 합쳐 6년밖에 없다. 그리고 내 고향이란, 두만강 국경 지대 유폐된 산촌이었고 한 가난한 농부의 아들이다. 그런데 어찌하여 서울, 일본 그리고 태평양 건너 여기까지 와서 80 평생의 마감고비를 '나라와 정의'에 '분향' 한다는 엄청난 생각을 할 수 있을까? 바울이 고백한 것과 같이 "내가 나 된 것은 하나님의 은혜이다."[1]

---

1. 장공 김재준 목사 기념사업회 편, 『김재준전집』 제13권, 「범용기」 (1) (한신대학교 출판부, 1992), 2쪽. (이하 『김재준전집』은 『전집』이라고 표기한다.)

김재준이 스스로 표현한 대로 그가 태어난 곳은 "두만강 국경 지대 유폐된 산촌"이었는데, 마을 이름은 '창꼴'이라고 부르는 동네였다. 지금은 '아오지 탄광'으로 유명한 지역으로, 행정적으로는 경흥군에 속하기 때문에 김재준은 그의 학형 만우 송창근과 더불어 스스로 '경흥 사람'이라고 하였다.[2] 김재준이 탄생하여 20세가 될 때까지 그의 몸과 마음, 곧 살과 뼈와 심성이 형성되던 성장기엔 아직 탄광이 개발되기 전이라서 산세 좋고 물 맑고 사람 인심 좋은 산골 마을이었다. "인걸은 산천에서 난다"는 말이 있듯이, 굳이 풍수지리설을 따르지 않는다 해도, 사람이라는 생명이 지구 생명의 일부분임에 틀림없는 한, 지질·기후·풍토 등 자연 환경은 한 사람의 품격 형성에 큰 영향을 미친다고 볼 수 있다.

생각하건대 장년 이후 큰 산과 같은 김재준의 깊은 성품, 풍부한 문학적 감성과 풍류도심, 서두르지 않고 지조가 흔들리지 않는 지성일관(至誠一貫)의 마음, 푸른 하늘같이 맑고 깊은 산 속 나무처럼 소박하고도 탈속적인 도인 같은 품성 등이, 그가 자란 자연 환경의 영향이라고만 말할 수는 없다 할지라도 자연 환경

---

2. 같은 책, 260쪽.

의 영향이 크다고는 할 것이다.

　그가 "두만강 국경 지대 유폐된 산촌"이라고 자신의 고향을 소개한 것은, 교통이 불편하고 문물의 소통이 뜸해서 당시 큰 도시들이나 수도 서울과 비교해서 한 말이지, 결코 산세에 갇혀 답답하다거나 세 끼 밥을 먹지 못할 만큼 가난한 산골 마을이라는 의미는 아니다. '창꼴'이라는 마을 이름은 조선 시대에 군량미 비축 창고가 있던 마을이라는 뜻이다. 경흥은 세종조에 김종서 장군의 여진 토벌과 더불어 두만강 유역에 개척한, 백두산 밑까지 걸친 육진(六鎭: 경원, 경흥, 온성, 종성, 회령, 무산) 중 하나이고, 경원(慶源)이라는 도시 이름 자체가 "경사가 날 근원의 고장"이라는 의미인 것처럼, 이성계와 그의 조부, 증조부 들이 살던 지역, 곧 큰 인물이 날 지세와 풍수를 갖추고 있던 지역이다. 김재준은 그런 자연 환경 속에서 태어나고 자랐다.

　김재준의 혈통을 살펴보면, 친가 계통으로는 증조부 함자가 김덕영 씨, 조부는 김동욱 씨, 아버지의 이름은 김호병 씨였다. 말하자면 그의 선대 조상들은 두만강가 넓은 고산 지대 분지를 개간하여 삶의 터를 일구어 온 매우 개척적이고 진취적이며 실용적 사고를 하신 분들로, 정신과 신체가 건강한 사람들이었다. 김재준의 종가를 세운 증조부 때에는 산지를 3만 평쯤 개간하여 '대농' 소리를 들었고, 아버지 호병 씨 대에 이르러서도 "집터 주위에 자연스레 펼쳐진 터밭이 만 평쯤 한 필로 되어 있는"[3] 전답을 소유하고 있어서, 산골 마을에서는 남부럽지 않은 중농 정도의 농업을 주업으로 하는 가정에서 자라난 셈이다.

김재준의 모계는 경원의 실학파 거두 채향곡의 후손인 채동순 씨의 셋째따님 채성녀 씨로서 정말 인자하신 분이었다고 그는 회상한다. "제사나 환갑 같은 집안 큰일 치를 때, 집안 어른으로서 수십 명 젊은 아낙네들을 각기 책임 주어 일 시키고 보살피시는 온유하면서도 위신 어린 어머니 모습에는 내 어린 마음으로서도 감탄하지 않을 수 없었다"고 그는 어머니를 회상한다. 김재준이 어릴 때 형수가 작고 예쁜 놋주발에 밥을 담아 주곤 했는데, 그럴 때마다 그의 모친은 "큰 그릇에 담아 줘라. 그래야 사람도 큰 구실을 한다"라고 말씀하셨다고 한다.[4] 모친은 둘째아들이 어릴 때부터 큰 인물이 되기를 기원했고, 온유와 인자로써 교육하였는데, 김재준은 외가를 통해 전해 오는 실학 정신을 삶을 통해 교육받았다. 이러한 김재준의 정신적 혈통은, 후일 그의 기독교 해석과 신앙적 영성에서 일체의 허례허식이나 전통의 명분보다는 실천적 '생활 신앙'으로 꽃피어나는 정신적 토양 역할을

---

3. 같은 책, 5쪽.
4. 같은 책, 11쪽.

했다고 볼 수 있다.

김재준은, 1919년 3·1 만세 사건 이후 그의 나이 20세에 고향을 떠나 서울로 올 때까지만 해도 시대 의식, 역사 의식, 민족 국가 의식은 매우 약했고, 함경북도 국경 지대 삶의 테두리 안에 갇혀 있었다. 한 가지 예를 들어 비교한다면, 같은 나이로서 후일 1970~80년대 민주화 운동에서 재야의 두 기둥으로 활동하게 되는 함석헌이 19세에 평양고보를 다니면서 3·1 독립 운동에 주체적 의식을 가지고 깊이 참여하고 있을 때, 김재준은 회령 군청 간접세과 고원으로서 말단 공무원 노릇을 하고 있었고, 독립 운동이 일어난 이듬해 초 회령 군청에서 웅기 금융조합으로 전직해 있었다.[5]

그러나 '대기만성'(大器晚成)이라고 했던가. 비록 희미하게나마 김재준의 마음속에도 서서히 민족 의식이 싹트고 있었고, 전통적 가족과 지리적 유폐성에서 벗어나려는 충동이 일어나고 있었다. 김재준이 함북 경흥 지방에서 청소년 시기를 보낼 때의 시대적 상황을 잠깐 살펴보자. 청일전쟁(1894~1895)과 러일전쟁(1904~1905)에서 승리한 일본 제국은, 강압적인 무력을 앞세워 본

---

5. 같은 책, 39~41쪽.

격적으로 조선 병탄의 식민 지배 계획을 착착 진행시켜 나아갔다. '한일의정서'(1904), '을사조약'(1905), '한일신협약'(정미 7조약, 1907)을 거쳐, 마침내 일본 육군대신 데라우치와 대한제국 총리대신 이완용 사이에 한일합방조약이 조인되니(1910), 조선 왕조는 건국 후 27대 519년 만에, 대한제국이 성립된 지 18년 만에 나라가 망하고 일제의 식민지가 되었다.

김재준의 청소년기, 특히 17~20세에 회령 군청과 웅기 금융조합의 말단 직원으로 나라 잃은 백성의 청년으로서 함북 소도시에서 월급쟁이 노릇을 하던 시절에, 회령이나 웅기는 평남북지역과도 그 사회 정신 풍토가 사뭇 달랐다. 경흥, 회령, 웅기 지방은 기독교 교세도 약했고 일경의 감시도 극심하여, 3·1 만세거사 계획에서도 탈락되어 있었으며, 3·1 만세 사건의 여진도 크게 미치지 못한 한반도 북녘 땅의 변두리였다.

그러나 다른 한편으로 김재준이 19~20세에 금융조합 직원으로 일하던 웅기는 간도나 시베리아로 망명하는 독립 애국 지사들이 통과하는 관문이기도 했다.[6] 독립 투사들이 장사꾼으로 변장하고 두만강을 건너는 일을 보거나, 독립 운동 하는 사람들이

---

6. 강원룡 증언 참조. 「장공 탄신 100주년 기념 원로 목사 초청 좌담회」, 『한국기독교장로회회보』 2001년 6월호, 17쪽.

몰래 가지고 온 상하이의 『독립신문』을 접하면서, 청년 김재준은 마음도 들뜨고 가냘프나마 민족 의식도 싹이 터 가기 시작하였다. 애국 지사들의 모습은 돋보이는 데 반해, 일인들 밑에서 일하는 자기 모습은 점점 초라하게 느껴지는 심정이었다. 김재준은 그 때를 이렇게 회상한다. "피가 피를 부른다는 말대로 내게도 가냘픈 민족 의식이 싹트기 시작했다. 그러나 그것은 진짜 '애숭이' 여서 사회적으로 있으나마나였다."[7]

유가 가풍, 서당 교육, 선비 기질

김재준의 품격 형성 요소 중 특히 정신적 삶의 기초에는 유교의 영향이 크게 작용하였다. 그의 부친 김호병 씨는 "글 하는 분"이었다. '글 하는 분' 이라는 말은, 유교의 선비 계급으로서 한문으로 씌어진 유교의 고전을 자유자재로 구사할 수 있는 지식인이라는 말이다. 비록 과거에 급제하여 벼슬하신 분은 아니었지만, 나라가 망해 가던 조선조 말기는 인재 등용문

---

7. 『전집』 제13권, 40쪽.

이랄 수 있는 과거 제도의 문란함이 극에 달하여 매관매직이 성행하던 때라. 일찍 낙향하여 도연명의 「귀거래사」를 읊으며 풍월을 벗삼아 한시를 짓고, 약초를 캐 한약방도 겸업하며 농사를 주업으로 하면서 자녀들을 양육하였다. 그러는 가운데서도, 마을 사람 중에서 '글 하신 분'이라 초학서당을 차려 동네 아이들을 모아 글을 가르치는 훈장의 역할도 감당하였다.[8]

김재준이 다섯 살 때부터 받았던 최초의 교육은 바로 아버님을 훈장으로 모신 서당 교육이었으며, 『천자문』, 『동몽선습』을 떼고 일고여덟 살 때부터 『대학』, 『중용』, 『논어』, 『맹자』 등 사서를 읽었는데, 『맹자』를 아홉 살 때 통독하고 부모님 앞에서 당판(唐板)으로 일곱 권씩 되어 있는 『논어』와 『맹자』를 첫 권부터 마지막 권까지 암송하였다. 나이 열 살 이전에 동양 고전 사서를 눈 감고 암송했다고 해서 그 깊은 뜻을 다 헤아렸다고 말할 수는 없겠지만, 김재준이 열 살 전에 통독한 동양의 고전과 한문 실력은 그의 전생애 동안 커다란 영향을 끼치게 된다.

김재준의 동양 사상 학습에는 유교 경전만이 아니라 『노자』, 『장자』 등 도가 사상과 『화엄경』 등 불교 사상도 물론 포함되어

---

8. 같은 책, 17쪽.

있었지만, 압도적으로는 유교 경전으로부터 영향을 받았다. 맹자의 왕도 정치가 지향하는 것은 위민민본(爲民民本) 사상으로서, 통치자의 최대 덕목은 인의(仁義)로 나라의 본을 삼아야 한다는 것이다. 통치자가 인의로써 나라를 다스리지 않을 때는 천명(天命)을 저버린 것이므로 그런 통치자는 마땅히 제거되어야 한다고 가르치는 맹자의 사상은, 후일 김재준이 전공한 예언자 사상이나 민주주의 정치 사상과 지평의 융합을 이루면서 그의 생애에 큰 영향을 미치게 된다.

김재준은, 20세기 전기에 출현한 한국 기독교 사상가들 중에서, 한문 문자에 담겨 전승된 동양 사상의 정신 세계에 자유자재 통달하고 동시에 서구의 철학·종교·신학 사상을 공부하여, 동서 정신 세계를 한 몸 안에서 대화시키고 통전시킬 수 있었던 몇 명 안 되는 지성인 중의 한 분이었다. 탁사(濯斯) 최병헌(崔炳憲), 다석(多夕) 유명모(柳永模), 신천 함석헌, 장공 김재준이 바로 그런 사람들이었다. 이 분들은 기독교 신앙과 신학을 받아들이되, 동양 사람으로서 그리고 한국인으로서 주체적이며 생명적인 복음 해석을 시도할 수 있었다. 진리가 예수 그리스도 안에서 최고지순의 형태로 육화(肉化)되었음을 고백하지만, 결코 동양 종교 사상을 배척하거나 이교 사상이라고 단죄하지 않았다. 그러나 이 분들 다음 세대의 기독교 사상가들은 일본·독일·영국·미국 등에 유학하고 돌아온 세대들로서 동양 사상과의 단절을 경험한다. 그들은 이미 서양 철학과 신학의 눈으로 동양 종교 사상을 보기 때문에, 최병헌·유영모·함석헌·김재준처럼 동양 사상을 그 깊이에서 이해하지 못한다.

김재준이 동양 고전 공부를 통해서 지식의 측면에서 동양 사상에 정통하였다는 사실 못지 않게, 유가적 전통은 또 다른 두 가지 점에서 평생 그에게 영향을 끼쳤다. 그 하나는 자기가 진리라고 생각하는 주장에 대하여 지조를 굽히지 않는 꼬장꼬장한 선비 기질이다. 1930~50년대의 신학 논쟁과 교권주의자들과 투쟁, 선교사들의 신학적 우월감과 회유에 끝까지 쉬 타협하거나 굴복하지 않고 소신 있게 정진할 수 있었던 일 등은 유가적 가풍에서 습득된 선비 기질이라 해도 무방할 것이다.

또 다른 하나는 그의 풍류도적 기질이다. 후일 캐나다에서 80세 고령에 조국의 민주주의를 위한 정치적 투쟁에 혼신의 힘을 기울이면서도, 김재준은 북미주 대자연의 풍류를 향유할 수 있는 마음을 가지고 있었다. 잠 안 오는 밤엔 중국 선사(禪師)들의 한시를 읽거나 스스로 직접 한시를 지으면서, 대자연 우주와 혼연일체가 되는 삶을 살았다. 다시 말하면 그의 종교적 영성은 서구 신학이 빠져든 역사 범주 일변도로 치우치지 않고, 역사를 통한 구원을 기본 골자로 하되 우주 대자연이 함께 창조와 구원 사역에 동참하는 '전 우주적 사랑의 공동체'를 비전으로 제시할 수 있었던 것이다.

김재준은 제자들과 친구들의 요청이 있을 때, 붓글씨 일필 휘호를 선물로 주곤 했는데, 그가 필사하는 내용은 거의가 모두 한문 성경 구절이 아니면『논어』,『맹자』,『대학』,『중용』등에서 택한 구절이었다. 이것만 보아도 그의 마음에 박힌 유가적 정신 세계의 영향이 지대하였음을 알 수 있다.

김재준의 성장 배경으로서 유가적 가풍을 언급하면서 한 가지 빼놓을 수 없는 것은 그의 결혼 이야기이다. 김재준은 그 당시 사람들이 대개 그러했듯이 본인의 의사와 상관없이 양가 어른들끼리 합의하여 싱사된 결혼을 하게 된다. 회령 군청 간접세과에서 고원으로 근무한 지 3년 째 되던 18세 때로, 웅기 금융조합으로 직장을 옮기기 직전이었다. 창꼴 마을에서 15리쯤 떨어진 회암동 장석연 씨의 맏딸 장분여 처녀와 중매 결혼을 하게 되었다. 본래 장씨 성받이는 조선 중엽 중국 산동성에서 한반도로 이민하여 충북 아산에 자리를 잡고 후손을 열어 온 집안이다. 중국의 대륙적 기질을 받아, 김재준의 부인 장분여 여사는 그 성격이 대륙적이고, 감정을 잘 드러내지 않으며, 아무리 어려워도 인내하면서 아내로서 또 어머니로서 성실함을 다하는 여인이었다.

김재준은 장분여와 결혼하여 험한 인생 여정 80여 세를 함께 해로하고 인생의 험한 여정을 서로 의지하면서 살았는데, 부인의 헌신적인 내조 없이 김재준이 존재할 수 있었을까를 되물어본다. 김재준은 장분여와 80여생을 함께 해로하면서 3남 3녀의 자녀를 얻었다. 아들 3형제의 이름은 은용, 경용, 관용이요, 딸 셋의 이름은 정자, 신자, 혜원이다. 자부로서 행강, 효순, 정희를 얻었고, 사위로서 이상철, 신영희, 장인철을 얻었으며, 친손 외손으로 많은 후손을 얻은 복 받은 사람이다. 모두 캐나다, 일본, 한국에서 아름답고 보람 있는 삶을 살아가고 있다. 유가적 대가족주의의 장점을 한껏 누리되, 대가족주의의 단점은 그리스도교의 신앙심과 높은 윤리 의식으로 보완하고 초극한 최선의 아름다운 일가를 이룬 가정이라고 말할 수 있겠다.

3·1 만세 사건 이후, 탈향

김재준의 인간 형성과 삶의 과정을 뒤돌아보면 마치 백두대간 산 속에서 서서히 자라나 하늘로 치솟는 거목을 연상케 한다. 남방의 나무처럼 죽죽 빨리빨리 자라지는 않으나, 북방 추운 지방의 나무들처럼 치밀한 나이테를 그려 가며 끊임없이 쉬지 않고 자라나는 거목의 성장 과정을 닮았다. 마을 한복판 커다란 상수리나무 한 그루도, 작은 도토리 씨앗이 싹트고 자라서 거목이 된 이치와 같다고나 할까. 도무지 변화가 없을 듯한 청년 김재준의 삶에도 결정적인 전환기가 다가왔다.

그 전환의 결정적 촉매자는 평생 신앙의 형제 같은 관계요 신학적 동지요 학형이자 인도자인 만우(萬雨) 송창근(宋昌根)이었다. 만우 없는 장공을 생각할 수 없고, 장공 없는 만우를 생각할 수 없다. 송창근은 함북 경흥군 웅기면 웅산동에서 태어나 일찍부터 기독교에 입문하고 민족애에 일찍 눈 뜬 선각자요 인텔리 청년이었다. 때가 되자 하나님의 경륜의 손길은, 두만강가 산촌에서 자란 청년 김재준을 끌어내고 학업 연단을 쌓는 모든 길의 안내를 위하여 당신의 사랑하는 젊은 종 송창근을 통하여 섭리해 가셨다.

때는 3·1 만세 사건이 일어난 이듬해 1920년 12월 경으로, 서울 남대문교회에서 일하던 송창근 전도사가 독립 운동 혐의로 징역 6개월 감옥 생활을 치른 후 함북 웅기항에서 멀지 않은 그의 고향 웅산에 근친차 내려와 있었다. 창꼴 마을 산촌과 달리, 송창근의 고향 웅산은 일찍이 기독교회가 들어왔고, 송창근은 13세 때 집을 나와 간도로 탈출하여 짧은 기간 동안이지만 간도 명동중학과 소영자 광서중학교에서 공부하였다.(1913~1914)

소년 송창근은 간도에서 성재(誠齋) 이동휘(李東輝) 선생의 애

제자가 되었다. 이동휘 선생은, 북간도 독립군 군관학교가 운영난에 부딪히자 문을 닫고 독립 운동의 내일을 꿈꾸며 시베리아로 떠나면서, 함께 따라나서려는 젊은 청년 송창근에게 "너는 본국에 돌아가 신학을 공부하고 목사가 되라"는 엄명을 내렸다.

독립 투사의 길을 포기한 청년 송창근은 다재다능하고 감성과 지성을 겸비한 속 깊은 인재였다. 그 뒤 송창근은 서울에 일찍 진출하여 피어선성경학교를 졸업하고 남대문교회 전도사가 되어 일하다가 그 무렵 고향에 내려와 두 살 아래 청년 김재준을 만나는 것이다.[9]

송창근은 김재준을 만나 이렇게 결단을 촉구하였다. "지금 3·1 운동 이후 우리 민족은 되살아났습니다. 이제부터 새 시대가 옵니다. 김 선생 같은 청년을 요구합니다. 웅기 구석에서 금융조합 서기나 하면 무엇합니까? 하루속히 단행하십시오……" 송창근의 말은 진실하고 정다웠으며, 젊은이답지 않게 성숙해 있었다. 김재준은 그때 자신도 모르게 그 어떤 손길에 이끌리는 것을 느꼈다.

---

9. 송창근과 김재준의 만남과 그 끊을 수 없는 인간 관계에 관하여는 다음 글을 참조. 김재준, 「잊을 수 없는 만우」, 「만우 회상기」, 「만우의 인격」, 『만우 송창근 전집』 제2권 (만우기념사업회 간, 2000), 『김재준전집』 제13권, 42~43쪽, 273쪽, 277쪽.

김재준은 웅기에서 배를 타고 만주·간도·시베리아로 망명하는 독립 투사들을 늘 인상 깊게 보아 온 터라, 무작정 "고향 친척 아비집을 떠나" 어디로 가야 할지는 모르지만 고향을 떠나야 한다는 부름을 마음속으로 감지하면서 웅기 금융조합에 사직서를 냈다. 신혼의 단꿈 생활을 해야 할 새색시 아내를 창꼴 마을 고향집에 시집살이하도록 남겨 둔 채로, 서울을 향해 웅기항에서 배를 탔다. 청년 김재준은 자기도 모르는 "어떤 '힘'에 몰려 서울의 백부님을 찾아갔다"고, 80세가 되어 그 당시를 술회한다.[10] 태어난 후 처음으로 주체적으로, 그러나 자기도 모르는 섭리의 손길 안에서 고향을 떠나는 출향이었다.

---

10. 『전집』 제16권, 304쪽.

성 프랜시스와 예수의 심장에
귀 기울이고

1920~1932

기독교로 개종한 김재준은 톨스토이와 성 프랜시스를 사숙
하며 아오야마와 프린스턴에서 신(新)신학과 근본주의 신학
을 두루 섭렵하고 웨스턴에서 구약학과 조직신학을 공부한다.

기독교로의 개종과 서울 고학 3년

3·1 운동이 있은 다음 해인 1920년 청년 김재준은 서울에 있었다. 지금부터 80여 년 전 김재준이 마주했던 서울, 4대문 안에 국한된 인구 15만의 작은 도시였던 당시 서울의 풍경은 오늘날과는 사뭇 달랐다.

집들은 모두 납작하게 땅에 붙은 기와집인데, 굴뚝은 없고 벽 밑 구멍에서 모락모락 연기가 나와 보드라운 안개같이 퍼진다.…… 왕십리는 미나리밭이었고, 동대문 밖은 주로 초가집 시골 동네였고, 혜화동은 앵두밭이고, 신당동은 논밭이었다. 남대문 밖에는 작은 늪이 고이고 서울역까지에 초가집들이 다닥다닥 땅에 붙어 있었다. 세브란스병원이 유난스레 서양식이었고, 종로 기독교청년회관이 유일한 우리 모임터였다. 그리고 용산 일대는 일본 군대 주둔지여서 철저히 '외촌'이다.…… 그때의 서울은 상수도 시설도, 하수도 시설도 되어 있지 않았기 때문에 용감할 정도로 위생이 무시되어 있었다. 이질, 장질부사 등속이 제 세상이라 뽐내는 판이었다.[1]

두만강 육진 넓은 벌판에서 활달하게 생활하던 청년 김재준은, 서울이 문명화된 매력적인 도시로 느껴지기보다는 답답하고 좀스러운 인간 군상들의 집합소같이 느껴졌다. 도산(島山) 안창호(安昌浩) 선생이 조선의 독립 운동은 자기 집 변소 청소와 부엌 청결 운동에서부터 시작되어야 한다고 왜 그토록 역설했는지 이해할 수 있다. 지금도 용산을 온통 미군 기지가 독점하여 균형 있는 도시 발전을 저해하고 있듯이, 1920년대에도 일본군 주둔지 '외촌'으로서 치외법권적 지역이었다니 민족 자존심을 잃어버린 백성이 아닌가 하여 서글픈 생각도 든다. 공중 위생 측면에서 평균 수준 이하의 당시 서울 시민들의 공공 의식 수준을 보면서, 조선을 식민 통치하려 온 것이 아니라 계몽하고 근대화시키기 위해 왔으며 그에 공헌했노라고 큰소리 치는 오늘날의 일본 당국과 우익 정치 지도자들의 오만의 원인을 본다.

김재준이 열 살 전후였을 당시, 북간도 명동학교에 공부하러 간다는 20대 청년을 따라 기독교계 학교에서 공부할 뻔했지만 아버지의 만류로 좌절되었던 일이 있었다.[2] 만약 소년 김재준이 명동학교를 갔더라면 기독교와 민족 독립 의식에 일찍 눈뜰 수

---

1. 『전집』제13권, 45~46쪽.
2. 같은 책, 41쪽.

있었을 것이고, 그의 생애가 어떻게 전개되었을는지는 아무도 모른다. 그러나 여하튼 김재준의 생애를 인도하는 섭리의 손길은, 출애굽한 이스라엘 백성을 최단거리를 통해 가나안 땅으로 직행시키지 않고 40년 광야 훈련이라는 우회로를 택한 것처럼, 어쩐 일인지 민족의 모세로 사용하기 위해 광야 40년의 시련의 길을 걷게 하셨다.

김재준은 고향의 고건원보통학교에서 신식 교육 제도에 따른 기초 교육을 받고, 회령 간이농업학교에서 13세부터 16세까지 교육을 받은 것이 서당 교육 이후 받은 정규 교육의 전부였다. 말하자면 20세 청년 김재준은 비정규 과정 수료생으로 속성 과정을 거친 월반생 학적부 기록 외에 별달리 내세울 만한 것이 없었다. 그런 점을 생각할수록 김재준이라는 인물은 '내기만성'의 형에 속한 인물임이 더욱 드러난다.

1920년 김재준이 늦깎이 공부를 하려고 서울에 왔을 때, 서울에는 그의 백부가 견지동에 한성도시주식회사를 차리고 출판 사업을 하고 계셨다. 늦공부하겠다고 단신으로 서울에 온 청년 김재준에게 백부는 피붙이로서 최선을 다했을 것이고 심리적으로 든든한 울타리가 되어 주었을 것이나, 이미 백부의 출판 사업은 두어 종류 내던 월간 잡지도 더 이상 지속하기 어려운 경영난에 부딪히고 있었다.

백부 댁 사랑방에서 몇 달을 지낸 청년 김재준은 그 집 형편 돌아가는 것을 알고는 이내 하숙을 하게 되었다. 웅기 금융조합을 퇴직할 때 모아 둔 저금 잔액으로 몇 달을 버틸 수는 있었으나, 김재준의 서울 하숙 생활은 시골 중농의 경재력으로는 버티기가 어려웠다. 내복도 외투도 없는 단벌 학생복으로 눈길 눈보라와 맞서며 아현고개를 넘나들어야 했고, 하숙집 밥값이 밀려 이부자리를 밥값 대신 주인에게 떼이고 추운 겨울 거리로 쫓겨나기도 했다.[3]

경제 형편도 형편이려니와 공부하는 데는 나이에 알맞은 때가 있는 법인데, 이미 장가 든 스물 넘은 성인으로서 어려움이 한두 가지가 아니었다. 정규 대학에 들어갈 자격을 얻기 위해서는 요즘 학제로 말하면 정규 중·고등학교 과정을 밟았어야 하는데, 함경북도 두만강가 회령에서 간이농업학교를 졸업한 학력으로는 어림이 없었다. 그러나 1920년대 당시는 청년 김재준처럼 적당한 때를 놓친 늦깎이 학생이나 결혼한 가장 학생들도 적지 않은 때라, 중동학교 속성 과정 고등과에 등록하여 얼마 동안 공부할 수 있었다.

---

3. 같은 책, 53~54쪽.

김재준의 서울 유학 3년 동안 신지식을 향한 그의 욕구를 충족시켜 주었던 통로는, 그러나 정규 학교 과정보다는 서울 중앙 YMCA였다. 당시 YMCA는 이상재, 윤치호, 신흥우 총무 등이 혼연일체가 되어 뜻있는 청년들과 시민들에게 민족 의식과 신지식을 제공하는 신선한 샘터 역할을 수행하고 있었다. 매주 '일요강좌'에 빠짐 없이 참석하고, 건물 안에 있는 잡지실에 무시로 드나들면서 『개조』, 『중앙공론』 등 잡지를 읽고, 특히 일본어로 된 문학 작품을 닥치는 대로 읽었다. 청년 김재준은 그 무렵 YMCA 영어전수과 3학년 과정에 약 1년간 다니면서 영어 실력도 닦았는데, 후일 감리교 신학계의 천재 신학자로서 아깝게 요절한 두 살 아래의 정경옥(1903~1945)도 김재준과 같은 영어전수과 학생이었다.

성 프랜시스의 청빈과 예수의 심장에 접하고

서울 유학 3년 동안은 청년 김재준의 정신 세계가 엄청난 변화를 겪은 격변기였다. 이 기간 동안 동향이랄 수 있는 함북 경흥읍교회의 장학생으로 서울에 유학 와 가깝게 지냈던 친구 김영구가 장질부사로 급서하는 경험을 한다. 그보다 조금 앞서서 일어난 뜻 깊고 중요한 사건은 승동예배당에서 열린 서울 시내 장로교회 연합사경회에서 김익두 목사의 설교에 감화 받고 성령의 사람으로 거듭난 '중생 체험'의 사건이었다. 이 무렵 그는 성 프랜시스, 톨스토이, 가가와 도요히코(賀川豊彦) 등 기독교의 영성가들에게 정신적으로 아주 가까이 다가갔다.

대체로 합리적이고 지성적인 유교 정신 세계 안에서 도덕적 윤리 의식으로 무장하고 교회 집회 소식이나 특히 부흥회 같은 대형 집회에 대하여 대체로 냉담한 반응을 보여 왔던 김재준이, 김익두 목사의 부흥사경회에 참석하여 믿기로 작정하고 회심을 경험했다는 것은 실로 놀라운 일이다. 하나님의 영은 구원 얻는 자를 향하여 여러 가지로 여러 방식으로 역사(役事)하지만, 요즘의 부흥회와 많이 다른 초창기 한국 교회의 부흥사경회는 오히려 순수한 마음으로 진리와 구원을 갈망하는 구도자에게 능력의 말씀으로 다가올 수 있었다. 믿기로 작정하고 회심을 경험한 김재준은 당시의 심정을 자서전 『범용기』에서는 아래와 같이 적고 있다.

연합 사경회 마감 날이었다. 그(김익두 목사)는 「창세기」 1장 1절을 갖고 설교했다. "자 여러분, 믿으시오! 그리하면 하나님이 당신 하나님으로, 당신 생명 속에 말씀하실 것이오. 그때부터 여러분은 '새 사람'으로 '새 세계 새 빛 속에서' 새로운 하나님 나라 백성이 될 것이오!" 나는 "옳다! 나도 믿겠다!" 하고 결단했다. 그 순간, 정말 이상했다. 가슴이 뜨겁고 성령의 기쁨이 거룩한 정열을 불태우는 것이었다. 성경 말씀이 꿀송이 같고, 기도에 욕심쟁이가 됐다. 교실에서 탈락한 자연인이 교회에서 위로부터 난 영의 사람이 됐다.[4]

위에 인용한 마지막 구절이 구원 체험을 하고 난 청년 김재준의 절실한 느낌이었다. "교실에서 탈락한 자연인이 교회에서 위로부터 난 영의 사람이 되었다"는 말보다 그의 당시 감격을 절실하게 표현하는 다른 말이 없을 것이다. 「요한복음」의 말씀 그대로다. "그 안에 생명이 있었으니 이 생명은 사람들의 빛이라. 빛이 어둠에 비치되 어둠이 깨닫지 못하더라."(「요」1: 4~5) "영접하는 자 곧 그 이름을 믿는 자에게는 하나님의 자녀가 되는 권세를 주셨으니, 이는 혈통으로나 육정으로나 사람의 뜻으로 나지 아니하고 오직 하나님께로부터 난 자들이니라."(「요」1: 12~13) "육으로 난 것은 육이요, 영으로 난 것은 영이니, 내가 네게 거듭나

---

4. 같은 책, 48쪽.

야 하겠다는 말을 놀랍게 여기지 말라."(「요」 3: 6~7)

청년 김재준이 겪은 거듭남의 체험은, 기독교 교리에 대한 지적(知的) 동의도 아니었고, 단순히 전통 권위에 대한 수용도 아니었다. 단순한 종교적 감정의 과잉 흥분도 아니었으며, 도덕적 양심의 지상 명령에 대한 윤리적 순명도 아니었다. 그 모든 것들 이상의 사건이었다. 진리의 영이시요 사랑의 영이신 창조주 하나님이 성령으로 청년 김재준의 마음을 직접 방문해 주신 사건이었다. 성 어거스틴이 경험했고, 캘빈이 증언하는 '성령의 내적 증언'이 일어난 사건이었다. 부활하신 그리스도의 영이, 앞으로 평생 그의 충직한 종으로 한민족을 위해 일할 김재준을 "너는 나의 것이다"라고 이끄시고 그와 동행하기 시작한 하늘의 사건이었다.

김재준은 믿기로 작정하고 은혜 체험을 한 지 3년 가까이 되도록 아직 교회에서 세례를 받지 않고 있었다. 이것은 교회의 거룩한 권위를 소홀히 여겼기 때문도 아니요, 믿음에 들어간 사실을 회중 앞에서 공개적으로 고백하는 일이 마음에 걸려서도 아니었다. 그가 세례받을 생각을 3년이나 미루어 온 이유는 두 가지였다. 그 하나는, 교회의 성례전으로서 물로 받는 세례 의식이 굳이 필요하다고 생각이 들지 않을 만큼이나 이미 '성령으로 세례를 받았다는 내면적 확신'이 너무 강했기 때문이었다. 두 번째

부수적인 이유로는, 교회에 출석하면서 주위의 신도들 곧 세례 받은 신자들이나 교회 제직들의 삶의 자세 속에서 새로운 존재로 변화된 '인간 변혁'의 실상을 경험하지 못했기 때문이었다. 그런 만큼 종교적인 형식이란 불필요한 것이라고 마음속으로 항변하면서 지내 오던 터였다.

그러나 청년 김재준의 신앙 입문과 초기 신앙 생활에서 인도자가 되었던 승동교회 담임목사 김영구 목사는 이러한 김재준의 잘못된 생각을 강경하게 타이르면서 세례받기를 강권하였다. 아무 죄도 없으신 예수님도 요단강에 나오셔서 세례 요한에게 세례를 받은 기록이 성경에도 나와 있는데, 청년 풋내기 신앙으로 '형식불요'(形式不要)를 고집하는 것은 잘못된 생각임을 깨우쳐 주었다. 김재준은 친구가 장질부사로 세상을 떠난 지 며칠 안 되어 승동교회 김영구 목사의 집례로 세례를 받았다. 김재준은 평생 김영구 목사의 신앙 지도를 두고두고 감사히 여겼다.[5]

김재준이 교회의 성례전인 세례를 받고 세례 교인이 되어 범우주적 그리스도교회 공동체로 들어오게 되었다는 것은, 그의 신앙과 신학의 형성 과정에서 교회가 어떻게 이해되고 있는지와

---

5. 같은 책, 59쪽.

관련하여 중요한 의미를 지닌다. 한마디로 그는 바울의 은혜 체험대로 "성령의 역사(役事) 없이는 예수를 주로서 고백할 수 없다"는 '성령으로 말미암는 은총의 신학'을 받아들인다. 크리스천이 된다는 것은, 본질적으로 기독교 종교 단체 조직체의 구성원이 된다는 사실에 앞서서 성령으로 다시 났다는 중생의 체험이 중요하다고 본다. 그러므로 교회는 땅 위의 모든 인간 조직 구성체가 가지는 약점과 단점에도 불구하고 사회학적 이론으로는 다 해명되지 않는 '영적인 은혜 기관, 하늘의 기관, 그리스도의 몸'이라고 본다. 그리고 캘빈의 이해를 받아들인다. 곧 "신자가 모여서 교회를 만든 것이 아니라, 교회라는 어머니 품안에서 신자가 나서 자라는 것이다"라는 영적인 어머니로서의 교회의 본질 기능을 인정하고 강조하기에 이른 것이다.[6]

김재준은 교회와 교회주의를 엄밀하게 구별하였다. 그는 평생 신도 공동체로서의 제도적 교회를 사랑하고 개척하고 봉사한 사람이었다. 그러나 교회가 본래의 모습을 잃어버리고 교회주의를 목적으로 하면서 변질될 때, 교회로 하여금 본래적인 교회가 되도록 하기 위해 그는 '교회 개혁자'가 되지 않을 수 없었다.

---

6. 『전집』 제16권, 238~239쪽.

서울에 온 후 중동학교 속성 고등부와 서울 중앙 YMCA 그리고 승동교회를 드나들면서 새로운 정신 세계, 영적 세계에 접한 청년 김재준의 마음속에서는, '혈육적인 옛 인간'은 죽고 '그리스도 영 안에서 새 사람'으로 탄생하는 영적 갱신이 쉴 사이없이 계속되고 있었다.

이 무렵 김재준의 영성 형성에 가장 큰 영향을 미친 기독교 사상가는 13세기 아씨시의 성자 성 프랜시스와 20세기 초 러시아의 대문호 톨스토이 그리고 일본의 가가와 도요히코였다. 그는 그들의 생애를 전하는 전기와 저작물을 탐독하였다. 어떤 점 때문에 청년 김재준은 그 세 사람에게 특별한 관심을 가졌던가? 그들의 높은 학문적 이론 지식이나 문학 작품의 문학성 때문이 아니었다. 그들의 공통점은 오직 한 가지, 적어도 김재준이 중생을 체험하고 예수의 뜨거운 심장의 박동 소리를 영적 귀로 들은 이후, 예수의 마음을 실제로 닮아 살려는 그들의 '실천적 사랑의 삶'이 청년 김재준의 마음을 온통 사로잡았고, 그는 그들을 흠모하게 되었던 것이다. 김재준은 80세 이후 노년기에, 1920년대 초기 서울에서 고학하던 시절의 심경을 다음과 같은 글로 남겨 자신의 영원한 청년 상을 보여주고 있다.

그 무렵에 나는 『톨스토이 십이 장』이란 책과 그의 저작집도 더러 읽었다. 부요한 귀족으로 자기 토지를 소작인들에게 나누어 주고 농민들과 노동을 같이하면서도 오히려 부족하여, 어느 낯 모르는 동네에 천한 머슴살이로 종신하고 싶어, 팔십 노옹으로 몰래 집을 나와 야스나야 폴리아나 시골 작은 정거장 대합실에서 급성폐염으로 세상 떠난, 그 영원한 불꽃을 부러워하기도 했다.

나는 아씨시 성 프란시스의 전기를 탐독했다. 그의 출가(出家) 광경이 맘에 들었다. 그리고 무일푼의 '탁발승'으로 평생을 걸식 방랑한 '공'(空)의 기록, '공'에 회오리바람처럼 몰려드는 하나님의 사랑, 그것이 퍼져 가는 인간과 자연에의 사랑, 이런 것이 나를 매혹했다. 나는 하천풍언의 '보베 빈민촌' 생활을 동경하며 '일등원' 그룹의 무소유 생활도 그려 봤다. 그런 데로 가서 그룹에 동참하고 싶었다.

어느 날 중년 거지 한 분이 다 떨어진 홑바지 저고리로 검푸른 살을 와들와들 떨며 내게 뭔가 달라고 했다. 나는 집에서 보내 온 새 솜바지 저고리를 몽땅 그에게 주고서 혼자서 좋아하기도 했다.[7]

---

7. 『전집』 제13권, 54쪽.

1920년대 청년 김재준의 기독교 이해는, 1930~50년대 그의 중년기나 1960~80년대 노년기의 "복음의 능력으로서 사회 변혁"이라는 성육신적 기독교 영성에 비하면, 아직 성숙하지 않은 다소 감상적이요 낭만적이며 타계적 신앙의 흔적마저도 보이는 것이었다. 이 때는 아직 김재준이 신학 공부나 본격적인 성경 연구를 시작하기 이전 시기였다. 게다가 독립 무력 항쟁 운동이나 계몽 운동에 심혈을 기울이는 선각자들이 있었지만, 3·1 만세 사건 이후 조선 민족의 분위기가 대체로 일제 식민 통치가 점점 더 혹독해지는 데 비례하여 독립의 소망을 잃고 가난·자조·퇴영의 분위기가 늘어가던 시절이기도 했다.

그러나 비록 신학적으로 정립되기 이전이지만, 20대 청년 김재준의 신앙과 영성을 값싼 감상주의나 소박한 낭민주의적 신앙이라고 보아서는 안 된다. 그것은 신학의 문제이기 전에, 그리스도 신앙인의 영원한 실존적 태도의 문제였다. 십자가에 달리신 갈릴리 나사렛 예수만이 진정한 메시아이며 나의 구주라고 고백한다면, 그 고백 앞에서 인간의 전 존재와 소유는 '무'와 '공'이어야만 하고 '청빈'이어야만 한다.

오직 예수 그리스도 안에서 맛보는 생명의 충만, 사랑, 자유 이외에 세상적인 부귀, 영화, 명예, 소유는 도리어 거추장스런 짐일 뿐이라는 생각이 김재준의 마음을 사로잡았다. 마틴 루터가

갈파한 것처럼, 그리스도 안에서 '절대 자유'를 맛본 사람이라면, 스스로 기쁜 마음으로 만인을 섬기는 '사랑의 봉사자'가 아니 될 수 없는 것이기 때문이다.[8] 톨스토이, 성 프랜시스 등은 청년 시절 풋사랑만이 아니라, 나이 80세가 된 이후에도 변함없는 사랑의 대상이요 흠모의 영적 성인이었다. 왜냐하면 김재준에게 있어서 신앙이란, 심령 깊은 차원에서 그리스도 심장과의 생명적 만남의 문제요 실천적 삶의 문제였지 결코 객관적 신학 교리나 지적 동의 여부의 문제가 아니었기 때문이다.

청년 김재준의 3년 서울 고학 생활은, 그를 몸과 맘 양면에서 성숙한 사람으로 변화시켜 놓았다. 물론 그 변화의 중심에서 작용한 신비한 능력은 그가 신앙 고백과 함께 만난 갈릴리의 예수 그리스도였다. 그는 서울 고학 3년 동안 육신으로는 만성 대장염과 이질 감기로 몸을 상할 지경으로 고생했지만, 영적으로 마음은 한결 가벼워졌다. 3년 전 웅기 금융조합을 사직하고 떠나던 청년 김재준이 아니었다. 그는 새 사람으로 변해 있었다.

---

8. 마틴 루터, 『그리스도교의 자유에 대하여』(*Von der Freiheit eines Christenmenschen*)에 다음과 같은 유명한 명제가 나온다. "그리스도인이란 그 누구에게도 매이지 않은 절대 자유인이다. 그러므로 그리스도인은 모든 사람에게 예속된, 모든 이를 섬기는 종이다."

고향으로 잠시 돌아온 청년 김재준의 눈에 가장 먼저 다가온 사람들, 그가 마음을 써야겠다고 생각하게 된 이들은 함북 산골 마을에 버려진 어린 아이들이었다. 당시 교육받고 고향에 돌아온 뜻있는 청년들이 흔히 그랬듯이, 김재준도 함북 산골 마을의 작은 소학교들인 용현학교, 귀낙동학교, 신아산학교에서 아이들을 가르치는 초등학교 교사로 일하였다. 그 일은 동시에 청년 김재준이 더 넓은 미래 미지의 세계를 향해, 우선 일본으로 유학을 떠날 마음을 갖추고 최소한의 여비를 마련하는 데 필요한 일이기도 하였다.

아오야마, 프린스턴, 웨스턴 신학부 유학

김재준이 본격적으로 세계 학계에 접하여 지도자로서 학문 연구를 한 시기는 일본 아오야마(靑山) 학원 신학부에서의 3년간 유학 생활과 미국 프린스턴 신학교 및 웨스턴 신학교에서 4년간 공부한 때가 전부였다. 이 기간 동안 김재준은 한국 교계, 신학계와 한국 사회를 창조적으로 변화시켜 갈 수 있는 지도자로서 지성적 훈련을 쌓게 된다.

청년 김재준은 그야말로 세상은 넓고 할 일은 많다는 것을 느겠으나, 현실적으로 늙어 가시는 부모, 약한 몸으로 가정 농사를 도맡아 가정을 꾸려 가는 형님 식구, 거기에 결혼한 아내를 맡겨 두고 일본 유학을 떠난다는 계획이 말같이 쉬운 것이 아니었다. 부잣집 지주의 아들이라면 논밭 몇천 평 팔아 호사하면서 일본 유학을 다녀오겠지만, 함북 산촌 마을의 농토 1만 평과 산림 십만 평은 값나가는 부동산이 아니었다. 더욱이 그것은 대가족 전체가 생존을 의지하고 사는 목숨줄이었다. 그로서는 가족으로부터 경제적 도움을 기대하기가 현실적으로 불가능한 상태였다. 그만큼 일본 유학을 결행하기까지 청년 김재준의 고민은 많았다. 그런 어려움을 뛰어넘어 그로 하여금 도쿄 유학을 결행하게 한 것은 그의 '대기만성' 기질에 뒤따르는 뚝심과 도전 정신이었다.

김재준이 일본 도쿄 역에 도착했을 때 그의 손에는 단돈 5원 50전뿐이었기에, 그는 무작정 신학부 졸업반에 재학중인 동향 선배 송창근의 기숙사 방문을 두드리게 되었다. 기숙사 규칙을 어기는 일이었지만 그는 당분간 송창근과 같은 방에 기거하면서, 막노동과 학원 청강, 도강의 거친 광야 시련에 몸을 내던졌다.

김재준의 도쿄 아오야마 학원 유학 시절(1926~1928) 3년간은 세계사적으로는 제1차 세계대전 이후여서, 정치적으로는 군국주의 식민 통치가 강행되기는 했지만 동시에 일본 지성인 사회에 자유주의 사상 기풍이 팽배하기도 하던 때였다. 아오야마 학원 신학부 교수들 중에는 미국 유니온 신학교나 독일 튀빙겐 대학에서 학위를 받은 사람들이 많아서 학문적으로 자유로운 강의가 이루어지고 있었다. 김재준이 아오야마 학원에 재학하던 당시 그 대학의 학풍은 과격하리만큼 자유로웠으며, 사회주의적 좌경 학생들도 많았다. 그는 당시 아오야마 학원의 학풍에 대한 인상을 다음과 같이 소감으로 남기고 있다.

청산학원이라면 '자유'가 연상된다. 학생이고 선생이고 간에 개인 자유, 학원 자유, 학문 자유, 사상 자유, 모두가 자유 분위기다. 물 속의 고기같이 자유 속에 살았던 것이다.[9]

그러나 김재준 청년이 사상·학문적으로 자유를 만끽할 수 있는 학원 분위기를 향유하기에는 그의 현실적 상황이 너무나 절박하였다. 배고픔과 힘든 아르바이트로 학창 시절을 보내야만 했기 때문이다. 송창근의 기숙사 방에 얹혀 기숙사 사칙을 위반

---

9. 『전집』 제13권, 92쪽.

하면서 계속 머물 수도 없는 노릇이었다. 결국 김재준은 '근우관'이라는 고학생 합숙소에 잠자리를 정하고 닥치는 대로 아르바이트를 했다. '낫도' 장사, 건축 공사장 지하실 흙 실어 나르기, 잔디 깎기, 유리창 닦기, 서재 청소와 곳간 정리, 꽃나무 전지 작업, 식당 장작 패기 등등 온갖 잡일을 마다하지 않고 고학을 했다. 추운 겨울에 스팀도 없는 다다미방 기숙사에서 헌 외투 하나로 견디며, 식대가 떨어졌을 때는 하루에 식빵 두 쪽에 냉수 한 잔으로 허기를 때우면서 스토아 학파의 금욕주의 철인처럼 초연해 보기도 했다.[10]

"눈물의 빵을 먹어 보지 않은 사람과는 인생을 함께 논하지 말라"는 말을 요즘 학생들은 사치스런 우스갯소리처럼 말들 하지만, 김재준의 일본 유학 3년간은 글자 그대로 '눈물의 빵을 먹어 본 시절'이었다. 그런 과정을 통해서 하늘은 크게 쓰려는 지도자를 무자비하게 연단하고 고난의 용광로 속에서 그의 영혼을 조금씩조금씩 더 순수한 정금이 되도록 정화시켜 나아갔다.

일본 유학 시절 동안, 특히 여름 방학은 김재준에게 특별한 시간이었다. 그때야말로 텅 빈 기숙사 방에서 독서에 집중할 수

---

10. 같은 책, 82~85쪽.

있는 기회가 주어졌기 때문이다. 이 무렵 그는 전문 신학 서적도 더러 읽었지만, 그보다는 문학서와 철학서 읽기에 더 몰두하였다. 『아리지마 전집』이나 『도스토예프스키 전집』, 그리고 『마르쿠스 아우렐리우스 참회록』과 스토아 학파의 철학서, 순정 소설류와 문학 시집류 등이 그의 독서 목록을 채웠다.

그러나 이 무렵 청년 김재준은 아직 자신의 '평생 해야 할 일'이 무엇인지는 깨닫지 못하고 있었다. 그는 성직자로서의 교회 목회보다는 교육에 더 큰 관심을 갖고 있었고, 역사학이나 문학에 더 관심이 많았다. 그 당시 심경을 그는 후일 노년기에 아래와 같이 회상하였다.

신학에 들어온 것도 어쩔 수 없이 몰려서 그렇게 된 것이고 목사 할 생각은 처음부터 없었다. 교회에 충성할 용의도 없었다. 일제하 조선에서 할 수 있는 일이 무어냐? 그래도 교육밖에는 없다는 결론이었다. 그게 비교적 자유로우면서도 후진들에게 뭔가 '혼'을 넣어 줄 접촉점이 된다고 믿어졌기 때문이다. 나는 기독교 사상과 신앙을 주축으로 한, 유치원부터 소·중·고·대학까지의 교육 왕국을 세워 본다고 맘먹었다.[11]

김재준은 아오야마 학원 신학부를 참으로 특이하게 졸업하였다. 무조건 일본 유학을 감행한 김재준은 정식 절차를 밟아 입학한 학생이 아니었다. 처음부터 청강생으로 시작해 정규 학생으로 등록된 적도 없는데다가, 학기 수도 졸업 학기에서 한 학기를 빼먹은 셈이었다. 생활이 어려워 학기금, 학우회비, 기숙사비 등을 제대로 제때에 낸 일도 없었다. 졸업 논문은 조직신학 분야에서 「칼 바르트의 초월론」이라는 논제로 제출하였다. 그때는 칼 바르트(Karl Barth) 신학이 일본에 막 소개되던 때인지라 충분한 논문 자료가 부족한 상황이었지만 논문은 별 문제 없이 통과되었다.[12] 아마도 과묵한 조선 청년의 진지하고도 사려 깊은 학구적 태도와 방학 때마다 기숙사에 남아 엄청나게 독서를 하는 모습을 수년간 지켜본 학교 당국이었기에 그가 아오야마 학원 신학부 졸업생으로서 자격이 충분하다고 판단했을지 모른다.

김재준은 1928년 3월, 신학부를 졸업하고 아오야마를 떠났다. 청년 김재준은 아오야마 학원의 학문적 자유 풍토를 감사히 여겼다. 인간의 창조적인 작업은 자유로운 정신 풍토에서만 창출되는 것이요, 그러므로 모든 학원, 특히 대학의 학풍은 '자유' 여야 한다는 것을 그는 평생의 신조로 간직하게 되었던 것이다.

---

11. 같은 책, 84쪽.
12. 같은 책, 92쪽.

그런 정신에서 그는 뒷날 조선신학교와 한국신학대학을 조성해 갈 때도, 학문함에 어떤 교권이나 전통의 권위에 제약을 받지 않는 자유로운 학풍을 세우려고 혼신의 노력을 쏟았다.

김재준의 서울 고학 생활 3년과 도쿄 유학 생활 3년 동안 그의 고향 집과 마을에도 큰 변화가 있었다. 무엇보다도 일제의 식민 통치가 급속히 진행되면서 아오지 탄광이 개발된 것이다. 고향 마을 전체가 수천 명 광부들이 오가는 개발 마을로 변해 버려, 전통적 촌락이 지니던 삶의 리듬은 뿌리째 흔들리기 시작하였다. 아오야마 학원 졸업반 때 방학을 이용해 3년 만에 처음으로 창꼴의 집을 찾은 그는, 급작스런 탄광 개발에 휩쓸려 황폐해 가는 고향 마을을 가슴 저린 눈으로 바라보지 않으면 안 되었다. 울창하던 야산의 송림들은 모두 탄광 갱도 받침 원목으로 잘려 나갔으며, 석탄을 파낸 자리는 휑한 빈 동굴로 내버려졌다. 소박하던 농부들도 농사일을 팽개친 채 탄광 광부 벌이로 나서며 독한 술과 작부들과 놀아나면서 그들의 가정 또한 파탄되어 갔다.

이런 분위기 속에서 김재준은 김영주, 스쿨톤과 함께 종성, 온성, 경원, 신아산, 고건원, 경흥, 웅상, 웅기 등 두만강 유역에 퍼져 있는 크고 작은 미조직 교회 기도처를 돌아다니면서 설교도 하고 강연도 하였다. 당시 청년 김재준은 목사도 아니요 설교를 할 수 있는 정식 자격의 강도사(講道師)도 아니었으나, 아오야마 학원 신학부에서 신학 공부를 한 졸업반학생이라는 자격으로도 순회 강연 자격은 충분했으며, 그 스스로도 그 사명을 기쁨으로 감당하였다. 첫딸 정자와 처음으로 대면, 아빠로서의 즐거움을 맛본 것도 이때였다.

그러나 이런 즐거움을 뒤로 한 채 일본 유학을 마친 김재준은 곧바로 미국 유학을 떠난다. 미국 프린스턴 신학교에 먼저 가서 수학하고 있던, 형제처럼 자신의 앞길을 돌봐 주던 송창근이, 졸업하거든 곧바로 미국으로 건너와 더 공부하라는 권고와 함께 프린스턴 신학교 입학 허가증과 1년 200달러 장학금 허락 통지서를 보내왔던 것이다.[13] 김재준은 미국 유학 기간 동안(1928년 9월~1932년 5월) 후일 한국의 종교 개혁자로서 필요한 신학적 준비를 충실하게 하게 된다. 그는 프린스턴 신학교에서 1년간 공부하고 피츠버그 소재 웨스턴 신학교에서 만 3년 공부하여, 신학사(S.T.B.)와 신학석사(S.T.M.) 학위를 받게 된다. 미국 유학에 얽힌 이야기를 좀더 들어보자.

미국에 건너가면 고학을 하면서라도 학업을 계속하리라는 각오와 자신감이 있었지만, 지금이나 당시나 가난한 학생에게는

---

13. 같은 책, 98쪽.

미국까지 가는 것 자체가 문제였다. 여권 준비, 여비 마련, 남겨 놓고 갈 가족들에 대한 대책 등 어려움이 한두 가지가 아니었다. 마침 승동교회 김대현 장로와 이재향 목사의 도움으로 재정 보증서를 만들고 그 밖에도 여러 가지 서류와 수속을 거친 뒤에 여권을 받을 수 있었다. 조선의 국권이 사라진 지 이미 십 년이 지난지라, 그의 여권은 일본 총리대신 겸 외무대신 이름으로 발급이 되었다. 고향의 형님은 가족의 생명줄인 밭을 은행에 저당 잡히고 마련한 돈 50원을 여비에 보태라며 주었다. 최소한으로 필요한 여비에도 미치지 못하는 금액이었으나 가족으로서는 최선을 다한 것이었다.

그의 미국 유학 여비를 마련해 준 사람은 서울 중앙 YMCA 지도자 좌옹(佐翁) 윤치호(尹致昊)였다. 한국의 개신교 신학사에서 윤치호는 '사회 참여 신학의 선구자'로 평가된다.[14] 유동식은 윤치호를 "정치와 교육과 사회 운동을 통해 그리스도의 복음을 증거한다는 '하나님의 선교'(Missio Dei) 신학을 실천한 최초의 한국인"[15]이라고 평가하기도 했는데, 후일 같은 방향에서 복음을 증거할 청년 김재준의 유학 경비를 마련해 준 일화에서 우리는 하

---

14. 유동식, 『한국신학의 광맥』 개정판 (다산글방, 2000), 50~64쪽 참조.
15. 같은 책, 50쪽.

나님의 숨은 손길을 느끼지 않을 수 없다. 윤치호는 미래의 조선 독립을 꿈꾸며 인재를 양성하고 있었는데, 특히 미국에 건너가 자연과학 분야와 신학 분야를 연구하려는 청년 유학생들에게 태평양을 건너갈 선박료를 마련해 주곤 하였으므로, 청년 김재준은 서울 견지동 고가에서 윤치호 선생을 면회하고 여비 도움을 청했다. 윤치호는 김재준의 포부를 듣고 격려와 조언의 말과 함께 태평양을 건너갈 여비 100달러를 마련해 주었다.

김재준은 가족을 아무런 대책 없이 창꼴 본가에 남겨 놓은 채 일본 요코하마 항에서 배를 탔다. 그가 탄 배는 열흘 만에 하와이에 닿고, 다시 열 나흘 만에 샌프란시스코 항에 안착하였다. 샌프란시스코에서 대륙 횡단 열차를 타고 필라델피아를 거쳐 마침내 도착한 프린스턴 역에는, 그곳에 유학중이던 김성락과 한경직 두 사람이 마중 나와 두만강 외진 산골에서 그곳까지 섭리의 손에 이끌려 온 청년을 따뜻이 맞아 주었다.

당시 프린스턴 신학교는 요즘의 신학 학풍과는 전혀 다른 보수 신학의 총본산으로, 전투적 근본주의 신학의 총사 그레샴 매첸(Gresham Maechen) 박사가 가르치고 있었다. 한국인 학생으로는 이미 먼저 졸업하고 귀국한 박형룡(朴亨龍)을 비롯하여 윤하영, 한경직, 송창근, 김성락 씨 등이 잠시 머물러 공부를 했거나 재학중이었다.

청년 김재준은 프린스턴 신학의 학풍이 어떠한지 이미 송창근을 통해 들어서 알고 있었다. 김재준은 어쩌면 의도적으로 프린스턴에서 일 년 동안 보수 신학을 공부했다. 왜냐하면 그는 일본 아오야마 학원 신학부에서 이른바 '신(新)신학 계열' 자유주의 신학 학풍의 강의를 충분히 들은 터였으므로, 정반대 극보수 신학의 핵심을 그 본부랄 수 있는 프린스턴에서 듣기 원했던 것이다. 그래서 김재준은 주로 그레샴 매첸의 강의를 택해 듣고 그의 저서들도 빠짐없이 읽었다.[16]

김재준이 일본 아오야마 학원 신학부에서 자유주의 신학을 공부하고, 프린스턴 신학교에서 보수주의, 특히 근본주의 신학을 공부한 것은 참으로 의미가 깊다. 신학이 인간을 구원하는 것은 아니시만, 건전한 신학은 극단직 입장을 견지하는 것이이어서는 안 된다는 확신을 더욱 굳히게 된 것이다.

프린스턴에서 두 학기를 공부한 김재준은 1930년 가을 새 학기를 맞으면서 피츠버그의 웨스턴 신학교 2학년에 등록했다. 프린스턴에서 신학적으로 근본주의 보수 신학의 요점을 이미 공부하기도 했거니와, 고학을 해야 하는 처지에서 웨스턴은 여러 가

---

16. 『전집』 제13권, 104~105쪽.

지 장학금 조건이 좋았다. 무엇보다도 그곳에는 신앙의 지기지우(知己之友)요 형제나 다름없는 선배 송창근이 대학원 석사 과정을 밟고 있었다. 프린스턴 시절에도 웨스턴 시절에도 김재준은 식비와 잡비 등을 마련하기 위해 기숙사 식당 웨이터, 키친 보이, 잔디 깎기, 농장 일 등 온갖 아르바이트를 가리지 않고 해야만 했다.

웨스턴 신학교는 구약 성서 신학이 강했다. 김재준은 구약 성서 신학을 주전공으로 하고 조직신학을 부전공으로 하였다. 구약 성서 신학을 전공하려면 히브리어는 물론이고 셈어(semitic languages)에 깊은 지식이 필요했다. 김재준은 구약 성서 신학에 관련된 모든 과목 수강은 물론이고 히브리어 구약 원전 강독에도 열성을 쏟았다.

웨스턴 신학교 세미나실에서 있었던 일이다. 김재준은 본래 성격이 내향적인데다가 자유로운 토론에 참여할 만한 회화 능력엔 아직 한계가 있었고 또 동양적 학습 태도가 몸에 배어 있는지라, 세미나엔 충실하게 참석하지만 토론에는 적극적으로 참여하지 않고 있었다. 동료 미국 신학생들도 나이가 지긋한 동양의 점잖은 학생이라 그런 줄 알고 예의를 갖춰 대할 뿐 상관을 하지 않았다. 그러던 어느 날 구약 원전 강독 시간이었다. 히브리어 강독에 더듬더듬 애를 먹던 미국 본토 출신 학생들이 히브리어 원문을 유창하게 읽어 내려가는 김재준을 보고 깜짝 놀랐다. 말하는 데 장애가 있는 동양 학생이 아닌가 짐작하던 미국 본토 학생들은, 촌티를 벗지 못한 동양 학생의 유창한 히브리어 구사 능력과 그 실력 앞에 완전히 압도되었다.

김재준은 석사 학위를 받는 졸업식에서 히브리어 특별상을 받았으며, 거의 모든 과목에서 최고 성적을 기록한 학적 기록표가 말해 주듯이, 웨스턴 신학교 3년 동안 실력파 학생으로 공부다운 공부를 깊이 하였다. 영어 능력도 본궤도에 올랐기 때문에 수많은 양의 독서를 통해 내일을 위한 준비에 만전을 기했다.

김재준이 미국 웨스턴 신학교 석사 학위 과정을 마친 1932년은 미국이 심각한 경제 공황에 접어들던 때였다. 은행들이 파산하고, 실업자 수백만 명이 거리로 쏟아져 나왔다. 학교들도 재단의 기금을 산업 기관에 투자했다가 산업체들이 파산하는 바람에 자산이 거의 파산 지경이었다. 모든 장학금이 끊어진데다 아르바이트도 불가능해졌고, 직장을 얻기는 더욱이나 힘든 일이었다. 김재준은 공부를 한 김에 박사 학위 과정까지 끝마치고 싶었으나 현실의 벽은 그것을 허락하지 않았다.

김재준은 귀국하기로 결심하였다. 1932년 미국에 오던 반대 방향으로 배를 타고 일본을 거쳐 고향에 돌아왔다. 부모님은 천리만리 낯선 외국 타향에 막내아들을 학비 없이 보내 놓고 근심과 걱정, 그리운 혈육의 정에 더 늙어 보이기만 했다. 아내는 말 없이 시집 어른들과 시아주버니 식구들을 섬기며 아직 세상 철 모르는 딸을 기르고 있었다. 그러나 그에게는 새로운 사명이 기 다리고 있었다.

섭리 손에 붙잡힌
상수리나무 그루터기 하나

1933~1939

평양 숭인상업과 용정 은진중학에서 후학을 양성하며 "적
응하면서 저항한다"는 정신으로 때를 기다리던 김재준은
조선신학교 설립의 실무를 맡게 된다.

1930년대 조선 사회와 조선 기독교의 상황

　　　　　　김재준은 고국으로 돌아왔다. 나이는 이제 '스스로 서야 한다'는 삼십대가 되어 있었다. 가장으로서 경제적으로나 사상적으로나 모든 면에서 자기 세계를 가지고 우뚝 서야할 나이가 된 것이다. 일본과 미국 유학 7년을 통해 그는 세계와 우주와 종교와 인간의 내면 세계를 꿰뚫어보고 분석하고 진단하고 처방할 지혜와 지식을 갖추었다. 그러나 김재준은 결코 서두르지 않았다. 깊은 못 속에 잠긴 채 수면 위로 웅지를 펴기까지 때를 기다리는 용처럼 깊은 사색과 준비의 기간을 가졌다.

　　무엇보다도 전통적 유교 가치에 갇힌 가족을 기독교 복음의 세계로, 더 넓고 밝고 영적인 정신 세계로 이끌고 나와야 하겠는데 그 일부터가 쉽지 않았다. 김재준의 부친은 아들이 미국에 유학중이던 4년 동안 아들에 대한 그리움으로 한때 기독교에 마음의 문을 열려고 읍 교회에서 열린 유명한 부흥사의 집회에 참석한 적도 있었다. 그러나 근엄하고 정중한 유교적 '수신 제가 치국 평천하'(修身齊家治國平天下)라는 삶의 질서와 '하학이상달'(下學而上達)이라는 진리 탐구의 방식이 몸에 밴 유생(儒生)으로서, 인간적인 모든 혈육적 지층을 뚫고 하늘로부터 직접 내리꽂히면서 인간 존재를 진동시켜 새 사람을 만드는 '영의 질서'를 이해하기는 어려운 일이었다.

김재준은 아버지를 기독교로 개종시키지 못한 것을 늘 안타깝게 생각하면서, 그 가장 큰 이유가 오히려 역설적이게도 유교의 높은 도덕적 정신 세계 때문이라고 생각하였다. 김재준은 종종 "더 좋은 것이 제일 좋은 것의 원수"라는 속담을 인용하였다. 말하자면 유교의 도덕적·철학적 정신 세계는 전통적 샤머니즘이나 사이비 종교들보다는 훨씬 '더 좋은' 가치의 정신 세계이지만, 김재준이 경험한 기독교라는 영적 종교의 진리 체험은 '영적으로 그보다 더 높은, 제일 좋은 진리 세계'였다. 차라리 유교의 사서 삼경과 시문(詩文)의 세계를 모르는 불학무식한 농군이었다면 복음을 쉽사리 받아들였을 터인데, 부친이 지닌 유교적 가치 세계가 복음의 태양을 차단하는 두터운 구름 역할을 하고 있다는 생각이었다. 그러나 당시 기독교는 김재준의 부친에게 어떻게 보였는가? 부흥 집회에 참석하고 돌아온 부친에게 소감을 물었을 때 그의 부친은 이렇게 대답하였다. "진리와 도(道)를 말한다는 사람들이 왜 그렇게 조폭(粗暴)하고 철없이 떠들기만 하는지 모르겠더라."

귀국 후 김재준은 고향 경흥군 일대의 지방 교회를 순방하는 기회를 가졌다. 경흥읍교회, 웅산교회, 회령읍교회 등이었다. 경홍군 내 지방 교회에서는 미국 유학하고 돌아온 인재들이 없던 시절인지라, 새로운 사상과 세상 돌아가는 소식에 굶주린 젊은 전도사들이 누구보다도 김재준을 자랑스러워하였다. 이들은 마침 회령읍교회에서 열리던 함북노회에 귀국 인사를 시키려고 노회 임원들과 교섭을 하였다. 그러나 반응은 의외로 냉담했다.

김재준이 미국 유학을 떠날 무렵 여비 문제로 고통을 겪을 때도 모르는 체했던 교회였는데, 귀국 후에도 노회나 총회의 추천도 없이 그리고 선교사들과의 긴밀한 상담이나 추천장도 없이 제멋대로 유학하고 돌아온 사람이라며 냉대한 것이다. 교회가 그만큼 그리스도가 보여준 사랑의 따뜻한 마음을 잃고 굳어지고 율법화되고 교권으로 동맥경화증이 심해 가고 있었던 것이다.[1] 김재준은 그 무렵 그립던 조국의 교회에서 발견한 문제점을 아래와 같이 자서전에 적고 있다.

나는 노회 뒷좌석에서 얼마 동안 방청했다. 방청 금지까지는 아니었으니 천만다행이라고 하겠다. 내 인상으로는 은혜도 화평도 증발된 사무 절차뿐이었는데, 예외 없이 평양신학교 출신 목

---

1. 『전집』 제13권, 128쪽.

사님들이니만큼 '정통 신학' 일색이었다. 나는 좀더 '복음적'인 신학 교육이 필요하다고 느꼈다. 정통주의는 그대로가 '율법주의'여서 거기에는 자유하는 인간이 있을 수 없다고 보았다. 목사님들과 노회원 장로님들 얼굴은 평화 없는 '목사 탈(마스크)'로 굳어져 있었다.[2]

조선에 개신교가 공식적으로 전래된 이후 3·1 만세 운동이 일어나던 때까지 약 35년 동안(1885~1920) 조선 교회는 복음의 젊은 생명력을 가지고 이 땅에 신선한 생명 운동으로, 땅과 하늘을 잇는 생명의 사닥다리로, 창조 세계를 치유하고 화해시키는 생명 나무로, 놀라운 성장과 창조적 충격을 조선 사회에 가져다주었다. 대체로 조선 개신교 '제1세대'(1880~1900)만이 아니라 '제2세대'(1900~1920)까지만 해도, 크게 말해서 조선 기독교는 복음적 신앙, 민족적 신앙, 토착적 신앙을 가지고 건강하게 성장하였다.[3]

그런데 1920년대 후반부터, 특히 1930년대에 들어서면서 조

---

2. 같은 책, 같은 쪽.
3. 이덕주, 『한국토착교회 형성사 연구』 (대한기독교서회, 2000), 395쪽. 이덕주는 '개종 1세대'(1880~1900)에 의해 형성된 신앙은 "복음적이고 민족적이고 토착적인" 특징을 지니고 있다고 본다. 필자는 그러한 특징을 1920년대까지 확장하여 보았다.

선 개신교 교회는 침체와 신앙적 경직화, 그리고 방향 감각 상실의 조짐을 나타내기 시작하였다. 교회사가 송길섭은 1930년대 한국 교회의 상황을 다음과 같이 요약하여 잘 설명하고 있다.

> 1930년 전후의 한국 교회는 3·1 운동 이후의 정치적 좌절감, 경제 공황, 사회주의 사상 침투, 일제의 만주 침략에 따른 한국 민족 전반에 대한 억압과 한층 강화된 통제 등으로 위기 의식을 느끼고 있었다. 교회는 이런 급변된 상황에 적응하지 못하였고, 오히려 이런 위기를 회피하고 있었다. 선교사들이 주도하던 교회의 비정치화 작업에 따라 이때의 교회는 내세적이며 현실 도피의 신앙이 강하였고, 형식과 교권으로 양떼를 먹이던 때였고, 교회는 몹시 침체해 있었다.[4]

이처럼 1930년대 전후 시절, 곧 복음이 전래된 지 대략 40년이 지나면서, 한국 기독교는 그 초창기의 생동감을 잃고 교권주의, 율법주의, 사이비 신비주의로 병들어 가고 있었다. 목사들과 제도적 교회 조직 기구의 법적 권리 강화를 근거로 한 교권주의

---

4. 송길섭, 『한국신학사상사 — 한국기독교 100년사 대계』 2 (대한기독교출판사, 1987), 300쪽.

로 말미암아 사랑의 은혜 분위기는 사라지고, 당회·노회·총회는 교회법을 들먹이며 형제의 신앙을 심판하기 일쑤였다. 율법주의는 특히 성서 해석에 있어서 문자적 무오영감설(無誤靈感說)을 근거로 성경 구절을 세상만사 모든 문제를 푸는 유일무이한 종교적 대백과사전과 육법전서로서 삼는 태도로 나타나, 과학사상이나 일반 지성과 끊임없는 충돌을 일으켰다. 사이비 신비주의는 복음의 예언자적 사명과 정의와 사랑을 핵으로 하는 하나님 나라의 비전을 잃어버리고, 자아 망실의 황홀감과 신접(神接) 현상을 능사로 하여 몰역사적이고 현실 도피적인 종교로 기독교를 변질시켜 나아갔다.

어둠이 깊으면 깊을수록 빛은 더 밝게 빛나고, 생명의 숨통을 조일수록 살려고 몸부림치고 밀려나오는 생명의 운동력은 더 강한 법이다. 비록 소수이기는 하지만 1930년대 교회의 위기 시대에 한국 교회는 복음의 생명력을 되살리려는 창조적 소수자들의 활동기이기도 했다. 교회를 교회되게 하려는 주체적 신학 운동이나 교회 갱신 운동이 일어난 이 시기는, 오히려 신학사적으로 보아 매우 귀중한 시대라 할 수 있었다.

예를 들면 1930년대 전후하여 감리교 이용도(李龍道)의 교회 부흥 운동이 일어나서 불꽃처럼 예수의 순수 복음 신앙으로 교회를 돌려놓으려 애썼으며, 1930년대 김교신(金敎臣), 함석헌 등

우치무라 간조(內村鑑三, 1861~1930)의 영향을 받은 신앙 동지들은 『성서조선』지를 통하여 복음의 순수 신앙을 심화시키면서 「성서적 입장에서 본 조선 역사」를 연재하기 시작했다. 그리고 최태용(崔泰瑢)을 중심으로 한 주체적 민족 기독교 복음 교회 운동이 일어나, "신앙은 복음적이고 생명적이어라. 신학은 충분히 학문적이어라. 교회는 조선인 자신의 교회이어라"라는 신앙 고백적 표어를 내걸고 역사 속에서 복음의 빛을 발산하였다.[5]

유동식이 1930년대를 "한국 신학의 정초기"[6]라고 말한 것은 이 시기에 외국에서 신학을 전공한 후 세계 신학의 흐름을 제대로 파악하고 돌아온 많은 신진 학자들이 글과 논저를 내놓기 시작하던 시기라는 의미에서 말하는 것이지, 한국 교회 자체가 건강하고 싱싱한 모습을 지니고 있었다는 말은 아니다. 오히려 그 반대였다.

유동식은 1930년대 한국 신학계의 잡다한 양상들을 검토하고 세 가지 범주로 나누어, 한국 신학의 세 가지 흐름의 초석이

---

5. 기독교대한복음교회 총회 신학위원회 편, 『최태용의 생애와 신학』(한국신학연구소, 1995); 함석헌기념사업회 편, 『민족의 큰 사상가 함석헌 선생』(한길사, 2001); 함석헌기념사업회 편, 『함석헌 사상을 찾아서』(삼인, 2001); 유동식, 「신앙의 예술가 이용도」, 『풍류도와 한국의 종교사상』(연세대학교 출판부, 1997), 291~320쪽.
6. 유동식, 『한국 신학의 광맥』(전망사, 1982), 134쪽.

이때 놓여졌다고 보았다. 박형룡으로 대표되는 '성서의 근본주의적 교리적 이해'와, 김재준으로 대표되는 '성서의 진보주의적 역사적 이해', 그리고 정경옥으로 대표되는 '성서의 자유주의적 실존적 이해'가 그것이다.[7]

그러나 1930년대의 역사적 현장에서 김재준은 그렇게 각광을 받는 신학적 스타가 아니었다. 하나님은 한국 교회의 내일을 위해 상수리나무 그루터기에 새순을 소중하게 기르고 있었으며, 김재준도 조용히 교회와 역사의 흐름을 지켜보면서 때를 준비하고 있었다.

한국 교회사나 신학사를 이 자리에서 번거롭게 언급할 필요는 없지만, 1930년대 한국 교회의 적나라한 모습을 직시하기 위하여, 그리고 우리의 주인공 김재준과 30세 전후의 참신한 기독교 지성들이 경직화된 보수적 교권과 독단주의자들에게 어떻게 시달렸고 거기에 맞서 왜 싸워야만 했던가를 이해하기 위해서, 1930년대 중반기에 발생했던 교회사적 에피소드 몇 가지를 언급해야만 한다. '모세 5경 저작자 문제', '여성의 교회 내 발언권 문제', 그리고 '아빙돈 단권 주석서 문제'가 그것이다.[8]

---

7. 유동식, 같은 책 (개정판), 165~175쪽.
8. 송길섭, 『한국신학사상사』, 321~323쪽.

'모세 5경 저작자' 문제는 1934년 서울 남대문교회 김영주 목사가 구약 성경 『창세기』를 모세가 직접 저술했다는 당시의 통속적 견해를 부인함으로써 제기되었다. 장로교 24회 총회는 성경의 축자무오설(逐字無誤說)과 성경의 절대 신성성을 무조건 견지하기 위해서 김영주 목사의 견해를 단죄하고 목사직 시무권 박탈로 협박하였다. 김영주 목사는 총회의 권위와 협박성 교권에 항거할 수 없음을 알고 그의 지론을 취소하였다.

'여성의 교회 내 발언권 문제'는 1935년 제24회 조선예수교 장로교 총회에서 문제된 일이다. 성진 중앙교회 김춘배 목사는 열린 마음으로 목회를 하던 사람으로, 『기독신보』 977호 지면을 빌어 여자는 교회 내에서 조용하고 가르치지 말라는 바울의 교훈은 2,000년 전 한 지방 교회의 교훈과 풍습이지 만고불변의 진리는 아니라고 지론을 피력했는데 이것이 문제가 된 것이다. 이 사건도 성경의 절대 권위와 무오성을 의심하는 용납받을 수 없는 이단적 사설이라고 정죄받았다. 김춘배 목사도 "성서의 권위를 훼손하고 교회에 폐해가 된 것"을 사죄하고 이 사건은 일단락되었다.

'아빙돈 단권 주석서 문제'는, 감리교가 조선 선교 50주년을 기념하여 『아빙돈 성경 주석서』(Abingdon Bible Commentary)를 우리말로 번역·출판하였는데, 번역진에 송창근·한경직·김재준·채필근 등 장로교의 신진 소장 학자들이 참여하면서 생긴 일이다. 보수적 근본주의 신학 일변도로 굳어져 있던 장로교 총회는 이 주석서의 불매를 결의하고, 번역 작업에 참여한 장로교 신학자들의 사과문을 총회 결의로 요청하였다. 송창근, 김재준, 한경직은 공동 명의로 『신학지남』에 성명서를 보냈다. 그 내용은 단권 주석 전체 편집에 관여한 바 없다는 것, 쓴 글에는 문제될 일이 없다는 것, 그러나 글 때문에 교회가 소란한 데 대하여는 유감으로 생각한다는 것이 골자였다.[9]

지금 돌이켜보면 우습기도 하고 슬프기도 한 일이지만, 그것이 1930년대 한국 기독교, 특히 장로교의 수준이며 현실이었고, 그러한 교권주의와 극단적 보수 신학의 배후엔 언제나 평양신학교를 지배하는 보수적 선교사들과 그 영향권 내의 박형룡 교수를 비롯한 보수적 정통주의 신앙을 복음 그 자체보다도 더 중요시하는 '때를 분별하지 못하는' 목회자들이 있었다. 근본주의 신학으로 무장한 당시 장로교 교권 집단은 교회사가 김양선의 증언처럼 축자영감설과 다름없는 '성서 무오설'을 모든 신학 사상과 신앙의 정통성 여부를 판단하는 유일한 척도로 삼았다.[10]

---

9. 『전집』 제13권, 136쪽.
10. 김양선, 『한국기독교해방10년사』, 264쪽. 『한국 신학의 광맥』, 135쪽에서 재인용.

미국 유학에서 귀국한 김재준은, 이처럼 지성 없는 경직된 신학 지식, 복음의 희열 없는 교리적 학습, 주체성 없는 타율적 의존성, 자율적 성숙성이 결여된 전근대적 미숙성이 지배하는 조선 교회의 답답한 현실에 직면해야만 했던 것이다.

숭인상업과 은진중학 교사 시절

1932~33년 어간, 미국에서 귀국한 프린스턴의 삼총사 송창근, 한경직, 김재준이 모두 평양에 모였다. 이들은 미국 유학 시절 조국의 현실을 생각하면서 그리스도 복음으로 조선 민족을 생명으로 살려 내자고 피차 격려하고 다짐하던 믿음의 형제들이었다. 후일 이 세 사람은 한국 교회사에 큰 기둥으로 커다란 족적을 남겼다. 작게 보면 이들간에도 서로 다른 점이 있었지만, 크게 보면 끝까지 신앙의 동지로서 서로를 존경하고 이끌어 주며 이해해 주었다.

김재준을 언제나 한 발 앞서서 이끌고 염려해 주던 송창근은 미국에서 신학 박사 학위를 받고 귀국, 평양 숭실중학교 성경 강사를 맡고 있으면서, 조만식 장로가 당회원 중 한 분으로 시무하는 평양의 대표적 장로교회 산정현교회에 초빙되어 목사 안수를

받고 담임목사로 부임하였다.(1933) 한경직은 숭인상업학교 성경
교사 겸 교목으로 일하다가, 당시 이미 2천 명 신도 수를 가진 신
의주 제2교회 담임목사로 청빙받아 신의주로 떠났다.

　김재준은 숭인상업학교에 교유로 초빙받았다. 교유란 교사
겸 교목 역할을 감당하는 직무다. 김재준이 아직 목사 안수를 받
기 전이었다. 숭인상업학교에 교유로 청빙된 것은 김재준에게
몇 가지 점에서 뜻 깊은 일이었다. 첫째, 처음으로 제대로 된 봉
급을 받으며 평소 원하던 교직에 나아가게 된 것이고, 둘째는, 결
혼한 후 몇 해 만에 비로소 독립하여 아내와 자녀들과 보금자리
에서 살림을 차려 보는 기회를 얻게 된 것이다.

　숭인상업학교는 본래 평양 시내 장로교회 당회원 연합회가
선교사들이 주관하는 '미션 스쿨' 과는 다르게 '숭인중학교' 를
설립하여 교육을 통한 인재 양성과 독립 운동에 공헌하려고 세
운 학교였다. 그러나 일본 정부의 냉대, 재정난, 졸업 후 취직난
등 어려움에 직면하고 난 후, 갑종 상업학교 곧 실업계 학교로 개
편하여 재출발하였다. 산정현교회 오윤선 장로, 조만식 장로, 김
동원 장로 등 쟁쟁한 교계 지도자와 민족 지도자 들이 모두 이 숭
인상업학교 이사들로서 학교 살림을 꾸려 나갔다. 실업계 학교
였지만 조선 기독교인들이 설립한 사립 학교였기에, 당연히 성
경 과목과 예배 등 종교 행사를 계속할 수 있는 조선인 학교였

다.[11]

김재준은 숭인상업학교에서 3년간 가르쳤다. 그러나 1935년 경에 일제 식민 통치 아래서 모든 제도적 학교는 공립·사립·선교사 학교를 막론하고 거의 일본 관청의 통제 아래 들어가게 되었다. 사립 학교에 형식상 이사회가 있었지만 교장과 교사의 임면이 모두 허가제였고, 교과목 배정도 관청이 정한 것을 따라야 했으며, 교장 인솔 아래 교사와 학생이 모두 신사에 참배하라는 도지사의 명령을 어기고 운영할 수 있는 학교는 하나도 없었다.[12] 기독교계 사립 학교들은 속속 문을 닫고 선교사들은 조선을 떠나 그들 본국으로 돌아가기 시작하였다. 두말 할 필요 없이 당시 조선 교회에게 '신사 참배' 강요는 신앙의 큰 시련이었다.

김재준이 숭인상업학교 교직 생활 3년째 되던 해, 당시 김항복 교장은 김재준을 교장실로 불러 일본 당국의 견디기 어려운 닦달에 맞서는 고충이 얼마나 힘겨운지 이야기하면서, 학생들에게 민족 의식을 불어넣지 말아 달라는 것과 신사 참배에 행동을 같이해 달라는 부탁을 해 왔다. 당장 그날부터 식솔들을 먹이고 살아갈 아무 대책이 없었지만, 김재준은 그 일이 있은 직후 곧 학

---

11. 『전집』 제13권, 131쪽.
12. 같은 책, 138쪽.

교에 사표를 내고 숭인상업학교의 교직 생활을 정리하였다.

여기에서 우리는 일제의 '신사 참배 강요'에 대한 김재준의 반응과 태도가 무엇이었는가를 그의 고백에 기초하여 살펴볼 필요가 있다. 왜냐하면 일부 한국 교회사가들 중에는, 조선 장로교회 직영 신학교인 평양신학교가 '신사 참배 강요'에 대한 항거로서 자진 폐교를 하였는데, 1940년 조선신학교의 창설은 '신사 참배'에 대한 묵인 내지 자진 참여의 결과가 아닌가 하여 조선신학교의 창설 정신 자체를 폄훼하는 학자들이 있기 때문이다.

분명히 말할 수 있는 것은, 김재준은 주기철(朱基徹, 1897~1944) 목사와 같이 "신사 참배는 우상 숭배이므로 일사를 각오 순교한다"는 결사 항쟁의 순교자 삶을 살지 못했다. 그의 성격이 그런 순교 투쟁의 방법에 적합하지 않았다. 결과적으로 김재준은 일제 때 대부분의 기독교인들이 그러했던 것처럼 신사 참배에 동행했다. 그러나 처음부터 그런 것도 아니고, 그 행위 자체를 종교 행위로서 한 것도 아니다. 그러면 그의 태도는 어떠했던가? 그의 자서전의 고백을 그대로 들어보자.

나는 그때 일제(日帝)의 신사 참배 강요는 초대 교회 때 로마 황제 예배 강요와 유(類)를 같이한 것이라고 생각했다. 그래서 황제 예배를 거부하고 순교한 초대 신자들의 모습을 사모했다. 나는 평양신학 도서실에서 『성자열전』(Story of the Saints) 오십여 권을 한 번에 두세 책씩 빌려다 읽었다. 그 중에서 우리와 비슷한 경우에 순교한 분들을 골라 『순교자열전』을 쓰기 시작했다. 원고지 살 돈도 없어서 잘못 쓴 데를 도배질하면서 날마다 여념 없이 써 갔다. 원고지 천 매를 넘겼다.[13]

남을 비난하기는 쉽다. 그러나 일제 시대 신사 참배 문제에 대응하기를 주기철 목사처럼 순교하지 않고 살아남았다고 모두를 비난할 만큼 자신 있는 성인이란 있을 수 없다. 김재준이 숭인상업학교 교사직을 그만둔 직접적 이유는 분명 신사 참배 문제였다. 당장 가족 전체가 '절량 가족' 신세로 전락하는 현실의 위협을 무릅쓰고 그는 사직서를 냈다. 몸으로 순교할 만큼 용감하지 못한 자신의 성품을 잘 알기에 만용을 부리지 못하고 울분을 삼키며 『성자열전』으로 뜻을 돋우었던 것이다.

당시 평양 산정현교회 담임을 맡은 송창근 목사도 설교 속에 '신사 참배 반대'라는 비판적 메시지를 담았던 강경파였다.[14] 우리는 인간의 약함을 약함 그대로 정직하게 보는 아량도 지녀야

---

13. 같은 책, 147쪽.
14. 같은 책, 138쪽.

한다. 분명히 김재준은 주기철 목사에 비하여 '신사 참배 항거 신앙'에 관한 한 약한 사람이었다. 그러나 그는 일제 시대 역사의 폭풍 속에서 살아남는 모욕을 감수하면서도 "적응하면서 저항한다"는 정신을 가지고 살아남아, 감옥 밖에서 순교자 못지 않은 그리스도의 고난을 한 몸에 채운 하나님의 종인 것만은 틀림없다.

당시 김재준이 시대의 고난 속에서 얼마나 많이 기도하면서 신앙 지성인으로서 살고자 했는지 그의 자서전 속에서 읽을 수 있다. "나는 그 당시 새벽마다 모란봉 꼭대기 솔밭 속 바위 밑에서 기도했다. 눈 쌓인 겨울에도 거의 예외가 없었다. 가고 오는 길에서도 기도하며 걸었다."[15]

1936년 여름 휴가가 끝날 무렵, 평양 산정현교회에서 3년간 목회를 한 송창근 목사는 교회 담임을 사임하고 부산에서 호주 선교부의 후원을 받아 성빈학사를 개설하기 위해 평양을 떠났다. 김재준의 친구 한경직 목사도 신의주로 큰 교회를 맡아 떠났다. 김재준은 숭인상업학교에 사표를 낸 뒤 막막한 실직 상태로 하루하루를 보내야만 했다.

---

15. 같은 책, 132쪽.

그러나 하나님의 인도의 손길은 끊이지 않고 작동하고 있었다. 대부분의 외국 선교사들이 평양을 떠났지만, 숭실전문학교 교장 마우리 선교사는 숭전에 대한 사랑 때문에 숭전과 끝까지 함께한다는 각오로 아직 평양을 떠나지 않고 있었다. 마우리 선교사는 김재준의 모교인 웨스턴 신학교 출신으로 김재준에게 남달리 관심과 호의를 갖고 있었다. 그가 어느 날 김재준의 집을 직접 찾아와 중요한 제의를 하였다. 북간도 용정의 기독교 미션 중학교인 은진중학 교장에게서 교목 겸 성경 교사 한 사람을 추천해 달라는 편지가 와서 김재준을 추천할 계획인데 뜻이 어떤가를 물으러 온 것이다.[16] 김재준은 은진중학교의 교사로 부임하기로 작정하고 평양 집을 정리한 후, 식솔들을 고향 함북 창꼴 집에 다시 맡겨 두고 만주 용정으로 떠났다.

당시 간도는 중국 동북 지역 만주 땅의 일부였으나, 만주사변 이후 이 지역에 일본 제국이 꼭두각시로 청의 폐위 황제 푸이를 집정 자리에 앉힌 후 괴뢰 국가 만주국(1932~1945)을 만들고 관동군이라는 군사력을 배경으로 온통 일본 세력이 판을 치던 곳이었다. 그러나 간도 땅은 조선 민족에게도 매우 의미 깊고 사연

---

16. 같은 책, 149쪽.

이 깊은 지역이다. 1910년 강제 합방 이래 독립 투사들이 무장 항쟁의 뜻을 품고 숨어들던 조선 독립 운동의 거점이기도 하고, 일본의 동양척식주식회사에 토지를 빼앗긴 조선족 빈농들이 살 길을 찾아 두만강을 건너와 말로 할 수 없는 고생을 하면서 뿌리를 내린 조선족 집단 거주 지역이기도 하였다. 용정은 바로 그러한 간도 지방의 중심 도시 중 하나로, 많은 조선족이 살고 있어서 지금도 중국 땅이라는 기분이 들지 않을 정도이다.

간도 용정은 조선족의 민족 운동과 특히 기독교계의 민족 교육열이 왕성한 곳이었다. 기독교 미션 스쿨로 은진중학교 이외에도 여자 미션 스쿨 명신중학교가 있었고, 일본의 낭인 히다카가 경영하는 영신중학교와 좌익계 학교인 동흥중학교가 있었다. 언덕 기슭에는 선교부에서 경영하는 동산병원이 있었다. 교회도 이성국 목사가 담임하는 동산교회와 문익환 목사의 선친 문재린 목사가 담임하는 중앙교회가 있었다. 말하자면 삼천리 반도 땅 안에서는 일제의 탄압이 격심해 가던 그때에도 평양이나 서울에 비하여 보다 자유로운 기독교 정신 안에서 교회, 학교, 병원이 서로 어울린 선교 방식이 성실하게 이루어지고 있었던 것이다.[17]

---

17. 같은 책, 154쪽.

윤동주와 문익환이 자라나던 명동이 용정에서 그리 멀지 않으며, 간도와 함북 지방을 선교 구역으로 책임을 받은 캐나다 연합교회 선교사들도, 미국계의 보수주의자들과는 달리 개방적이고 진보적인 신앙과 신학을 가지고 조선 교회의 성장과 정치적 독립에 매우 긍정적으로 도움을 주려 했던 것도 특기할 일이다. 용정과 은진중학교에 대해서 이 학교에서 청년 시절을 보낸 강원룡의 직접 증언을 들어본다.

은진중학은 규암(圭岩) 김약연(金躍淵)을 비롯한 북간도의 교회 대표 15인이 캐나다 선교회에 청원해 명신중학, 제창병원과 더불어 1931년에 설립한 학교였다. 당시 북간도 지방의 기독교 포교는 함경도 지역 전도 활동의 연장선상에서 해삼위 일대와 함께 캐나다 선교회에서 맡고 있었다.…… 내가 입학했을 때, 은진중학의 이사장으로 있었던 김약연 목사는 함북 회령 출신으로 원래 한학을 공부한 분이었다. 그는 일찍이 독립 운동에 뜻을 세우고, 뜻을 같이하는 친척 친지들을 모은 후 간도 명동으로 이끌고 들어와 자리를 잡았다. 그리고 그곳에서 사숙(私塾)부터 시작해 후일 독립 운동의 본거지가 될 명동학교를 세웠으며, 1909년 41세에 유교에서 기독교로 개종해 기독교를 위한 새 사상 모임에 주력했다. 그러나 명동학교는 1919년 국내의 3·1 운동에 호응해 3월 13일 용정에서 대규모의 시위가 벌어진 후 일제의 주목을 받다가 1920년 10월 20일 일본군에 의해 불에 타 버리고 말았다. 그리고 그후 김약연 목사는 은진중학의 이사장으로 취임하게 된 것이다.[18]

은진중학교는 단순히 기독교 신자를 양산하려는 전도 기관으로서만이 아니라 역사의 격랑을 헤치고 나아갈 창조적 소수자 인간들을 양성하는 중요한 '인간 못자리'였다. 김재준은 지금 이런 중요한 연결 고리에 교사로서 부임하고 있는 것이다. 김재준은 이 시기(1936~1939)에 후일 한국 개신교에 중요한 역할을 하게 되는 수많은 제자들을 육성하게 된다. 강원룡, 김영규, 전은진, 안병무, 김기주, 신영희, 최동렵 등이 있었고, 용정중학 교사 시절 김재준의 영향을 받았던 많은 제자들이 해방 후 서울 경동교회를 중심으로 집결하여 강원룡 목사를 핵심 인물로 선린회를 이룬다.

김재준은 평양의 숭인상업학교 교목으로 취임한 지 얼마 안

---

18. 강원룡, 『빈들에서 (1): 나의 삶, 한국현대사의 소용돌이』 (열린문화, 1993), 57~58쪽. 특히 북간도 민족 운동의 역사, 김재준이 안수받은 동만노회 역사, 그리고 김약연의 생애에 관한 자세한 연구서로는 다음을 참조할 것. 서광일·김재홍, 『북간도 민족운동의 선구자 규암 김약연 선생』 (고려글방, 1997).

되어, 평양노회에서 강도사(講道師) 시취를 받고 임직식을 거쳤으며, 간도 용정 은진중학교 교사 시절 1937년 3월에 동만노회에서 목사 안수를 받았다. 용정에서는 평양에서처럼 신사 참배를 철저하게 강요하지 않았고, 일본 영사관의 감시 감독도 평양이나 서울보다 덜했다. 그러나 평양 숭인상업학교 사직 이후 열심히 작성한 원고 뭉치를 가지고 『순교자열전』이라는 단행본 책을 출간하고 싶어했으나, 원고를 읽어 본 일본 영사관 담당 직원이 원고를 압수하고 출판 허가를 내주지 않는 바람에 출간이 좌절되었다.[19]

김재준은 가만히 있을 수가 없었다. 다행히 당시 정기 간행물은 납본제여서 사전 검열을 거치지 않아도 된다는 것을 알고, 김재준은 『십자군』이라는 개인 잡지를 냈다. 원고를 기차편으로 백부가 관계하는 한성도시주식회사에 보내 초벌 인쇄를 한 후, 초교와 재교를 서울에 있는 전영택 목사가 교정을 보고, 마지막 삼교를 김재준이 직접 교정한 후 출판하곤 했다. 마침 당시 서울에서 전영택 목사가 월간지 『새 사람』을 내고 있었고, 부산에서는 송창근 목사가 『성빈』(聖貧)이라는 잡지를 내고 있었다.

---

19. 『전집』 제13권, 160쪽.

김재준은 용정에서의 3년간 교사 생활 속에서 비록 간도라는 호지(胡地)이지만 보람도 느끼고 작은 행복도 맛보았다. "부모님을 내 집에 모시고 한번 살았으면" 하고 늘상 원하던 그는, 짧은 기간이지만 대지 300평에 비록 초가집일망정 자기 집을 마련하고 아버지를 모시는 경험도 했다. 그러나 사실 이 초가집을 마련한 돈은 고향의 형님과 아버님이 보내 준 돈이었다.[20] 그는 전도양양한 학생들을 인솔하고 만주 일대와 금강산 등지로 수학 여행을 다니면서 젊은이들에게 꿈을 길러 주기도 했다. 만주 일대의 길림, 봉천, 하얼빈, 목단강 등을 돌아보면서는 넓은 만주 땅을 내놓고 좁은 삼천리 반도 산골 땅 안으로 기어든 조상들이 원망스러워지기도 했다. 김재준은 친절하거나 상냥하기보다는 과묵한 선생이었으나, 학생들은 물론 교사들도 모두 존경하는 선생이었다.

학생들에게 김재준 선생의 별명은 '천지 선생'이었는데, 강의할 때면 학생들의 얼굴은 보지 않고 교안 노트와 교실 천장만 자주 보곤 해서 붙은 별명이었다.[21] 그러나 김재준의 인격적 감화는 부지불식간에 학생들에게 깊이 각인되고 있었다. 시험 시

---

20. 같은 책, 159쪽, 167쪽.
21. 강원룡 목사의 회고담. 『기독교장로회 회보』 2001년 6월호, 16쪽.

간에 감독으로 들어오면 아예 신문에 눈을 박아 놓고 있었지만, 커닝에 도통한 학생들도 차마 김재준 선생님 앞에서는 커닝할 엄두를 내지 못했다. 제자들 중에 강원룡, 김영규, 전은진 등은 혜란강 건너 용강촌에 주일학교를 세우고, 안병무, 김기주, 최동렵 등은 그보다 더 멀리 떨어진 조양촌에 주일학교를 세워 주민 봉사와 교육에 열심을 보이기도 하였다. 은진중학교 교사 시절 김재준의 교사로서의 사명감은 남달랐고, 그의 다짐은 크고 다부진 것이었다.

은진중학은 기독교적인 사립 학교로서의 엄숙한 역사적 사명을 자각해야 할 판이었다. 교인을 얻으려는 전도 기관으로서의 학교가 아니라 다가오는 역사의 격랑에 대결하여 새 세계, 새 인류의 지도자 될 창조적 소수자를 길러 내는 학원으로 조형되어야 한다고 나는 다짐했다.[22]

교육자란 청년들에게서 내일의 무한한 가능성을 보고 그들의 마음속에 불멸의 동경을 심어 주며 또 비전을 보여주는 사람

---

22. 『전집』 제13권, 155쪽.

이다. 은진중학교 교사 시절은 비록 3년이라는 길지 않은 기간이었지만, 그가 꿈을 심어 준 청년 학생들 중에서 강원룡, 안병무, 이상철 등 세계적 인물들이 많이 배출된 것은 결코 우연의 일이 아니다.

때가 되자 하나님은 김재준을 한국 교회의 큰 종으로 쓰기 위해 불러 내셨다. 드고아의 광야 거친 고원에서 양 치고 뽕나무 기르던 목자 하나, "의(義) 사모하기를 주리고 목마름 같이 한" 아모스를 당신의 예언자로 불러 내시듯, 호지라고 일컫는 만주 땅 용정에서 가난한 조선의 청년들을 돌보던 김재준을 역사의 중심 무대로 불러 내셨다. 그의 나이 이제 마흔이라는 불혹(不惑)의 때였다.

이제 김재준은 인간적으로 완전히 무르익어 있었다. 우리는 여기쯤에서 김재준의 생활 좌우명을 음미해 보는 것이 좋을 듯하다. 그의 인격은 장공(長空)이라는 아호처럼 높고 넓고 깊은 자유인으로 영글었지만, 그는 스스로 겸손하여 항상 자기를 살피고 깨어서 바로 살려는 노력을 한 사람이었다. 우리는 김재준과 같은 대범한 인물이 스스로 좌우명을 세워 놓고 거기에 자기를 비춰 보며 날마다 자기 성찰하는 삶을 살았다는 사실에 다소 의아해 할는지도 모른다. 그러나 그는 젊은 시절부터 다음과 같은 열 가지 생활의 좌우명을 정하여 바로 살려고 노력하였다.

하나, 말을 많이 하지 않는다. 둘, 대인 관계에서 의리와 약속을 지킨다. 셋, 최저 생활비 이외에는 소유하지 않는다. 넷, 버린 물건, 버려진 인간에게서 쓸모를 찾는다. 다섯, 그리스도의 교훈을 기준으로 '예'와 '아니오'를 똑똑하게 말한다. 그 다음에 생기는 일은 하나님께 맡긴다. 여섯, 평생 학도로서 지낸다. 일곱, 시작한 일은 좀처럼 중단하지 않는다. 여덟, 사건 처리에는 건설적·민주적 질서를 밟는다. 아홉, 산하(山河)와 모든 생명을 존중하여 다룬다. 열, 모든 피조물을 사랑으로 배려한다.

이상 열 가지 좌우명 내용을 음미해 보면, 홀로 있을 때 스스로를 삼가고 성실하려는 유교 선비적 자기 수련의 자세와 성 프란시스의 청빈 사상, 예언자 정신과 작은 자를 배려하라는 성서의 긍휼히 여기는 마음, 예수님 계명에 순명하라는 실천적 제자직 의식, 자연과 생명 존중 사상 등이 구체적 삶의 열 가지 좌우명 안에 융합해 있는 것을 느낄 수 있다.

조선신학교 설립 과정에 부름 받고

1939년 3월부터 1940년 3월까지 12개월 사이에 서울에서는 한국 교회사에 중요한 한 가지 사건이 일어나고 있었으니, 그것은 다름 아닌 한국 장로교 총회 안에 조선신학교가 설립된 일이었다. 그 일에는 하늘의 섭리가 작동하고 있었고, 김재준은 바로 이 일에 하늘의 소명으로 부름받고 있었다.

　새 역사의 배아가 움트는 역사적 과정은 이러했다. 일본의 식민 통치가 극렬해지고 신사 참배를 강요하는 강도가 더욱 가혹해 가던 1938년의 7월, 조선예수교장로교는 제27회 총회에서 어쩔 수 없이 신사 참배를 가결하고 만다. 그리고 대부분의 선교사 교수들은 철수하거나 추방당하고 1938년 5월부터 무기 휴학에 들어갔던 평양신학교는 자진 폐쇄를 단행한다.[23] 이 땅에 장로 교회는 아직도 서 있는데, 교회의 교역자를 양성하는 신학교는 문을 닫는 상황이 지속되자, 교역자 대표들은 서울에 모여 신학교 설립 기성회를 조직하고, 1939년 장로회 제28회 총회에서 조선신학교 설립의 인준을 받기에 이르렀다. 새 신학교 설립 기성회의 실무는 채필근 목사가 맡아 추진하고 있었다. 이러한 사실로 보건대 조선신학교의 설립은 1953년 장로교의 분열 결과 출현한 기독교 장로교의 신학교로서 개교한 것이 아니라, 장로교 총회(제28회)의 인준하에 설립된 학교라는 점을 기억해 둘 필요가

23. 민경배, 『한국기독교회사』 개정판 (대한기독교출판사, 1982), 513쪽, 424~451쪽 참조.

있다.

그런데 조선신학교가 태동할 무렵(1939), 조선 장로교 안에는 두 계열의 서로 다른 신학적 입장과 교권적 이해 관계가 뒤얽혀 있었고, 여기에 이러한 흐름을 역이용해 일본 식민 통치 당국자들이 종교 집단을 일본화 정책에 이용하려는 정치적 술수가 개입되고 있었다. 장로교 안의 두 흐름이란 곧 '평양신학 재건파'와 '조선신학교 설립파'를 말한다. 평양신학 재건파는 선교사 지지 충성파로서 신학적으로는 근본주의 보수 신학을 정통 신학으로 고수하고, 지역적으로는 서북 지방 곧 평안도와 황해도 그리고 대구 지역에서 교권을 확고하게 장악하고 있었다. 이들은 서울에서 추진되는 새로운 조선신학교 설립 운동 자체가 선교사들에 대한 배신 행위이자 신신학(新神學)에 노출되는 위험한 행위이므로 철저히 감시하고 반대해야 한다는 태도를 보였다.

그러나 조선신학교 설립파는 선교사 시대가 지난 이제 조선 교회는 조선인의 손으로 양육되어야 하고, 신학 교육 기관도 조선인의 손으로 주체적으로 운영되어야 한다는 확신을 가지고 있었다. 그들의 신학적 경향성은 세계적 개혁파 신학의 주류를 지지하고 개혁교회 정신을 유지하지만, 경직화된 보수적 근본주의 정통 신학은 극복되어야 한다는 입장이었다. 이들을 지지하는 세력은 서울·경기 지역에 두루 퍼져 있었고, 서북 교권주의에 의해 소외되어 온 호남 세력이 동조하고 있었다.[24] 줄여 말하자면 1930년대 이후 장로교 내에서는 교권 문제와 신학 문제로 두 개의 흐름이 분열·대립하고 있었는데, 교권으로 말하면 서북 교권과 기호 교권의 대립이요, 신학 노선으로 말하면 근본주의적 보수 신학과 진보주의적 개혁파 신학의 대립이었던 것이다.

이 무렵 경북 영일 출신으로 자수성가하여 큰 재산을 모은 사업가이자 신앙적으로는 서울 승동교회 시무장로로서 경건하게 하나님을 믿는 김대현 장로라는 분이 있었다. 승동교회는 김재준 목사의 모교회라 할 수 있는 곳인데, 이 김대현 장로는 승동교회의 20대 청년반을 지도한 적도 있었다. 김대현 장로는 평양신학교가 폐쇄당했으니 이제 조선인 손으로 조선신학교를 설립해 성직자를 양성해야 한다는 신념하에 50만 원(당시 미화 25만 달러)에 상당하는 부동산과 조선신학원 설립 경상비 10만 원을 헌금으로 내놓았다.

그런데 장로교 안의 두 흐름 가운데 보수파가 더 득세하였던 까닭에, 1939년 총회에서 평양신학교를 재건하여 직영 신학교로 만들자는 결의가 이뤄지고, 1940년 2월 9일 총독부로부터 설

---

24. 민경배, 『한국기독교회사』, 410쪽 이하 참조.; 『전집』 제13권, 172~179쪽 참조.

립 인가를 받아 채필근 목사가 이 평양신학교의 교장으로 취임하게 되었다. 한편 장로교 총회에서 설립 인준을 받았던 조선신학교도 경기도 지사의 강습소 인가를 받고 개교를 하지 않을 수 없었다.

한국 교회사가 민경배 교수에 따르면, "그런데 1940년 가을의 총회에서는 '조선신학원 경과 보고' 중 '장로회 목사 양성'을 '장로회 교역자 양성'으로 개정해서 가결된 사실이 보고되었다"[25]고 한다. 이것은 당시 보수적 교권주의자들에 의해 지배된 장로교 총회가 전 해 총회에서 가결된 총회 결의 사항마저도 "개정해서 채용 가결"할 만큼 조선신학원의 설립에 두려움과 적대감을 가졌다는 증거이며, '장로회 목사 양성'이라는 표현을 '장로회 교역자 양성'이라고 고침으로써 평양신학교와 조선신학원 사이에 차별을 두려는 의도를 역력히 드러내 보인 것이다.

당시 평양의 윤원삼 장로는 총회 폐회 직전 긴급 발언을 요청하여 다음과 같은 일장 연설을 했다고 김재준은 전한다.

교회의 수난기에 총회 산하의 현직 장로가 교회를 지키려는 충

---

25. 민경배, 『한국기독교회사』, 448쪽.

성으로 오십만 원의 사재를 주의 제단에 바쳤는데 총회로서 감사와 격려의 표지는커녕 냉대와 질시로 대한다는 것은 인지상정으로 이해할 수 없는 처사다. 제단의 성금(誠金)까지 교권 다툼에 희생된다면 금후 어느 신도가 충성을 보이겠는가.[26]

사실이 그렇다. 김대현 장로는 조선인으로서 순수한 신앙으로, 하나님에 대한 경외, 예수의 복음 사랑, 교회 충성이라는 순수한 정성으로, 일본 경찰의 미움과 감시를 각오하고 거룩한 하나님의 제단에 번제물처럼 자신의 모든 재산을 바쳤다. 이 기금을 바친 동기가 순수하고 거룩하였으므로 하나님이 흠향하시고 새 역사의 주춧돌로 삼으셨다. 혈육적인 온갖 교권주의자들의 권모술수가 하나님의 '어리석은 지혜'를 이길 수 없었다. 하나님의 섭리 손길 안에서 김재준은 바로 이 새로운 조선신학교의 설립 사무를 맡아 달라고 김대현 장로의 서찰을 김재준은 받게 된다.

조선신학원 설립 사무를 뒤에서 받치던 믿음의 형 송창근 목사의 빗발치는 독촉을 받고 김재준은 은진중학교 교목직을 사퇴

---

26. 『전집』 제13권, 174쪽.

하고 조선신학교 설립에 몸을 던진다.(1939년 9월) 송창근 목사는 수양동우회(홍사단) 사건으로 일제의 감시를 받고 있는 상태여서 실질적인 사무를 볼 수 없었다. 우여곡절 끝에 1940년 3월 조선신학원이 인가되었다. 김재준은 직접 인가 서류를 도청에 가서 받아 와 설립자의 큰아들로 조선신학원 회계를 맡은 김영철 장로에게 전달하고 함경선 기차에 몸을 실었다. 노환으로 고생하시던 고향의 아버님이 위독하다는 전보를 받았던 것이다.

그러나 김재준이 경흥 창꼴 집에 도착했을 때는 이미 아버님의 장례식이 치러진 뒤였다. 김재준은 어머님의 별세 때 그랬던 것처럼 아버님의 별세 때도 임종을 못한 불효를 부친의 묘소 앞에 엎드려 사죄했다.[27] 김재준의 부친은(1864~1940) 77세로 별세하셨고, 모친은(1862~1936) 그보다 4년 전 그가 용정중학교에 부임하러 아오지역을 떠나던 날 막내아들 식솔들을 모두 떠나 보내 놓고 나서 그 허전함과 슬픔을 견디기 어려웠는지 집에 돌아와 졸도한 후 갑자기 돌아가셨으니 향년 75세였다. 그는 자신의 나이 80이 지난 후 어머니를 회상하면서 이렇게 적고 있다.

---

27. 같은 책, 180쪽.

나는 불효 자식임에 틀림없다. 그러나 어머님은 지금도 내 심장에 살아계신다. 어머니의 사랑은 무조건이었다. 내 생각, 내 한 일, 하려는 일, 믿는 일, 저지른 잘잘못, 그런 딱지나 조건이 문제가 아니었다. 어쨌든 나는 그의 사랑하는 아들이었고 그는 내 어머니였다. 그것은 영원히 그럴 것이다. "사랑은 영원하다." (「고전」 13: 8)[28]

---

28. 같은 책, 159쪽.

조선 교회의 주체성 자각과
선교사 시대의 종언

1940~1950

일제 말 암흑기에서 조선신학교의 명맥을 유지하는 데
혼신을 다한 김재준은 해방을 맞아 '실천적 신앙'을 강
조하는 경동교회 설립의 중심 인물로 활동한다.

조선신학교의 건교 정신과 하늘의 소명

조선 교회의 교권 알력과 일본 당국의 억압이라는 이중고 속에서도 새 역사를 짊어지고 갈 새 아기 조선신학교가 탄생하였다. 처음 시작은 모든 만물의 생명 있는 것들의 시작이 으레 여리고 작고 미미하듯이 조선신학교의 출발도 그러하였다. 시작할 때의 이름은 조선신학원이었다.

조선신학원의 교사(校舍)는 승동교회 예배당 하층이었다. 책걸상을 마련하고, 학칙을 만들고, 커리큘럼도 충실하게 작성했다. 개강식 때 초대 조선신학원 원장 김대현 장로는 다음과 같은 요지의 취임사를 했다고 김재준은 『범용기』에서 증언한다.

나는 처음부터 크게 당당하게 시작하는 것을 원치 않는다. 사실 지금까지 내 하는 일이 다 그러하였다. 조선신학원도 어렵고 작고 눌린 데서 탄생한 것이 오히려 자랑이다. '이소성대'(以小成大)가 내 평생의 좌우명이다. 나는 지금의 미미한 조선신학원이 꾸준하게 자라서 전세계에서 제일 훌륭하고 유명한 신학교가 될 것을 확신한다.[1]

조선신학교(현 한신대학교)는 식민지 치하에서 교권주의자들의 절대적인 신학적 훈수를 받고 출발한 것도, 더욱이나 일본 당국이나 매판 재벌의 커다란 지원 아래서 크고 화려하게 출발한 것도 아니다. "어렵고 작고 눌린 데서" 그것은 탄생하였다. 그것은 사람의 약함을 강함으로 채워 주시는 하나님을 신앙하는 믿음의 자녀들이 세운 학교였다. 설립자는, 거대한 상수리나무가 작은 배아의 싹틈에서부터 서서히 자라 거목이 된다는, 곧 "작은 것으로써 큰 것을 이룬다"(以小成大)는 신념의 소유자였으며, 그의 예언대로 조선신학교는 이제 60년이 넘게 역사의 비바람을 헤치며 한신대학교라는 커다란 나무로 자라났다.

처음의 학교 살림과 상황을 기록에 따라 몇 가지만 살펴보자. 설립자 겸 원장은 김대현 장로, 이사는 함태영(이사장), 김관식, 한경직, 김영주, 김영철, 오진영, 조희암, 김길창, 윤인구였고, 교수는 김재준과 윤인구, 미야우치 아키라(宮內彰)가 있었으며, 강사에 전필순, 이정로, 현재명, 김창제, 갈홍기 등이 있었다. 송창근 목사와 한경직 목사를 교수로 청빙하고자 했지만, 송창근 목사는 흥사단 문제에 연루되어 아직도 보석 상태에 있었고, 한경

1. 같은 책, 183쪽. 좀더 긴 취임사 요지는 『한신대학 50년사』(한신대 출판부, 1990), 20~21쪽 참조.

직 목사는 일제의 설교 금지 조처로 신의주 제이교회에서 퇴진하여 고아원을 경영하는 상황이었다.

졸업에 필요한 신학 교육의 수업 기간은 3년이었고, 강의실에서 교수가 쓰는 용어는 일본어가 아닌 조선어였다. 전국 각지에서 몰려 온 신학생들의 숫자는 뒤에 시인이 된 임인수나 교육자가 된 이춘우 등 100명이 넘었는데, 이들은 승동교회 담장 밑 회랑을 기숙사로 썼다.

학교 경상비가 부족하자 각 교회 담임목사에게 특별 헌금을 청원해서 충당하였고, 조선예수교장로회 총회 재정부에 재정 보조를 청원하여 3천 원의 재정 보조를 받기도 했다.[2] 보수적 교권주의자들이 포진하고 있는 총회와 그 산하 재정부가 조선신학교의 설립과 개강에 곱지 않은 시선을 가졌음에도, 이미 총회가 조선신학원 설립을 공식적으로 인준한 상황인지라, 재정 보조 지원 요청의 명분을 정당한 이유 없이 묵살할 수가 없었던 것이다.

그러나 조선신학원 설립 당시 설립자 김대현 장로의 맏아들로 조선신학원 재단 회계를 맡았던 김영철 장로는 일제 당국으로부터 계속 시달림을 받아야 했다. 그가 조선신학원을 재정적

---

2. 같은 책, 182~185쪽.

으로 도와서 학교를 지탱토록 한다는 사실 자체가 일제 당국으로서는 못마땅했기 때문이었다.

조선신학교 창설 당시의 어려웠던 살림 이야기는 이쯤 하자. 그 밑바닥에 흐르는 보이지 않는 건교(建校) 정신, 다시 말해 후일 한국신학대학과 종합대학교 한신대학교로 발전해 간 조선신학교의 교육 이념이 무엇인가를 주목해 볼 차례다. 김재준 교수가 발표한 조선신학교의 교육 이념은 아래와 같다.[3]

1. 우리는 조선신학교로 하여금 복음 선포의 실력에 있어서 세계적일 뿐만 아니라, 학적·사상적으로도 세계적 수준에 도달하도록 할 것.
2. 조선신학교는 경건하면서도 자유로운 연구를 통하여 자율적으로 가장 복음적인 신앙에 도달하도록 지도할 것.
3. 교수는 학생의 사상을 억압하는 일 없이, 동정과 이해를 가지고 신학의 제 학설을 소개하고, 다시 그들이 자율적인 결론으로 칼빈 신학의 정당성을 재확인함에 이르도록 할 것.
4. 성경 연구에 있어서는 현대 비판학을 소개하며, 그것은 예비

---

3. 『한신대학 50년사』 (한신대 출판부, 1990), 21~22쪽.

적 지식으로 이를 채택함이요 신학 수립과는 별개의 것이어
야 할 것.

5. 어디까지나 교회의 건설적인 실재면을 고려해 넣은 신학이
어야 하며, 신앙과 덕의 활력을 주는 신학이어야 한다. 신학
을 위한 분쟁과 증오, 모략과 교권의 이용 등은 조선 교회의
파멸을 일으키는 악덕이므로 삼가 그러한 논쟁을 하지 말 것.

진실로 조선신학교의 창설은 조선 기독교 역사에서 "때가 되
어"(「전」3: 1 이하) 하나님이 당시 사람들의 마음을 움직이고 불러
모으고 고요히 경륜하셔서 세운 교육 기관이라고 아니 할 수 없
다. 1935년을 기점으로 하여, 조선 교회의 창설기 이래 50년 동
안 수고한 선교사들의 교도적 지배 시대를 끝내고 조선 교회를
어린아이가 아닌 성년 교회로 키우시려는 하나님의 경륜이 거기
에 있었고, 그 경륜에 응답한 창조적 소수자들의 신학적 · 신앙적
응답의 결실이 바로 거기에 있었다.

위에 인용한 조선신학교 교육 이념의 다섯 가지 정신은 기독
교 성직자를 양성하는 전문적 신학 교육에 표준이 될 만한, 항구
적 가치를 지닌 '신학 교육의 매니페스토(manifesto)' 라 할 수 있
다. 신학의 학문과 사상면에서 세계적 수준에 도달한 교육, 학문
성과 경건성의 통전적(通典的) 교육을 통한 복음적 신앙의 함양,

젊은 학생들의 생각을 억압하거나 강압적 신학 사상 주입이 아닌 자율적 학풍의 진작, 성서 텍스트 연구에 있어서 학문적 비판 연구를 충분히 받아들이되 복음의 본질을 훼손하는 극단적 비판학을 경계하는 성숙한 지혜, 신학 교육의 목적을 교회 봉사에 두는 겸허한 자세 등은 두고두고 모든 신학 교육 기관의 정신이 될 만한 것이다.

조선신학교가 설립될 무렵 일제의 단말마적인 억압은 갈수록 가중되었으며, 조선의 경제는 바닥에 도달하여 궁핍이 극에 달하였고, 조선 청년들과 처녀들은 학도병, 징용대, 일본군 위안부로 끌려나가는 견디기 어려운 시련이 이후 1945년 해방될 때까지 지속되었다. 이 어려운 시기에 김재준은 사나 죽으나 조선신학교 지키는 데 일념이었다. 혼신의 힘을 다하여 조선신학교를 지탱하고 강의를 계속했다. 특히 1943년부터 1946년까지 김재준은 조선신학교의 교장으로서 교수로서 교무주임으로서 경리주임으로서 그리고 소사로서 모든 일을 혼자서 해내며 학교의 숨결을 이어갔다.

이 무렵 가장 어려웠던 시련은 일본 종교 정책의 일환으로 추진된 '조선 혁신 교단' 운동 시기에 조선신학교의 정신과 명맥을 지켜 나가는 일이었고, 일제의 학생 징집 명령으로 평양 군수 공장에 조선신학교 학생 40여 명이 전성천 교수 인솔로 집단 노동에 복무하던 시기에 학교를 지키는 일이었다. 혁신 교단 운동과 신학교 교단 통합에 반대했던 김재준은 덕수교회당의 교사에서 강의를 계속하였고, 전성천 교수가 학생들을 인솔하여 평양 군수 공장에 집단 노동 징집으로 끌려갔을 때도 남은 학생 일곱 명을 앉혀 놓고 가르침을 계속하였다. 평양 군수 공장에서 집단 노동을 하는 학생들에게 격려 편지를 보내거나 직접 방문하는 일도 그의 몫이었다.[4]

해방 1년 전 무렵에는 신약을 담당하던 미야우치 교수마저도 40대 나이임에도 불구하고 징집 영장이 나와 징집당하고 없었다. 형사나 헌병대에서 파견된 감시자들이 몇 안 되는 학생을 데리고 끝까지 교실을 지키는 김재준의 사무실이나 강의실에 상주하다시피 했다. 해방 직전에는 연희전문학교와 이화전문학교 등도 모두 강제로 문을 닫게 돼 일시에 교육의 전적인 부재 상태가 되었다. 이렇게 전국의 고등 교육 기관이 모두 일제에 의해 망가졌을 때에도, 해방되는 그날까지 가냘프나마 '신학교'로서 조선신학교가 살아남았다는 것은 기적이라 할 수 있다. 김재준은 이렇게 당시의 심경을 말하고 있다.

---

4. 같은 책, 26~29쪽.

그동안 조선신학원은 폭풍의 격랑 속에서 한 잎 낙엽같이 엎치락뒤치락 하면서도 침몰하지 않았다. 그리스도가 같이 타고 계셨기 때문이라고 믿는다. 그러면서도 해방될 때까지에 3회에 걸쳐 졸업생을 냈다.[5]

조선 민족 전체가 도탄에 신음하는데 김재준의 가정이라고 편안할 리가 없었다. 1943년, 이미 김재준은 3남 3녀의 자식을 둔 가장이었으나 그의 가족은 생존을 위한 최악의 경제 생활을 인내와 믿음만으로 버티지 않으면 안 되었다. 가족들은 서울 전농정, 뚝섬, 도농 등으로 전셋집을 옮겨가면서, 콩깻묵과 감자 농사 등으로 목숨을 이어갔다. 이 어려웠던 시절은 물론 그 뒤 6·25 전쟁 무렵의 고난한 시절, 그의 가족을 도왔던 이는 조선신학교 초창기의 제자 이춘우였다. 그는 후일 장로가 되어 신학교의 발전과 농촌 지역 사회 발전에 큰 공헌을 하게 된다. 길고 긴 역사의 어두운 밤이 지나고 마침내 아침이 왔다. 돌연히 해방이 된 것이다.

---

5. 『전집』 제13권, 235쪽.

해방 공간, 그 혼돈과 어둠으로부터 질서와 빛을

군국주의 일본은 기어코 망할 것이고 조선은 언젠가 꼭 독립되리라 믿었던 한민족에게도 해방의 소식은 도둑처럼 갑자기 왔다. 1945년 8월 14일 일본 왕은 '긴급 방송'을 통하여 일본의 무조건 항복 담화를 발표했다. 8월 15일 온 누리에는 조국 해방 만세의 희열이 진동하였다. 그러나 그 해방의 공간은 혼돈과 어둠의 바다로부터 질서와 빛이 새로 창조되어 나와야 하는 공간이기도 했으며, 그런 만큼 창조의 진통과 갈등이 뒤따라야만 했다.

일본국의 무장 해제를 빌미로 38선 양쪽의 남과 북에 각각 미군과 소련군이 진주한 것도 당사자인 한민족도 모르게 연합국 간의 정치적 협상에 따라 도둑처럼 이루어진 일이었다. 소박하기만 했던 한민족은 남북한 양쪽의 미군과 소련군 진주가 일시적인 질서 확립을 위한 조치일 것이라고 생각했고, 그래서 머지않아 통일 국가를 세울 수 있으리라고 믿었다. 그러나 냉혹한 국제 정치의 현실 속에서 한민족의 운명은 자신들의 염원과는 상관없이 냉정한 힘의 논리에 내맡겨져 있었다. 1945년 9월 2일, 미국 극동사령관은 조선 분할 점령을 정식으로 발표하고, 9월 8

일 인천에 미군을 상륙시켰으며, 11일에는 미 군정 실시를 공표했다.

이어 하지 중장이 미 군정 총독, 아놀드 소장이 정무총감, 안재홍 씨가 민정관으로 임명되었다. 김구를 비롯한 임시정부 요인들은 미 군정청이 대한민국 정부 요인으로 인정하지 않았기 때문에 개인 자격으로 입국할 수밖에 없었다. 여운형 중심의 건국준비위원회나 송진우 중심의 한민당 등에서 활동하던 정치인들은 해방 정국의 정치 광야에서 서로 동상이몽으로 권력 잡기를 꿈꾸고 있었다.

해방 정국에서 김재준이 직면한 과제는 크게 세 가지였다. 첫째 과제는 신학 교육을 재정비하는 것이었다. 조선신학교는 일제 때 간신히 명맥을 유지하기는 했지만 일제의 핍박과 교권주의자들의 비협조로 허약해질 대로 허약해져 있었다. 신학 교수진의 보강도 문제려니와 학교의 운영비 마련과 무엇보다도 교사(校舍) 마련이 시급했다. 둘째 과제는 근본주의 신학으로 무장한 채 날로 강화되어 가는 보수적 교권주의자들의 책략에 대응하여 신학의 학문성과 진보성을 지키고, 세계 신학의 조류를 해방 후 한국 교계에 전달하여 '우물 안 개구리'를 면하게 하는 일이었다. 셋째 과제는 사상 이념의 혼란기에 처하여 유물론적 좌파 이념 운동에 대항할 수 있는 지성적인 젊은 청년 학생들에게 바른 철학적·역사적 이념을 제시하고 가르치는 일이었다.

김재준이 해방 정국에서 수행해야 할 첫째 과제, 곧 조선 신학 교육 기관의 재정비에 착수하려 할 무렵 송창근, 한경직 등 신앙 동지들이 그 일에 함께 뛰어든다. 일제가 물러가고 열린 새로운 시대, 옛날 미국 프린스턴 유학 시절을 함께했던 신앙의 동지요 맹우인 송창근, 한경직 목사 등과 새로운 신학 교육을 재정비하겠다는 비전으로 김재준의 마음은 가득 찼다. 해방 직후 조선신학교의 도약을 위한 운동 초기 송창근, 김재준, 한경직 트리오는 서로 긴밀하게 협조하면서 마음을 하나로 묶어 일했다. 그 당시 심경을 김재준은 다음과 같이 『범용기』에서 회상한다.

해방 직후 미 군정 아래서의 우리는 일제 시대보다 자유로웠다. 김천의 만우, 신의주의 한경직 그리고 서울의 나는 모두 조선신학원에 모였다. 셋은 학창 시절의 맹우였다. 한국 교회를 세계 수준에 밀어올리기 위한 인물 양성 그것은 자유로운 신학 교육의 수준 향상에 있다고 보았다. 만우는 목회 신학, 한경직은 신약, 나는 구약을 전공하기로 해서, 학업을 마치는 대로 셋이 같이 일할 작정이었다. 이제는 일제(日帝)가 물러갔으니 기회가 온 셈이다. 셋이 서울에 모였다. 여자 신학교까지 설계했다.[6]

위 증언을 통해 우리는 20세기 한국 개신교의 대표적 목회자 한경직과 대표적 신학 교육자 김재준 사이에 신앙 동지적 유대가 얼마나 두터웠는지 알 수 있다. 비록 그 신앙적 유대가 장로교 교파의 분열과 5·16 군사 정권의 출현으로 말미암아 크게 약해지고 심지어 손상되기까지 했으나, 신앙 동지로서 서로간의 신뢰와 우정은 변함이 없었다. 만약 김재준과 한경직 두 거목의 맏형 뻘 되는 송창근 목사가 6·25 때 납북당해 순교하지만 않았더라도, 예장(예수교장로회)과 기장(기독교장로회)의 교파 분열이나 신학교의 난립도 극복될 수 있지 않았을까 하고 말하는 분이 많다. 그러나 역사에는 만약이라는 가정이 있을 리 없다.

김재준이 해방 정국에서 직면한 첫 번째 사업, 곧 조선신학교의 재정비는 혼돈의 해방 정국 속에서도 힘차게 수행되었다. 우선 신학교 교사 마련 문제는 일본 천리교(天理敎) 단체가 일제의 보호 아래 강점해 왔던 토지와 건물, 곧 '적산'이라고 부르는 '귀속 재산'을 미 군정청의 협조를 받아 공식으로 접수하는 것으로 해결이 되었다.

일제의 한국 식민 통치 기간에 일본의 천리교는 당국의 비호

---

6. 같은 책, 242쪽.

아래 서울에서만 40여 곳이나 되는 교회당을 두고 번성하고 있었다. 천리교란 일본의 토착 종교 신도(神道)와 불교가 혼합하여 1840년에 생겨난 일본 신도 계열의 신흥 종파로, 심리적 질병 치료, 자비행, 신전 참배 등을 강조하는 다신 숭배의 민간 신앙이다. 일본이 패망하자 대부분의 천리교 관장을 맡고 있던 일본인들이 일본으로 돌아갔으나, 조선인으로서 일본 천리교의 신자가 되어 일제 36년 동안 그들에게 빌붙어 부귀영화를 누리던 사람들은 새 시대가 왔음을 깨닫지 못한 채 남은 천리교 재산을 소유하는 데 혈안이 되어 밤마다 음모를 꾸미는 실정이었다.

김재준과 한경직은 조선신학교 교육 시설을 확보하기 위해 미 군정청 산하에 서울 시장격인 미 육군 대령 월손을 찾아가 천리교 재산 일부에 대한 '임대차 계약'을 요청하고 두 곳의 중요한 '적산' 시설과 땅을 조선신학원이 넘겨받을 수 있도록 해 달라고 청원하여 결정을 얻어냈다. 지금 서울역 앞 벽산빌딩 뒤편 언덕에 세워진 동자동 성남교회터 일대가 당시 천리교 본부가 있던 곳인데 이곳에 남자 신학교 교사와 기숙사가 들어서게 되었다. 그리고 현재 영락교회 교회당이 자리잡고 있는 영락정의 천리교회 터와 건물은 여자 신학교와 여자 기숙사 용도로 접수하고, 한경직 목사가 여자 신학교의 교장으로 취임하게 되었다.

그러나 영락정의 이 천리교회 터와 건물은 본래 여자 신학교

용도로 미 군정청으로부터 허락을 받은 것이었지만, 이북에서 내려온 기독교 피난민들이 몰려들면서 여자 기숙사가 '피난민 수용소'로 변모하게 되었다. 우여곡절을 거쳐 결국 영락교회 한경직 목사가 이 건물과 대지를 불하 받게 되면서, 조선신학교 이사회는 영락교회가 처한 목회적 상황과 복음 사업으로서 교회의 중요성을 양해하여 소정액을 받고 영락교회에 양도하게 되면서 이는 법적으로 영락교회의 소유가 되었다.[7]

교육 사업이란 교사(校舍)나 캠퍼스만 마련했다고 해서 되는 일이 아니다. 더 중요한 것은 교수진이요 교육의 내용이다. 조선신학교 이사회는 함태영 목사를 이사장으로 선임하고, 송창근·김재준·한경직 및 캐나다 선교사 윌리엄 스콧(William Scott, 한국명 서고도)을 정교수로 선임하였으며, 그 밖에 신진 젊은 학자들과 인재들을 모아 신학 교육을 재정비하였다. 전성천, 정대위, 조선출, 김정준, 이영희, 공덕귀, 차봉은 등이 조교수 또는 전임 강사 등으로 봉사한 사람들이다. 이사회는 조선신학교를 실질적으로 일제 말기에 온몸으로 지켜 온 김재준을 학교장으로 선정하려 했으나, 김재준이 고집스럽게 사양하면서 송창근 목사를 적극 추

---

7. 『전집』제13권, 245~247쪽 참조; 『한신대학 50년사』, 37쪽 참조.

대하여 송창근 목사가 1946년 봄 학기에 제4대 학장으로 취임하였다. 이렇게 해서 조선신학교는 바로 이 동자동 캠퍼스에서 확고한 기반을 다지게 된다.[8]

조선신학교는 1945년 동자동 캠퍼스에서 해방 후 처음으로 입학생 200여 명을 받고, 1946년에는 문학과와 사회사업학과를 증설하는 동시에 4년제 대학 인가 신청을 문교부에 제출하였다. 조선신학교를 대학령에 의한 정규 대학으로 인가된 학교 체제로 개편하는 일은, 학장으로 임직한 송창근 목사가 온 마음을 쏟은 일인 동시에 김재준도 적극 찬성한 일이었다. 그러나 대학 인가를 받으려면 학교를 운영하는 주체가 '재단 법인'으로 등록이 되어야 했는데, '재단 법인' 등록을 위해서는 상당한 액수의 기본 재산이 요청되었다.

송창근은 부산 성빈학사 운영시에 잘 알고 지내던 거제도의 진정률 장로 형제들을 찾아가 이 뜻깊은 하나님의 일에 협조해 줄 것을 간청했다. 송창근의 설득에 진정률 장로는 거제도 옥포 지역에 있는 임야를 '재단 법인'의 기본 재산으로 헌납하였다. 조선신학원 설립 당시 김대현 장로의 정재 헌납(淨財獻納)에 버금

---

8. 같은 책, 245쪽; 『한신대학 50년사』, 34쪽.

가는 뜻깊은 일이었다. 교육법상의 모든 조건이 갖춰지자, 1947년 당시 오천석이 문교장관으로 있던 미 군정청은 조선신학교에 정식 대학 인가를 내주었다. 조선신학교라는 학교 이름을 한국신학대학으로 바꾼 것은 그후 1951년 3월의 일이다.[9]

김재준이 혼돈스럽던 해방 직후 역사적 전환기에 감당해야 했던 두 번째 과제는, 날로 강화되어 가는 한국 기독교의 보수성과 근본주의적 신학으로 세뇌된 교역자들의 독단성 및 교권주의에 맞서서, 교회의 신학적 진보성과 자유로운 비판 정신을 지키고 양육해 내는 일이었다.

해방 직후 북한에서 일어나던 교회 재건 운동은, 북한에 조선민주주의인민공화국이 성립(1948년 9월 9일)되면서 이들의 사회주의 종교 정책에 부딪혀 좌절 끝에 무산되고 말았다.[10] 남한에서도 1948년 8월 15일 대한민국 정부가 수립되었는데, 북쪽의 수많은 기독교인과 목회자 들은 종교 신앙의 자유, 교회 선교의 자유, 교회 재산권의 자유 등 '자유'를 찾아 남하하기 시작했다. 그러나 남하한 목회자들은, 장로교의 경우 대부분 평양신학교의

---

9. 『한신대학50년사』, 37~39쪽;『전집』제13권, 249~250쪽.
10. 민경배,『한국기독교회사』, 452~456쪽 참조; 이헌영,『한국기독교사』(컨콜디아사, 1978), 232~234쪽 참조; 김양선,『한국기독교 해방 10년사』, 46~68쪽 참조.

128 • 김재준 평전

보수주의적 근본주의 신학으로 훈련된 '전투적 근본주의자들'이었다. 적잖은 수의 교권주의자들은 선교사들에 대한 숭배와 복종이 체질화된 신학적 사대주의자들이었고, 개중에는 비신학적인 교권욕과 지방색에 편승하여 명예를 탐하는, 시대 의식에 뒤떨어진 종교 지도자들도 있었다.[11]

이러한 일련의 보수적 종교 집단은, 해방이라는 새로운 시대 상황 속에서 진정으로 복음이 지닌 창조적 역동성의 진리 능력을 발휘하여 새 시대의 나아갈 길을 제시해야 할 의무가 있었음에도 불행히도 그렇지 못하였다. 그들의 관심은 민족의 미래나 새 나라 건설이 아니라 교권의 확보였으며, 그들의 신학적 대응 자세는 창조적이기보다는 과거 보수 신학 체계의 교조적 근본주의 신학 체계를 고수하는 것이었디. 신앙 동지들에 대한 사랑과 사귐이 아니라 심판과 정죄와 전투적인 편가름이 '보수 신앙 지키기'라는 명분 아래 기세를 떨쳤다.

이러한 보수적 성향의 월남 목회자들 중 상당수는 이북에서 내려온 피난 교인들을 중심으로 교권 세력을 확장해 갔는데, 교회 정치적 책략으로서 해방 직후 돌아온 미국 선교사들을 다시

---

11. 『전집』제13권, 238쪽.

추대하여 보수 신앙 교세를 강화하였다. 이북에 교회를 버려 두고 남하한 목사 장로들에게도 이남에서 장로회 총회가 회집될 때 정회원 자격을 부여하도록 하는 법을 만들어 교세를 확실하게 확보하는 일과, 조선신학교를 가급적 무력화시키고 서울에다 '평양신학교'를 재건하는 일이 이들의 중요한 목표였다. 그리고 그러한 교권 지향적 분파주의 운동의 명분으로 늘 내걸었던 것이 이른바 '성경적이고 복음적인 신학의 보수'라는 것이었다.

넓게는 한국 개신교의 보수적 성향, 좁게는 한국 장로교의 대체적 특징을 나타내는 보수주의적 성향은 20세기 초 한국에 파송된 미국 선교사들의 신학적 배경에서부터 유래된다. 그 당시 미국 장로교의 보수주의는 유럽에서 발전한 19~20세기 자유주의적 기독교 신앙과 신학에 반항하여 일어났다. 자유주의 신앙과 신학은 현대 과학 사상의 진화론을 받아들이고, 경전 연구에 역사 문헌 비평적 연구 방법을 도입하여 성서를 연구하며, 교리 속에 둘러싸여 있는 예수 그리스도를 '역사적 예수 연구'로 탈교리화하여 '인간 예수'의 참모습을 되찾으려는 데 학문적 관심을 크게 가지고 있었다.

이러한 19~20세기 초의 자유주의적 또는 진보주의적 신앙과 신학 연구 방법은 미국의 보수적 장로교 집단에게는 커다란 위협으로 느껴지게 되었다. 진화론을 받아들이면 성경의 「창세기」

에 나오는 인간 창조 교리가 무너지고, 역사적 예수 탐구 및 종교사 연구를 수용하면 그리스도의 초자연적 신성과 각종 초자연적 기사 이적 설화가 무너져, 결국 기독교 복음 그 자체의 붕괴를 초래한다고 걱정한 것이다.

그리하여 당시 보수적 장로교 집단은 내적으로는 자기 방어적 신학이면서 외적으로는 공격적 신학 이론으로 무장한 신학 운동을 일으키게 되었는데, 기독교 신학사에서는 그런 집단들의 입장을 '근본주의'(Fundamentalism)라고 부른다. 기독교 근본주의가 조직적으로 세력화한 계기는 1919년 미국 필라델피아에서 '세계기독교근본주의협회'가 결성되면서부터이다. 근본주의자들이 주장하는 기독교의 다섯 가지 근본 교리는, 성경의 문자적 무오설(無誤說), 예수 그리스도의 동정녀 탄생, 그리스도의 대속(代贖)적 죽음, 그리스도의 육체 부활, 그리스도의 재림이다.

한국 장로교회 보수 신앙의 이론적 대표자는 박형룡과 박윤선이었다. 특히 박형룡은 조선 기독교를 근본주의 신학 노선에서 이탈하지 않도록 지키는 것을 자신의 평생 사명으로 삼아 김재준의 진보적 기독교 신학 운동과 대립하였다. 박형룡은 1947년 부산에 보수주의적 신앙의 집결처였던 고려신학교 교장을 맡았다가, 1948년 서울에서 장로회총회신학교의 교장으로 취임하였다. 교회사학자 민경배는 박형룡과 김재준의 신학 노선상의 관계를 이렇게 말하고 있다.

박형룡 박사는 저 유명한 미국의 설교가 포스딕(H. Fosdick)을 이단으로 정리하던 프린스턴 신학교에서, 보수 진영의 영수인 매첸(G. Machen) 박사의 영향을 결정적으로 받았던 전형적인 근본주의자였다. 그는 한국 교회의 신학이라는 것은 '창작'이 아니라 사도적 전통의 정신앙(正信仰)을 그대로 보수하는 신학이라고 믿고 있었다. 그래서 성서 무오설과 축자 무오설에 든든히 서서, 성서에 대한 비판적 해석을 단죄하고, 1935년 5월 이후로는 김재준 목사의 글을 평양신학교의 『신학지남』에 더 이상 싣지 못하게 함으로써 정면으로 대결했다.[12]

이상에서 살펴본 대로 한국 장로교의 보수적 성격의 토대는 장로교 선교사들의 보수적 근본주의 신학 노선에 의해 육성된 장로교 목사들이 형성했던 것이다. 그런데 그 신학 노선의 발생 동기가 계몽주의 이후 성숙하고 변화된 세계 현실에서, 기독교 진리를 현실 상황에 능동적이고 창조적으로 적응시키지 못한 방어

---

12. 민경배, 『한국기독교교회사』, 413쪽.

적 신학이라는 데 문제가 있다. 특정한 역사적 시기에 형성된 어떤 신학적 교리를 절대 불변적인 복음의 진수라고 독단적으로 고집하는 것이 문제라는 것이다. 그리하여 "공격이 최선의 방어"라는 운동 경기장의 말처럼 보수주의적 근본주의자들은 '복음적 신앙'의 파수라는 명분을 내걸고 끊임없이 자신들의 신앙 노선과 다른 그리스도 형제들 및 타종교인들을 공격하고 단죄하면서 분파 작용을 가속화한다. 무엇이 과연 '사도적 전통의 정신앙'인가의 문제는 충분한 학문적 토론과 연구를 통해 탐구되어야 할 사항일 뿐, 결코 근본주의 신학이 주장하는 다섯 가지 근본 교리가 '사도적 전통의 복음의 핵심'이라고 할 수는 없는 것이다.

위와 같은 해방 정국의 신학적 혼돈기(1945~1949)에 김재준은 보수주의적 근본주의자들과 교권주의자들의 제1차 공격 대상이 되어 시련의 폭풍우 한복판에 놓이게 되었다. 그리하여 그의 신학 강의 내용과 신앙을 검증하고 조사한다는 명분 아래 대한예수교장로회 총회가 선정한 심사위원들 앞에서 말로써 또 글로써 자신의 소신을 밝혀야만 했는데, 이러한 일련의 사건은 종교 개혁 당시 마틴 루터가 당시 로마 가톨릭 교권에 의해 소환당해 신앙 양심과 신학 지성의 포기를 강요받고 교권에 굴복하도록 협박 회유를 받았던 것과 하등 다를 바가 없었다. 일종의 현대판 '종교 재판'이었다.

김재준이 한 진리 변증의 핵심 내용은 성경관에서 '성서 무오설'의 참뜻이 무엇인가를 밝히고, 근본주의적 신학 교육의 오류를 지적하면서, 한국에서 진정한 복음주의적 신학 교육의 방향을 천명하는 것이었다. 교권주의의 공격 앞에 홀로 포위당한 김재준의 심정과 신앙적 확신, 신학적 입장은 스스로 「편지에 대신하여」라고 이름 붙인 15쪽에 달하는 장문의 역사적 변증서 안에 자세히 표현되었다.[13] 김재준은 신구약 성경의 무오설은 "하나님의 구속의 경륜을 수행하신 역사적 계시"로서, 그리스도인들의 "신앙과 본분에 대하여" 정확무오하며 계시적 권위를 갖는 것이지, 성경의 문자 하나하나를 절대 불변의 신탁적 문서로 받아들이는 것은 도리어 성경의 신적 계시의 권위와 절대성을 훼손시키는 것이라고 주장하였다.

근본주의적 보수 신학의 오류는 특정한 역사적 시대의 산물로서의 상대적 신학 이론 체계를 절대화하여 "살아계신 하나님에 대한 경건과 인격적 예수 그리스도와의 생명적 관계를 관념적 교리와 신학 체계로써 대체하려는" 오류에 있다고 지적하였다. 그 결과 그들은 신앙 양심과 학문 연구의 자유를 억압하게 되

---

13. 김양선, 「김재준 교수의 '편지에 대신하여'」, 『한국기독교해방십년사』(대한예수교 장로회 총회 종교교육부, 1956), 231~245쪽.

고, 한국 교역자들을 학문 이전의 '성경 학교 수준'에 매어 놓으려는 신학적 우민 정책을 '성경적·복음적'이라는 수식어로 위장하고 있다고 폭로하면서, 한국 개신교회도 이제 당당히 세계적 신학의 본류와 교류하며 동참해야 할 것이라고 역설했다.[14]

그러나 혼돈의 해방 정국에서 김재준이 수행해야 할 과제는, 단순히 기독교계 내 신학 교육의 정책 문제만은 아니었다. 광야와도 같이 거칠고 배고픈 해방 정국의 한국 현실 속에서 갈 바를 모르고 방황하는 젊은이들에게 역사의 바른 길을 제시해 주어야 할 사명이 또한 있었다. 유물론적 사회주의 혁명을 통한 공산 사회 실현이라는 '과학적 사회주의 이론'으로 무장한 좌파 학생 운동 단체에 비해서 당시 기독 청년들이나 우파 학생 운동 단체들은 그 사상적 무장이 빈약하거나 소박하기 그지없었다. 해방 직후 남한 사회의 학자들 중에는 이러한 사상적 방황 속에 있는 젊은 대학생들에게 사상이 담긴 강연 하나라도 의미 깊게 해 줄 수 있는 인사가 거의 전무하다시피 했다.

이 무렵 서울대학교 기독학생회 조형균을 비롯한 몇몇 지도적 학생들은 김재준, 함석헌, 한경직 등을 연사로 초청하여 사상

---

14. 이현영, 『한국기독교사』, 245쪽; 민경배, 『한국기독교회사』, 461~462쪽.

의 목마름과 허기짐을 채우고자 하였다. 김재준은 해방 직후 세계교회협의회(WCC)에서 보내 온 중요한 책들을 힘닿는 대로 읽고 또 평소 생각하던 바를 정리하여 젊은 학생들에게 들려 주었다. 그 무렵 마침 영국이 낳은 세계적 사학자 아놀드 토인비의 명저 『역사의 연구』 전질과 축소판을 받아 보게 된 김재준은 토인비의 사관과 기독교 사상을 가지고 강연하기도 하였다. '사적 유물론'의 이념 속에 깃들어 있는 근본 문제가 무엇인가를 역사 철학적 시각, 신학적 인간학의 시각에서 심층적으로 비판하고, 유물사관과 사회주의 계급 혁명 이론이 그 높은 뜻은 가상하나 일종의 '유토피아니즘'으로서 결국 권력의 집중화와 비인간화를 초래할 뿐 해방된 한민족의 국가 건설 이념으로는 바람직하지 않다고 그는 지적하였다.

김재준은 국가와 종교의 근본적인 관계, 문명의 발생과 성숙과 몰락의 내적인 논리, 문명에 대한 기독교적 이념 비판의 관점 등에 대해서도 당시의 그 누구보다도 깊은 학문적 내용을 가지고 젊은 지성인들에게 영향을 끼쳤다. 특히 아놀드 토인비의 역사 철학에서 터득한 바, 문명 발생의 내적 논리로서의 도전과 응전의 법칙, 창조적 소수자의 역할, 문명의 몰락 원인으로서의 창조적 소수자가 지배적 특권층으로 변질하는 내적 붕괴 과정, 문명 사회의 발생과 성장이 경제적 조건 못지않게 종교적·정신적 힘에 영향받는다는 생각 등은, 당시 좌파 학생 운동의 논리에 대항하는 기독교 청년들에게 많은 영향을 주었다.

김재준은 스위스 취리히 대학 신학부 교수 에밀 부르너(Emil Brunner)의 신학 사상, 미국 존 베넷(John Bennet)의 기독교 윤리에서 국가 권력과 종교와의 역학 관계, 라인홀드 니버(Reinhold Niebuhr)나 폴 틸리히(Paul Tillich)의 권력이 지닌 마성적 성격 분석과 기독교적 아가페와의 상호 관계 등에 관한 사상 등을 젊은 한국 지성인들에게 소개해 주었다.

그러한 김재준의 역사 현실 참여적이고 진보적인 신앙은 그가 본격적으로 역사 현장 속으로 뛰어들게 되는 1960년대 이전, 그러니까 바로 이 1945년 이후의 해방 정국에서도 이미 부분적으로 나타나기 시작하였는데, 경동교회의 설립, 선린형제단 앞에서의 "기독교의 건국 이념"이라는 역사적 강연 등이 그러한 사실을 입증해 주고 있다.

경동교회, 선린형제단, "기독교의 건국 이념"

김재준과 경동교회의 관계는 떼려야 뗄 수 없는 매우 특수한 관계이다. 교인의 수라는 규모로 말한다면 예나 지금이나 경동교회는 '대형 교회' 축에 들지 않는다. 그럼에도 불구하고 경동교회가 한국 개신교사와 한국 사회 속에서 과소 평가할 수 없는 특유한 위상과 존재 의미를 지니는 것은, 그 설립 정신 및 교회가 추구하는 독특한 사회 윤리 지향적 영성(靈性)에 있다. 그러한 경동교회의 성격이 형성되는 데는 김재준 목사의 복음 이해와 그의 직계 제자인 강원룡 목사의 교회관 및 목회관이 크게 작용하였던 것이다.

경동교회의 설립 과정부터 이 교회는 남다른 독특한 동기와 성장 과정을 밟게 된다. 김재준의 그리스도 몸으로서의 교회 사랑을 신앙의 핵으로 하여, 강원룡을 중심으로 한 '선린형제단'의 기독교적 사회 봉사 정신, 그리고 장로교의 교회법적인 원리 등이 상호 작용하여 경동교회를 형성하게 되었다. 먼저 김재준 자신의 증언을 들어본다.

경동교회 내력을 말한다면, 해방된 해인 1945년 겨울에 송창근, 한경직, 김재준은 각기 자기 교회를 마련하고 거기서 설교하기로 했던 것이다. 송창근은 동자동 천리교 본부 회당에서 선교와 목회를 주목적으로 한 '바울교회', 한경직은 영락정 천리교 경성제일교회 자리에서 지금의 '영락교회'를 시작했는데, 그 이름을 '베다니교회'라 했다. 이북 피난민들의 마음의 보금자리라는 뜻에서였다. 그리고 지금의 경동교회는 제일 먼 장충동 1가에 있는 천리교 숙사에서 '야고보교회' 란 이름으로 내가 맡았다. 지성인들과 학생들을 위한 특수 교회를 지향한 것이다. 〔말하자면 '신앙 생활' 이 아니라 '생활 신앙' 이다. 그런 것은 처음부터 장공 자신의 주장이었기에 교회 이름도 '야고보교회' 로 된 것이다.〕 나는 그때 신학 교육 개혁 운동에 바빠서 틈낼 수가 없었다. 그러나 주일 강단만은 맡아 줘야 하겠대서 동자동서 장충동까지 아침, 저녁, 수요일 밤, 식구들을 데리고 걸어갔다 걸어온다.[15]

위의 증언에서 우리는 경동교회 설립 초기부터 김재준이 깊이 관여하였고, 그 교회가 사회적 봉사, 증언, 선교라는 실천적 '생활 신앙' 의 정신을 처음부터 표방하였다는 것을 알 수 있다. 그러나 김재준 자신이 증언한 대로 그는 경동교회 육성에만 전념할 수 있는 개교회의 담임 목사가 아니었다. 그는 신학자로서 한국 장로교의 신학 교육 개혁 업무에 혼신의 힘을 다 쏟고 있던 터라, 주일 낮 예배와 밤 예배, 그리고 수요 기도회의 설교만 맡아 초창기 교회를 이끌어 갔던 것이다.

---

15. 『전집』 제13권, 338~339쪽.

김재준과 함께 경동교회를 형성해 간 또 하나의 매우 중요한 실재로서 '선린형제단'을 주목할 필요가 있다. 선린형제단의 뿌리는 1935년 전후 북간도 용정 지역을 무대로 하는 젊은 기독 학생 운동으로부터 시작한다. 강원룡, 김영규, 전은진, 김명주, 원주희, 신영희, 남병헌, 최동엽 등을 중심 멤버로 하고, 해방 직후 조향록, 노명식, 신양섭, 탁연택, 차봉덕 등 순수한 젊은 신앙인들이 거기에 힘을 합쳐 복음 전도, 신앙 훈련, 교육과 사회 봉사를 목적으로 하는 굳건한 믿음의 공동체를 가꾸어 왔던 것이다.

북간도 한인들에게는 기독교를 믿는 것이 곧 애국 운동이요 독립 운동이었으며, 신앙 사업과 교육 사업이 별개의 것이라 생각되지 않았다. 그리하여 북간도의 민족 독립 운동사에서 기독교 운동은 중요한 한 지류를 이루었던 것이다.[16] 간도 용정에서 뜻을 품고 봉사하던 이들 젊은 청년들은 해방이 되고 난 1945~46년 무렵 김재준의 큰 나무 아래 다시 집결하게 되었다. 분단된 해방 정국에서 꿈을 품고 내려온 청년들에게 우선 긴급하게 필요한 일은 숙식 문제를 해결하는 것이었다. 처음에는 서울 청운동 소재 일본 미츠이(三井)물산주식회사 기숙사를 허가를 받고 사용

---

16. 서굉일, 「북간도 기독교인들의 민족 운동 연구」, 『신학사상』 34집 (한국신학연구소, 1981), 593쪽.

하면서 숙식 문제를 해결하다가, 사정에 의하여 지금 경동교회 터에 세워져 있던 건물 기숙사로 옮겨 생활하게 되었다. '선린형 제단'은 먼저 주일 학교를 시작했는데 그것이 복음의 핵이 되어 점점 교회를 형성해 갔던 것이다. 우리는 여기에서 경동교회의 역사를 다시 살피려 하지 않는다. 다만 경동교회의 설립 정신 밑 바닥에 보이지 않게 스며 있는 초창기 신앙 동지들의 지향성이 무엇이었는지를 살핌으로써, 김재준과 경동교회로 상징되는 한 국 진보적 기독교의 신앙 유형을 바르게 이해하고자 하는 것뿐 이다. 서울에서 모인 선린형제단은 다음과 같은 다섯 가지 이념 및 행동 강령을 결정하였다.[17]

1. 우리는 자연과 역사에 공히 하나님의 절대 주권을 믿는 까닭
   에, 우선 그리스도의 복음을 전포(傳布)하며 심령의 중생을 재
   래(齋來)함으로써 새 건설의 기초를 세운다.
2. 우리 나라의 민주주의 건설에 가장 긴요한 것은 민도(民度)의
   향상에 있으므로 우리는 교육과 계몽 운동을 급속도로 전개
   시킨다.

---

17. 경동교회 40년사 편찬위원회 간행(주재용 집필), 『경동교회 40년사』 (1985), 33~34 쪽.

3. 대중의 경제 생활의 안정, 문화의 향상과 건설을 위하여 기독애(基督愛)를 동기로 한 온갖 사회 사업을 영위한다.

4. 의식주 기타 실생활 각 부분의 가장 과학적인 개량과 건설을 위하여 부단히 연구 지도 실천하기로 한다.

5. 이 모든 것은 시종여일 자발적인 봉사에 의하여 그 실현을 기할 것이요, 폭력 기타 여하한 수단으로든지 양심의 자유를 억압하는 것은 절대 용허하지 않는다.

위와 같은 '선린형제단'의 행동 강령과 활동 지침을 채택한 단원들은 "하나님의 영광만을 위하여"(Soli Deo Gloria)라는 개혁 교회의 정신을 바탕으로 하여 신앙인으로서 성실한 삶을 살기로 다짐하였다.

경동교회가 맨 처음 '야고보교회'라는 이름으로 시작된 것 자체가 김재준과 경동교회의 신앙 유형을 잘 보여준다. 사도 교회 시대부터 그리스도의 몸인 교회 전통 안에는 그리스도 안에서 신령한 한 몸을 이루면서도 다양성이 존재했다. 특히 베드로, 요한, 야고보, 바울 등은 각각 기독교 신앙 유형의 강렬한 유형적 특성을 상징하는 인물들이다. 교회 전통의 수위권을 중요시하는 베드로 유형의 교회는 신앙의 전통을 강조한다. 바울적 기독교회는 "믿음으로 의롭다 함을 얻는다"는 이신득의(以信得義)

에 기초하여 믿음을 강조한다. 요한적 기독교는 마음속에 내주하는 하나님 체험에 감읍하는 사랑을 강조한다. 야고보적 교회는 이상의 세 가지 신앙 전통의 최종적 열매로서 '실천적 신앙'을 강조한다.

'야고보교회'라는 이름을 가지고 선린형제단을 핵심으로 출발한 어린 교회는 점차 성장하면서 제도적 조직 교회의 형태를 갖추게 된다. 장로교의 교회법에 의하면 조직 교회가 되려면 회중 대표를 적법 절차에 따라 선출하여 장로를 뽑고, 노회의 인준을 거쳐 개별 교회의 행정적·도덕적·영적 책임을 맡는 당회를 구성하도록 되어 있다. 경동교회의 초대 당회원은 김재준 목사를 당회장으로 하여 강원룡, 김영규, 김석목, 김능근 장로였다. 그 과정에서 교회 이름도 경동교회로 바뀌게 되었다. 이 교회의 설립 정신은, 그 뒤 강원룡 장로가 목사 안수를 받고 목회를 맡은 반세기 가까운 시대를 거쳐 오늘에 이어지고 있다.

해방 정국에서 모든 것이 아직 모습을 드러나지 않은 채 혼돈이 창조의 아침을 기다리던 당시 45세 된 김재준의 신앙과 지성과 실천적 상상력이 총체로 어우러져 그 진면목을 드러낸 귀중한 논문이면서 동시에 그의 '정치 신학' 구상을 살필 수 있는 역사적 자료가 남아 있는 것은 매우 다행스런 일이다. 그것은 1945년 8월, 해방이라는 감격스런 소식을 듣고 난 며칠 후, 희망에 부푼 젊은 기독 청년 공동체 '선린형제단'이 주관한 작은 집회에서 행한 매우 중요한 강연이었다. 강연 제목은 "기독교의 건국 이념"이었다.[18] 이 강연의 서두에는 김재준 신학의 매니페스토라고 할 만한 총체적 신념이 잘 나타나 있다.[19]

---

18. 김재준, 「기독교의 건국 이념」, 『전집』 제1권, 159~179쪽 참조.
19. 한국기독교장로회 역사편찬위원회, 『한국기독교 100년사』(한국기독교장로회출판사, 1992), 383~386쪽.

복음의 자유혼과
프로테스탄트 개혁 정신

1950~1960

교파 분열의 시련 속에서 한국 개신교의 결과지(結果
枝)인 기독교장로회가 창립되고, 김재준은 일체의 우상
숭배를 거절하는 '복음의 자유'를 선포한다.

6·25 전쟁과 한국 장로교의 분열

한민족에게 6·25 전쟁은 아직까지도 그 의미가 충분히 독해되지 못한 역사적 사건이다. 그 동족상쟁의 부끄럽고 어처구니없는 6·25 전쟁은 군사 전략상 문제이거나 국제 정치학적 문제이기도 하지만, 매우 신비하고도 이상스런 세계관의 문제, 역사 철학 문제, 그리고 신앙의 문제이기도 하다. 함석헌은 그의 명저 『뜻으로 본 한국 역사』에서 6·25를 이렇게 뜻으로 새김질한다.

6·25의 폭격 소리는 사실은 새 시대가 인하는 소리였다. 국가의 성격이 옛날과 달라진다. 문명의 성질이 전과 달라진다. 이제는, 옛날 세계관, 국가관, 역사관을 가지고 살아갈 수 없이 되었다. 6·25는 순전히 소모전이었다. 그것은 두 진영의 대립을 표시하는 것이다. 두 놈은 서로 과학 내기, 물자 내기, 정책 내기, 군력 내기, 선전 내기를 하여 그 힘을 다 써 버리고 말 것이다. 그리하여 그 물질과 사상이 다 닳고 바닥이 나와야 그때에 새 문화의 탑을 쌓기 시작할 것이다.…… 새로운 것이 나오려 한다. 이 날이 무슨 날인가? 아기 낳는 날이다. 몸을 푸는 날이

다. 이 늙은 갈보, 거렁뱅이 처녀, 수난의 여왕이 새 날의 임금을 낳으려고 하는 산통의 부르짖음이 6·25이다.[1]

매우 역설적으로 들리는 함석헌의 말, 독설과 비애와 예언이 뒤섞인 유명한 이 말은 그의 『뜻으로 본 한국 역사』 증보판 마지막 쪽에 실린 명언이다. 6·25 전쟁을, 우리 한민족의 못나고 죄 많은 역사적 산물이면서, 전체 세계사가 연결된 세계 문명사적 전환의 표징으로서 함석헌은 읽는다. 20세기까지 적어도 근대 이후 국가주의가 모든 것을 규정하고 약육강식이 동물적 삶의 원초적 원리가 되고, 도덕 의식을 압도하면서 엉터리 이념으로 자신들의 동물적 행위를 정당화하며 심지어 찬양하던 시대가 실은 얼마나 거짓되고 어리석은 짓인가를 노출시키는 일대 문명사적 사건으로 보려는 것이다. 그리고 "늙은 갈보, 거렁뱅이 처녀, 수난의 여왕"으로 한민족의 정체성을 파악하면서 놀랍게도 한민족, 한반도에서 새로운 인류 문명의 새 아기, 새 이념, 새로운 패러다임이 탄생할 것을 예언하고 있다. 아직 그 예언은 이뤄지지 않았으나 그것은 어쩌면 통일이 이뤄지면서 성취될는지 모른다.

---

1. 『함석헌 전집 1 — 뜻으로 본 한국 역사』(한길사, 1983), 295~300쪽 참조.

김재준은 6·25를 어떻게 보는가? 그는 분단과 6·25를 한민족의 통일 염원과 연관시켜 읽는다. 말하자면 그 방법이 폭력적이었고 자해적이었던 것이지, 그 무의식 밑바닥에 깔린 동기는 한민족은 갈라놓고서는 못 산다는 '하나 의식', 한민족의 하나를 지향하려는 본래적인 민족 얼의 울부짖음이 그렇게 비정상으로 분출되어 버린 것이라고 본다. 김일성의 남침이나 이승만의 북진 통일이나, 그 뒤에 소련과 미국이라는 강대국의 부추김과 국제 정치적 야욕이 숨어 있기는 하지만, 실질적 전쟁 당사자인 남북한 지도자들과 민족에게는 '하나를 이루려는 정열'이 있었다고 보는 것이다.

한반도 분단이란 전 민족의 '한'(恨)이니만큼, '통일'은 우리 민족 전체의 '한풀이'였다. 이북에서 남침이나, 이남에서의 '북진 통일'이나 5,000년 우리 민족의 '당연태'(當然態)를 되찾으려는 애국 정열의 폭발이었다. 그러나 초강대국인 미국과 소련이 남과 북의 '종주국'으로 한반도를 절반씩 나누어 남(南)은 미국, 북(北)은 소련의 '위성국'으로 만들었다는 사실 때문에, '통일'의 실현은 지금까지도 숙제로 남는다.[2]

설혹 한민족의 본래적 '하나'라는 당연태를 회복하려는 무의식적 또는 잠재 의식적 의지가 그 밑바닥에서 작용했다 할지라도, 김일성의 '남반부 해방' 전쟁이나, 이승만의 '북진 통일 전쟁'은 깨어 있는 민족 양심의 자리에서 볼 때 절대 용납될 수 없고 정당시할 수도 없다. 왜냐하면 전쟁이란 추상적인 것이 아니고 구체적인 현실이며, 전쟁터에서 죽고 죽인 인간들은 공장에서 양산한 전쟁 기계들이 아니고 그들 각각이 부모 형제 아내 자식이 있는 '고귀한 생명체'들이기 때문이다. 온 우주를 주고도 바꿀 수 없는 것이 인간 생명의 존엄한 값일진대, 자유 민주주의건 사회주의건, 설령 통일 민족 이념이라 할지라도 전쟁을 통해 무수한 생명을 죽여 가면서 성취할 만한 가치는 아닌 것이다.

6·25 민족 전쟁은 군인과 민간인 희생자 350만 명을 한반도 제단 위에 피로 뿌린 이상한 전쟁이었다. 유엔의 '국제연합 안보 이사회'의 결의로 참전한 16개국 유엔군 희생자들과 북한을 도운 중국·소련 등 사회주의 국가들의 희생자까지 모두 합하면 가히 500만 명의 고귀한 희생자가 1953년 휴전협정까지 3년 동안 죽어 갔는데, 이 숫자는 제2차 세계대전 때 희생된 인명 피해보다도 훨씬 더 큰 숫자였다.

---

2. 『전집』제13권, 253쪽.

김재준은, 민족의 비극과 수난기인 6·25 전쟁 기간 동안, 전반기엔 서울에서 고스란히 그 민족 비극의 아픔을 맞았고, 중국이 한국전쟁에 참여하여 다시 한 번 남쪽으로 밀려갈 때에는 부산에서 전쟁 후반기를 견뎌 내면서 한국신학대학을 부둥켜안고 있었다. 서울 동자동 교수 사택에서 전쟁 초기를 겪던 김재준은, 송창근, 김정준과 함께 인민군 헌병대 본부로 쓰이던 세브란스 병원에 끌려가 문초를 받곤 했다. 인민군 정치국의 지도하에 급조된 '기독교연맹'에 나와 협조하라는 공갈 협박도 받았다.[3]

김재준은 1·4 후퇴 때까지 동자동 조선신학대학 사택에서 견디어 내다가, 경기도 도농리의 제자 이춘우의 집 문간방으로 피난 겸 이사를 했다. 이춘우는 김재준의 조선신학 초기의 제자로, 일제 시절 어려운 때도 그 집 신세를 진 바기 있었다. 이춘우의 집에 기거하는 동안, 서울과 도농 사이, 송창근 목사와 김재준 사이의 연락망 역할은 김재준의 제자 신양섭이 맡았다. 신양섭은 서울과 도농간 40리 길을 한 주일에 두세 번을 다녀오곤 했다.[4]

6·25 기간 중 조선신학교나 김재준에게 있어서 큰 슬픔과 손

---

3. 같은 책, 253~266쪽 참조.
4. 같은 책, 269쪽.

실은 송창근 목사가 납북된 사건이었다. 조선신학교 학장 시절 학교의 재정 모금을 위해 미국에까지 건너가 동분서주하다가 병이 생겨 불편한 몸으로 교수 사택에 연금되다시피하며 시달리기도 하고 인민군 정치부에 불려 다니며 문초까지 받았던 송창근 목사가 급기야는 납북이 되고 만 것이다. 송창근 목사의 납북 행방불명은 김재준에게도 큰 충격이고 슬픔이었다. 송창근 목사는 김재준과 각별한 관계의 인물이었다. 김재준을 서울로 부르고, 일본과 미국에 유학하도록 밀어냈으며, 조선신학교 창설에 가담토록 끌어들였는가 하면, 겸양지덕으로 소극적이던 김재준을 적극적으로 일하도록 늘 형으로서 또 신앙의 동지로서 '삶의 사건 현장'에 불러내곤 하던 그였다.[5] 그에 대한 김재준의 짧은 평을 들어봄으로써 송창근에 대한 김재준의 정을 느껴 본다.

그는(만우 송창근) 유머〔諧謔〕에 능했고, 인정다웠고, 창의적이었고, 용감했고, 바울의 고백과 같이 "내 민족을 위해서는 그리스도로부터 끊어져도 좋다" 할 만큼, 민족애에 불타는 애국자였다. 그는 선교사 기관에서 일하기에는 너무 주체적이었다. 그래

---

5. 장공이 만우에 대한 회상과 평가는 다음 자료를 참고. 『전집』 제13권, 273~277쪽, 「만우와 장공의 변증법」, 『만우 송창근 전집』 제1부, 9~81쪽.

서 우리 힘으로, 우리 민족 종교로서의 기독교, 생생한 그리스
도 모습의 신학교를 구상하고 있었다. 고 김대현 장로님 헌금으
로 조선신학교(지금의 한신대학) 설립의 가능성이 보이자, 그는 그
일에 몰두했다.[6]

1950년 11월 중화인민공화국 의용군의 한국전쟁 참여로 인
해 전선은 다시 급변하고, 연합군과 국군은 다시 서울을 내어 주
고 남쪽으로 밀려나게 되었다. 1951년 1·4 후퇴가 시작되었다.
서울을 탈출하는 피난민들의 대행렬이 부산으로 줄에 줄을 이었
다. 김재준도 부산으로 피난길을 나서야 했다. 항도 부산에서는
비록 전시 기간이었지만 각 대학들이 문을 열고 있었다. 조선신
학교도 그중의 하나였다. 부신 전시 체제 조선신학교와 관련된
이야기는 『한신대학 50년사』에 자세히 서술되어 있으므로 여기
서는 상술하지 않는다.[7] 다만 김재준과 관련된 몇 가지 사항만 아
래에 적어 두기로 한다.

전쟁 전 미 군정 시절 이미 대학령에 의한 인가를 받고 학사·

6. 『만우 송창근 전집』, 16쪽.
7. 「6·25 전시하의 신학 교육의 수난과 재건」, 『한신대학 50년사』 제2편 제3장, 73~87
쪽.

석사 학위를 수여하던 조선신학교는, 전쟁 중이던 1951년 4월 학교명을 조선신학교에서 한국신학대학으로 바꾸었다. 부산에 내려와 있던 이승만 정부 당시의 문교부장관은 조선신학교의 유래와 건교 정신, 그리고 대학령의 적법 절차에 의해 인가를 받은 사실 등을 잘 알고 있던 백낙준 박사였고 박창해 씨가 장관의 비서실장이던 시절이었기 때문에, 조선신학교의 한국신학대학으로의 교명 변경은 문제가 없었다.

당시 '심계원장직'에 함태영 목사가 재직 중이었는데, 이 심계원장직은 다른 공직을 맡을 수 없도록 법에 규정되어 있어서, 이사회는 함태영을 명예학장으로 하고, 김재준을 학장 서리로 임명하여 학교를 이끌어 가게 했다. 함태영 씨는 1952년 부통령에 당선되고 난 후에도 학장직을 지속하는 기이한 현상을 한동안 보였는데, 1959년에서야 김재준은 한국신학대학의 6대 학장으로 취임하게 된다.

유능한 교사는 유능한 인재를 발굴·육성하고 그들에게 연구의 길을 열어 주는 이이다. 부산 피난 시절 김재준은 캐나다 선교부의 장학 기금 협조를 얻어 훗날 한국 사회의 여성계와 종교계에 큰 역할을 떠맡을 두 사람을 천거하여 캐나다에 유학을 보내게 된다. 그 두 사람이란 이우정과 강원룡이었다. 이우정은 토론토 대학 신학부에서 신약을 전공으로 하게 되었고, 강원룡은 캐나다에서 2년 공부한 후 미국 뉴욕 유니온 신학교에서 박사 과정을 마치는 동안 라인홀드 니버와 폴 틸리히 등 당시 세계적 대신학자들의 강의를 들으면서 후일 한국 진보적 기독교의 지도자로서 역량을 갖추게 된다.

6·25 참화에 시달리던 그 무렵, 캐나다 선교사들과 선교부가 김재준에게 무엇을 도와주면 좋겠는지 요청하라고 제의해 왔을 때, 그가 원한 것은 당장 필요한 물질과 구호품 따위가 아니었다. 그는 '교회와 사회의 지도자 양성'을 도와 장학 길을 열어 달라고 요청했다. 이런 사실은 김재준의 교육자로서의 모습과 선각자로서 먼 앞을 내다보는 탁월한 지도력을 보여주는 것이 아닐 수 없다. 이 무렵 한국신학대학 교수진으로서 수고한 학자들은 전경연, 최윤관, 김정준, 정대위, 서남동, 박봉랑, 안희국, 이장식, 조선출 등이었다.

전쟁이 한창이던 1951, 1952년 무렵 동족상쟁의 피비린내나는 비극을 겪는 와중에 한국의 기독교는 두 가지 얼굴을 보여주었다. 우선 전쟁 피난민들과 고아들을 돕고 구제하는 일에 발 벗고 나서 어려운 가운데서도 그리스도교 신앙 정신으로 동분서주 선한 싸움을 다한 수많은 이름 없는 선교사, 목회자, 장로, 신도 들이 있었다. 그러나 더 많은 사람들은 시대의 사명을 망각한 채 교리 논쟁과 교권 다툼에 골몰하는 모습을 보였다. 특히 장로교의 교권 투쟁과 교리 논쟁 싸움이 그것이었다.

앞에서 살펴본 대로, 장로회 총회는 1949년 4월에 회집된 대한예수교장로회 총회에서 '조선신학교'를 직영 신학교로 인정하기는 했다. 그러나 보수적 교권주의자들은 1951년 5월 부산 피난 시절 모인 제35회 장로회 총회에서 한국신학대학의 총회 직영 신학교 인허 취소, 김재준 목사 파문, 한국신학대학 졸업생 교회 위임 거부 등 도저히 있을 수 없는 교권주의적 폭거를 자행하였다.[8] 이러한 폭거는 후일(1953년) 장로교 분열이라는 한국 교회사적 비극을 초래하게 된다. 민족의 시련기에 사랑과 창조적 사상 진리로써 민족의 상처를 어루만지고 낙담한 젊은이들에게 내일의 비전을 보여주어야 함에도, 분열과 근시안적 교권 싸움으로 세월을 허송했던 한국 장로회를 비롯한 기독교계 일반의 행태는 역사의 비판을 받아 마땅한 것이다. 6·25 전쟁 자체가 민족 분열의 비극적 재앙이었는데, 기독교가 이의 치유에 힘쓰기는커녕 분열의 논쟁 속으로 들어갔다는 것은 비극적 수치라 아니할 수 없는 것이다.

당시 비난과 신학 논쟁의 한복판에 휩쓸려 있던 김재준은, 대

---

8. 『한신대학 50년사』, 81쪽; 『전집』 제13권, 311쪽.

한예수교장로회 교권주의자들의 폭거 소식을 듣고서도 놀라울 정도로 마음이 고요하였다. 교회의 분열은 하나님 앞에서 아픔이고 불충이지만, "내게 불의가 없으면 남이 뭐라 해도 남이 어떻게 해도 내게는 상관없다. 내 맘에는 하늘에 뜬 구름 보듯 여유가 있다"[9]고 그는 당시를 회상한다. 장로교 교권주의자들은 김재준을 상징 인물로 하는 진보적 신앙과 신학 운동을 이단이니 용공주의자니 비복음주의자나 신신학 운동자니 하는 온갖 비방으로 매도하였고, 결국 장로회 총회는 '총회신학교'를 유일한 총회 직영 신학교로 둔다고 가결함으로써 한국신학대학 계열을 교권의 낫으로 잘라내어 내팽개치고 말았다.

1952년 4월 29일, 대구 서문교회에서 회집된 제37회 장로회 총회에서는 김재준 목사를 제명 처분하고, 그와 동조하던 캐나다의 양심적 선교사이자 신학자인 윌리엄 스콧을 함께 처단하고, 한국신학대학(조선신학교) 졸업생은 교역자 자격을 부여하지 않는다고 못을 박았다. 이를 지켜본 김재준은 다음과 같은 예언적 말을 남김으로써 당시 자신의 심경을 토로하였다.

---

9. 『전집』 제13권, 312쪽.

그러면 이제 총회로서는 할 수 있는 일을 다 한 셈이다. 한국신학대학은 죽었다. 가인에게 죽은 아벨과 같이 그는 형님에게 맞아 죽었다. 하회(下回)는 하나님이 심판해 주실 것이다. 하나님의 변호가 없었다면 승리는 영원히 가인에게 있었을 것이다. 그러나 하나님은 계시다. 한국신학대학은 다시 살 것이다. 복음의 자유, 학문과 양심의 자유를 위하여, 한국 교회의 역사를 창조하기 위하여, 허물어진 한국 산천의 재건을 위하여, 그리고 전 세계 크리스찬의 친교를 저버리지 않기 위하여 한국신학대학은 무덤에 머물 수 없는 것이다.[10]

장로회 제37회 대구 총회에서 교권주의자들이 범한 불법성에 분노하고 항의하던 장로교 산하 진보파 교회 지도자들은 마침내 원상 복구나 화해가 불가능함을 알고, 1953년 제38회 호헌총회를 열고 「법통 38총회의 선언서」[11]를 채택, 이를 총회장 김세열의 이름으로 공표하였다. 이렇게 하여 기독교장로회(1954년 교단 호칭 결의)라고 하는 진보적 개신교 교단이 역사 속에 탄생하게 되었다.

---

10. 김양선, 『한국기독교해방 10년사』, 261쪽; 이영헌, 『한국기독교사』, 249쪽.
11. 김양선, 『한국기독교해방 10년사』, 281~284쪽.

1953년 6월 10일 서울 동자동 한국신학대학 강당에서는 한국 개신교사에서 매우 의미심장한 한 가지 일이 결행되고 있었다. 대한예수교장로회 제37회 총회가 저지른, 400년 동안 이어 내려오는 개혁 교회, 교회 정치의 전통을 부정하는 불법성과 신앙 양심 및 신학 지성을 유린하는 불법성에 항의하여, 전국에서 9개 노회(전북·군산·김제·충남·경서·경북·목포·충북·제주노회)에서 47명의 노회 대표들의 모여 제38회 호헌 총회를 선언하고 김세열 목사를 총회장으로 선출하였다. 캐나다 연합교회가 이를 지지하고 합세했다.

장로교 분열 당시 기독교장로회의 진보적 신앙 노선에 동참하여, 근본주의 신학 이념에 기초한 보수적 장로교에서 이탈, 기녹교장로회에 참여한 교회 숫자는 568 교회, 목사 수 291명, 세례 교인 수 20,937명이었다고 교회사 기록은 전하고 있다.[12]

일반 독자들에게는 조선 장로교회의 분열사가 흥미도 관심도 없는, 오직 유감일 뿐일 수도 있다. 그러나 후일 1970~1990년대 군부 독재 시절 한국 개신교의 예언자적 활동의 근본 정신을 이해하기 위해서, 독자들은 1953년 서울 동자동 한신대학 강

---

12. 같은 책, 287~288쪽.

당에서 회집된 '기독교장로회'라는 진보적 교단의 출발 시점에 아래와 같이 대내외에 선언한 기독교장로회의 이념적 선언 내용에 주목할 필요가 있다.

1. 우리는 온갖 형태의 바리새주의를 배격하고 오직 살아계신 그리스도를 믿음으로 구원 얻는 복음의 자유를 확보한다.
2. 우리는 전세계 장로교회의 테두리 안에서, 건전한 교리를 수립함과 동시에 신앙 양심의 자유를 확보한다.
3. 우리는 노예적인 의존 사상을 배격하고 자립 자조의 정신을 함양한다.
4. 그러나 우리는 편협한 고립주의를 경계하고, 전세계 성도들과 협력 병진하려는 세계 교회 정신에 철저하려 한다.[13]

위와 같은 '기독교장로회' 교단 창립 선언문 속에 김재준의 신앙과 신학이 스며들어 있다는 것은 두말 할 필요가 없겠다. 김재준은 "새 술은 새 가죽 부대에 넣어야 한다"는 예수님의 말씀을 기억하면서 새 역사 창조에 혼신의 노력을 기울인다. 이제 새

---

13. 같은 책, 42쪽. 『한신대학 50년사』 98~99쪽. 한국기독교장로회의 성격에 대해서는 한국기독교장로회 역사편찬위원회, 『한국기독교 100년사』, 397~407쪽 참조.

로이 그리고 마지막으로 한국신학대학에 봉사할 기회가 김재준을 기다리고 있었다.

한국신학대학과 기독교장로회

　　　　　　기독교장로회라는 새로운 장로교단의 탄생은 한국의 개신교 분열사에서 독특한 의미를 지닌다. 그 분열사 뒤에는 교권주의자들의 추잡한 탐욕과 명예욕, 타락한 직업 종교인들의 밥그릇 싸움, 사랑과 이해보다도 미움과 분쟁으로 치닫는 인간의 죄성, 제3세계의 어린 교회를 영구 지배하려는 제1세계 신교사 집단들의 시대착오적인 우월 의식과 분파주의 책동 등등 복음의 진리 파지(眞理把持)와는 아무 상관이 없는 비본질적인 요소가 크게 작용하고 있었다. 그러나 기독교장로회의 탄생과 한국신학대학가 벌인 고독한 싸움을 모두 부정적·비판적 시각으로만 보고 만다면, 대단히 중요한 역사의 초점을 놓친 채 역사를 일반화의 범주 속으로 환원시키는 태만을 범할 수 있다.

　장로교의 분열은 분명히 불행한 일이요, 하나님 앞에서 자랑할 수 없는 일이다. 그럼에도 불구하고 하나님의 구원 경륜은 분열의 과정을 통해 소수자를 '분리' 해 냄으로써, 이들을 상수리

나무 그루터기에서 돋아난 '새순' 처럼 새 시대를 준비하도록 하는 경우가 역사 속에 적지 않이 있다. 우리는 기독교장로회의 탄생과 한국신학대학의 설립 및 존재 의미를 그러한 시각에서 보고자 한다. 그런 관점은 김재준의 아래와 같은 심경 토로에서도 확인할 수 있다.

> 그래서 실질상 '기장' 과 '예장' 은 분리된 셈이다. 나는 그것을 '분열' 이 아니라 '분지' (分枝)라고 설명했다. 나무가 자라려면 줄거리에서 '가지' 가 새로 뻗어나가야 하는 것과 같다는 것이다. 기장(基長)은 '분지' 중에서도 '결과지' (結果枝)다. 밋밋하게 자라는 가지는 열매를 맺지 못한다. 그것이 열매를 맺게 하기 위해서 '과수원 농부' 는 끝을 베어 내고 못 견디게 가세질 한다. 그래야 열매가 맺기 때문이다. 기독교장로회는 결과지이다. 소망 없는 수난이 아니다. 예수를 따르는 '십자가' 다. 십자가는 부활의 서곡이다. 부활의 생명에는 숱한 열매가 맺혀질 것이다.[14]

김재준이 장로교의 분열 과정에서 겪은 모함과 억울한 시련,

---

14. 『전집』 제13권, 328쪽.

정신적 고통은 이루 말할 수 없었다. 그 자신은 결코 분열주의자가 아니었다. 그는 교단 분열을 주장하면서 새로운 신학교나 교단을 시작해야 한다는 바리새적 우월주의자가 결코 아니었다. 김재준은 그들에 의해 쫓겨나고 목사직이 제명되고 정신적으로 살해당했다. 김재준은 이유 없이 교단의 교권주의자들과 마음이 이미 돌처럼 굳어진 율법주의자들에 의해 "신신학자", "성경 파괴자", "예수의 신성, 기적 부활 승천을 믿지 않는 자", "인본주의자", "빨갱이" 등등으로 모함을 당했다. '그들이 중세기에 태어났더라면 나 같은 사람은 벌써 종교 재판소에 걸려 분살(焚殺)됐을 것이다'라고 김재준은 속으로 생각했다.

그러한 인간의 교회 분열사와 종교 죄악사 속에서도, 김재준은 인간들이 스스로 짓는 악행을 통해서까지도 당신의 선한 경륜을 이루어 가시는 하나님의 절묘한 경륜을 마음속에 느꼈다. 그는 두만강 산촌 과수원에서 어린 시절 자랄 때 보았던 과수밭 나무들의 열매 맺는 과정이 문득 생각났다. 과수원의 나무들은 봄이 되면 새로운 가지를 뻗어내면서 자라나는데, 그 과정에서 열매 맺을 가지만 남겨 두고 다른 나뭇가지를 모두 잘라 내는 농부의 가새질을 생각한 것이다.

프로테스탄트의 교파 분열사는 분명 바람직하지 않은 인간의 약함의 결과이다. 특히 루터와 캘빈이 '성서만의 원리'를 종교 개혁의 모토 중 하나로 내세웠을 때부터, '성서 해석의 차이와 다양성'이라는 것을 피할 수 없었던 만큼 이미 교파 분열사는 예고된 일이기도 했다. 그러나 분열사가 꼭 부정적인 측면만 가지고 있는 것은 아니다. 복음의 생명력이 타성과 전통의 무게에 짓눌려 숨을 자유로이 쉬지 못할 때 영적 체험과 진리 파지를 목적으로 한 새로운 물결 운동이 일어나게 마련이고, 그 운동을 종교 전통의 기득권자들이 폭력으로 내리누르고 이들을 정통 교회 울타리 밖으로 내쫓아 버릴 때 그 결과로서 새로운 종교 교파가 생겨나게 마련이다.

김재준은 자신의 비극 속에서 오히려 한국 기독교, 특히 장로교 중 한 가지를 '선한 열매'를 맺도록 남겨 두시고 따로 세워 놓으시는 하나님의 경륜을 읽었다. 그러한 이해는 1960년대 이후 기독교장로회와 한국신학대학이 배출해 낸 수많은 역사적 인물들로 확인되었다. 김재준을 파문하고 정죄하며 '하나님의 거룩'이라는 이름으로 교권을 휘둘렀던 자들은 지금 역사 속에서 아무런 흔적도 없이 '쭉정이'처럼 바람에 날려가 버리고 말았다.

1953년, 마침내 휴전 협정이 조인되었다. 전선에서 포성도 멈췄다. 김재준은 서울 동자동 캠퍼스로 교수와 학생 들을 데리고 돌아왔다. 수도 서울은 폭격으로 인해 무인광야 지경으로 파괴되어 있었다. 동자동 건물도 많이 부서졌으나 수리를 하여 교사(校舍)로 사용하였다. 송창근 목사는 납북되어 없었고, 함태영 등의 원로들은 이미 늙어 있었다. 혼자만 덩그러니 남은 김재준은 고독을 느끼기에 앞서 역사적 사명 앞에 옷깃을 여몄다. 서울로 돌아온 뒤 김재준은 "신학 교육의 부단한 개혁과 기장 교회 창설과 육성에 눈코 뜰 새 없이 바빴다."[15]

김재준은 한국신학대학의 본격적인 재건을 마음속으로 꿈꾸고 있었다. 서울역 앞에 자리한 동자동 캠퍼스는 두만강 산촌의 광활한 환경에서 자랐던 그가 보기에는 너무나 좁았다. 각종 소음의 증폭장이라 할 서울역 앞은 신학 교육의 장소로서 마땅하지도 않았다. 김재준은 부통령이면서 학장인 함태영, 이사장 김종대, 김영철, 조선출, 캐나다의 선교 동역자 윌리엄 스콧 박사와 함께, 새로운 신학 교육의 캠퍼스 부지를 물색하는 일부터 착수하였다.

당시 이사장 김종대 목사가 수유리 화계사 입구의 언덕 주변 약 10만여 평을 새 캠퍼스의 적임지로 꼽았다. 저 멀리 삼각산의 주봉들, 도봉산 백운대와 인수봉의 산세가 힘차고 수려했다. 여기가 지금 서울 강북구 수유동 한신대학교 신학대학원 캠퍼스가

---

15. 같은 책, 343쪽.

자리잡고 있는 지역이다. 처음 이 교지를 발견하고 알아보니, 일본인들이 고급 주택 후보지로 입수했다가 패전 후 버리고 간 국가 소유 '귀속 재산'이었다. 이사회는 적법 절차를 거쳐 값을 치르고 정부로부터 한국신학대학 교지 용도로 '불하' 받았다.

당시(1950~1959년) 서울 수유동은 '수유리'라는 지명이 말하듯이, 물 맑은 산촌으로 서울 외곽 지역의 집 한 채 없이 송림으로 뒤덮인 야산이었다. 산지의 땅값이 비쌀 리 없었기에 동자동 옛 캠퍼스 매각 대금 등으로 불하 대금을 지불할 수 있었다. 때마침 기독교장로회와 선교 동역 관계인 캐나다 연합교회 외지선교부 총무 갈리하 목사가 내한하였는데, 그는 한국 기독교의 분열 과정에서 김재준과 기독교장로회의 올곧은 자세를 조용히 지켜보던 터라, 새로운 교단과 신학교 재건에 적극적으로 자발적인 협조를 아끼지 않았다.

캐나다 연합교회는 수유리 캠퍼스 교사 건축비 일부에 충당하라고 기쁜 마음으로 당시 미화 1만 달러를 내놓았다. 아무 조건 없는 그리스도 사랑 안에서의 깨끗한 협력이었다. 건축비 협조 조건으로 무슨 선교사를 교수로 임명하라든지, 이사 중 한 사람을 캐나다 선교사로서 충당하라든지 하는 식으로 학교 운영에 개입하기 위한 조건은 티끌만치도 없었다.

그것은 성숙한 세계 교회의 협력 모습이었다. 선교비 도와 주고 간섭하던 지난 개신교 역사 동안의 '선교사 시대'와는 전혀 차원이 달랐다. 본관 건물 설계는 설계비도 받지 않고 강윤 씨가 맡아 주었고, 건물 유리창은 독실한 실업인이던 인천판유리공장 최태섭 장로의 호의로 싸게 공급받을 수 있었다. 예배당의 장의자는 캐나다 교회 신도들의 헌물로 마련되었다.

1957년에 들어서 '아름다운 계곡'[華谿]으로 맑은 물 흐르고 송림 우거진 깊은 산골 언덕 위로, 폐허 속에서 우뚝 일어선 재건의 상징처럼 새하얀 2층 건물이 아담하게 모습을 드러내기 시작하였다. 사철 푸른 송림 속의 새하얀 건물은 복음 진리를 지켜온 지조의 상징이요 예언자 무리들의 드높은 기상, 수도원 같은 경건 훈련의 도장처럼 느껴졌다. 당시 부학장 직함으로 학교를 영적으로 이끌어 가던 김재준은 1957년 봄 이렇게 소감을 남기고 있다.

여기서 고요히 배우고 깊이 기도하고 넓게 꿈꾸는 예언자의 무리가 나서 하늘의 사명을 띠고 산 아래로 내려가리라. 생각하면 모름지기 가슴이 벅차지 않을 수 없다. 이것은 몸이 자라는 현상이다.…… 이제 우리는 또 하나 '하나님의 사람에게 고임을 보는' 영적인 깊이와 이웃 사랑의 넓이를 기대한다. 경건한 예배와 겸비한 봉사로 우리의 행위를 연마해야 한다.[16]

당시 신학 교육의 실질적 수장으로서 김재준이 신학 교육의 이상과 목적을 어디에다 두었는지 그 단서가 엿보이는 대목이다. 예언자적인 사명, 경건과 학문의 조화, 이웃 사랑을 겸비한 봉사 정신이 바로 그 핵심이었다. 1958년 한국신학대학 캠퍼스가 수유리 새 건물로 이전하고 본격적인 한국신학대학의 시기가 시작되었다. 일제 시대 고 김대현 장로의 정재를 기초로 하여 승동교회 교회당에서 시작한 뒤, 일제의 탄압과 교권의 억압 속에서도 죽지 않고 끈질기게 살아남았으며, 해방 후 혼란 정국과 6·25 동란과 교단 분열이라는 아픔 속에서, 교권주의자들에 의해 목사 제명 처분까지 받았던 김재준으로서는 새로운 캠퍼스 수유리 교사에서 새로운 역사를 시작하면서 그 감회가 남달리 컸을 것은 능히 짐작할 수 있는 일이다.

복음의 자유혼은 우상 숭배를 거절한다

수유리 캠퍼스 본관 건물은 완성이 되었지만,

---

16. 김재준, 「우리는 자란다」, 『목자』 1957년 봄호. 『한신대학 50년사』, 108쪽에서 재인용.

기숙사나 교직원 사택은 아직 없었다. 전기도 자가 발전하여 제한 송전으로 사용했고, 식수도 우물을 파서 모터 펌프로 길어 올려 썼다. 서울 동자동 옛 교사 부지와 부속 건물을 감리교 배제학당의 학교 재단에 매각하고 그 기금으로 학생 기숙사와 교직원 사택을 짓는 동안 김재준의 가족은 갈 곳이 없었다. 아직 교직원 사택은 없었지만 캠퍼스는 지켜야 한다는 생각에 김재준 가족은, 학교 캠퍼스 입구 화계천 가에 가난한 빈농이 살다 떠난 초가집 한 채를 얻어 이사했다. 청빈 그대로의 살림이었으나 마음만은 평안했다. 복음의 자유 안에서, 성령의 격려하심 속에서, 그리스도의 마음 속 내주를 경험하면서 살았기 때문이다.

한국 장로교의 '결과지'(結果枝)로서 새 역사를 시작한 기독교장로회가 그 기초를 다지던 시절, 그리고 한국신학대학의 교육 시설 기반을 건설하던 시절, 김재준의 복음 신앙과 자유 정신을 깊이 공감하고 물심양면 협조한 세계 기독교 형제 자매들은 다름 아닌 캐나다 연합교회였다. 캐나다 연합교회는 해방 전 선교 구역 담당 지역이 함경도와 간도 지역이었으므로 북간도 지역에서 벌이던 기독교 선교와 교육으로 자유 정신을 고취시켰다. 다시 말하자면 캐나다 선교사들은 미국 선교사들과 지리적으로 같은 북미주 출신이기는 했으나, 신학적으로는 미국에서 온 선교사들이 근본주의 신학으로 무장한 보수주의 신학 추종자들이었음에 비하여, 복음이 주는 '자유 정신'을 잃지 않고 있었던 것이다. 특히 윌리엄 스콧 박사는 김재준과 평생 동지로서 동역자 의식으로 충만했다.

캐나다 연합교회는 1956년 한국기독교장로회와 선교 협약을 맺고 대등한 자격으로 서로 협동하여 일하기로 다짐했다. 이것은 한국 개신교 역사에서 매우 의미 깊은 사건이었다. 1885년 미국 장로교와 감리교의 선교사 언더우드와 아펜젤러의 입국을 기점으로 시작된 외국 선교 국가 및 단체들의 선교 정책은, 그동안 선교국은 후견인이요 피선교국인 한국의 교회나 신학 교육은 보호받고 지도받아야 하는 평생 미성년자 취급하는 것으로 일관해 왔기 때문이다. 선교국과 피선교국 관계가 수직 관계요, 감독과 지도를 받는 관계였는데, 선교비 지원이라는 돈줄을 쥐고 있는 경우엔 더욱 그러했던 것이다. 그러던 것이 이제 명실공히 기독교장로회와 캐나다 연합교회는 선교 협정을 기점으로 동반자 관계, 상호 대등한 협동 교역자 관계로 전환하게 되었다. 이것은 복음의 자유혼이 맺은 결실이기도 하였다.

캐나다 연합교회는 김재준이 한국 교회와 신학 교육에서 이룬 업적을 높이 평가, 1958년 캐나다에 초청하여 안식년을 갖게 하고, 캐나다 브리티시 콜럼비아 주립대학교 유니온 대학에서 명예 신학 박사를 받도록 추대하였다. 학위 수여식장엔 그의 평생 선교 동지 윌리엄 스콧 박사가 임석하여 축하해 주었다. 윌리엄 스콧 박사는 본래 스코틀랜드 출신의 영국 사람으로서 영시문학에도 능하여 정통 교리주의 신앙과 신학 체계에 갇히지 않았던, 김재준의 자유혼과 인간성을 가장 잘 이해하고 존대하던 선교사였다.

김재준은 1958년 캐나다 연합교회 초빙으로 1년간 캐나다에 머무는 동안에도 힘을 기울여 신학대학 재건과 기독교장로회 발전에 필요한 재정 지원을 받아 내었다. 그러나 고국에서 그 관리에 적잖은 문제가 발생해 김재준으로서는 마음이 많이 상하기도 했다. 한국신학대학 본관 건축비 조달을 위해 복음을 사랑하고 예수 그리스도를 사랑하던 캐나다 교인들의 헌금과 정성이 쏟아지는 것을 보면서 그는 감사하지 않을 수 없었다. 허나 그들의 순수한 신앙심과 헌신의 정성에 비하여 볼 때, 한국 교회와 그 지도자들의 정신적·영적 성숙도와 성실성에는 미흡한 점이 많다는 것을 절감했다.

나는 다시 생각했다. 교회는 역시 은혜와 진리 위에 서야 한다. 은혜와 진리가 교회의 양식이요 그 터전이다. 교회는 '맘몬'의 사동(使童)일 수가 없다. 돈이 필요하지만 그것은 '돈'을 쓸 줄 아는 성숙한 '청지기'에게만 적용된다.[17]

김재준은 경제적 문제만 해결되면 교회나 신학 교육이나, 아니 더 나아가 국가 사회 문제 등 모든 문제가 자연스럽게 다 해결되고 성숙해 갈 것이라는 소박한 사고방식에 경종을 울린다. 돈과 함께 늘 탐욕과 권력욕과 명예욕과 지배욕이 슬며시 따라오기 때문이다. 예산 규모가 형편없이 작은 교회의 목사는 무능하거나 보잘것없는 지도자라고 홀대하는 풍속이 교회 안에도 스며 있다. 교회와 교단 안에서 재정적으로 큰돈을 헌금하는 인사들이 대접을 받고 큰소리 치고 영적 그리스도의 몸을 좌지우지하기 시작하면, 겉으로는 교회당이 높이 올라가고 신도 숫자는 불어 가는 것처럼 보일망정 그 교회의 천장에 붙어서 사탄은 미소를 짓는다.

김재준은, 자유란 인간이 인간 되는 근본 조건일 뿐 아니라, "하나님 형상으로 지음 받았다"는 말에서 '하나님 형상'의 핵심적 본질 또한 '자유'라고 본다. 그런데 인간이 이 '자유'를 잃으면 그 자유를 헌정한 대상의 노예로 전락하고 만다. 그 대상이 정치적 이념이든, 돈이든, 권력자든, 종교적 교리이든, 성스럽다는 성직 제도나 교회 조직체이든, 일체의 것은 인간을 비인간화시

---

17. 『전집』 제13권, 394쪽.

킨다. 예수 그리스도 안에서 구원받은 사람은, 기독교 교리에 충성하는 또 하나의 종교 교리적 노예가 되는 것이 아니라, 그리스도 안에서 새 사람이 되어 그 누구에게도 그 무엇에도 매이지 않는 자유인이 되는 것이라고 그는 확신한다. 그 자유인은 이제 지난날의 혈육적인 욕심을 충족시키기 위한 삶을 스스로 버리고 '헌신과 사랑'의 자유를 향유한다. 김재준이 일평생 싸운 선한 싸움의 동기는 '복음의 자유'를 다시 회복해, 교권주의나 율법주의나 국가 지상주의 등에 노예가 되었거나 어떤 이념이나 조직 체계에 종속되어 버린 인간을 '그리스도 복음 안에서의 자유인'으로 복권시키기 위함이었다.

복음의 자유는 '우상 숭배'를 거절한다. '우상'이란 결코 절대일 수 없는 상대적 가치가 절대 행세를 하면서 인간의 자유를 몰수하고 거기에 경배하게 하며 종노릇하게 하는 일체의 것을 말한다. 복음의 자유를 한번 맛본 사람은 어떤 상대적 가치를 절대시하여 우상화하는 일체의 강요에 저항한다. 지금 시대는 구약 시대처럼 이방 신상을 만들어 섬기면서 절하는 유치한 '가시적 우상'을 만들지 않는다. 현대인의 우상은 눈에 보이지 않으면서도 실제로 사람들의 마음을 온통 사로잡고 좌지우지하면서 끌고 다니고 조종하는 힘이다. 돈, 권력, 종교, 국가, 세계관, 경전, 근본주의적 교리, 섹스, 대중 문화 등등의 우상이 들끓는 시대이다.

종종 한국 보수주의 교회에서 교리로 세뇌당한 교인들은 불교 법당에 안치되어 있는 불상을 '우상'이라고 이해하면서 훼불 사건을 일으킨다. 그러나 실제로 진짜 우상은 바로 그런 극단적 신도가 신봉하는 잘못된 '교리주의적 기독교'일 따름이다. 그 교리에 의해 그 신도는 진정한 '자유인의 얼굴과 사랑할 줄 아는 능력'을 상실해 버린 것이다.

　김재준이 수유리에서 새로운 신학 교육의 터를 잡고 본격적으로 교회 변혁을 통한 사회 변혁으로 나아가려는 기초 설계를 그리고 있을 때, 역사의 광풍은 한 발짝 먼저 그에게 들이닥쳤다.

성육신 신앙은 역사의 소금과 누룩

1960~1973

박정희 정권의 3선 개헌과 유신에 반대하여 반독재 투쟁을 벌이며 정치 현실의 한복판에서 '예'와 '아니오'를 분명하게 말해야 할 때를 놓치지 않고 '실천 신앙', '생화 신앙'의 참모습을 보여준다.

4 · 19와 5 · 16의 충격 속에서

1960년대가 시작되었다. 한국 현대사에서 광풍의 소용돌이가 치는 10년이 동튼 것이다. 혁명, 폭력, 근대화, 공업화, 인권 유린의 아우성, 빈곤 탈출의 원초적 욕망, 물신 숭배의 유포 등이 어지럽게 이 땅을 온통 뒤덮은 시대의 시작이었다. 1948년 남한에 대한민국 정부가 세워진 이후, 12년 동안 절대 권력의 자리에 있던 이승만은 자신을 추종하는 인물들의 장막에 파묻힌 채 정치 권력의 노욕에 빠져들고 있었다. 그와 그 추종자들은 이승만을 대통령직에 종신토록 유임시키고자 하였다. 당시 집권당인 자유당은 중임 이상을 허락하지 않는 헌법을 불법적으로 고치고, 3 · 15 부정 선거에 의해 합법을 가장한 종신 집권을 획책하였다.

이승만이 감리교 교인으로서 장로이고 철저한 반공주의자라는 점에서 당시 한국의 개신교 교도들과 교회 지도자들은 맹목적이고도 무조건적인 지지를 암묵적으로 보내 온 터였다. 특히 북한 공산 치하에서 수난을 당하고 남하한 기독교 세력 등은 철저한 '체험적' 반공주의자들로 변해 있어서 이승만 정권의 강력한 지지 세력으로 기능하고 있었다. 심지어 소박한 기독교 신자들과 지도자들은, 로마를 기독교 국가로 만든 콘스탄티누스 황제 시대가 한국에도 시작된 것이 아닌가 하는 시대착오적인 기대마저 갖고 있었다.

도대체 민주주의 공화 정치 체제를 경험해 보지 못한 1950년대 한국 사회의 일반 대중의 정치 의식은 '국부(國父) 이승만' 이라는 전근대적 이미지에 침윤되어 있어서, 이승만 대통령이 시골 순시차 나가면 촌로들은 마치 조선 왕조 시대 왕의 행차를 영접하듯 황공하고 영광스럽게들 여겼다. 이승만 자유당 정권 안에는 적잖은 기독교계 인사들이 발탁되어 포진하고 있었다. 함태영 부통령도 비록 자신의 경력과 실력으로 그 자리에까지 오르게 되었다 할지라도, 이미 진보적 기독교 지도자들마저도 이타락한 자유당 정권에 비판을 가한다는 사실에는 관심을 기울이지 못했다.

그리고 그 끝에서 4·19와 5·16이 차례로 닥쳐 왔다. 이를 계기로 김재준의 역사 의식이 '이론에서 현실로', '역사 해석의 자리에서 역사 변혁의 자리로' 옮겨지는 것을 우리는 보게 된다. 그리고 좁은 의미에서 신학 교육과 교회라는 울타리 안에서 생각하고 활동하던 삶의 반경이 역사 현실 한복판으로 들어가게 되는 것 또한 보게 된다.

1960년 4월 학생 혁명이 일어났을 당시 김재준은 서울 시내와 교통이 두절되다시피 한 수유리 산 속, 한국신학대학 캠퍼스 학장 사택에 거주하고 있었다. 그는 4월 19일 청년들의 성난 함성이 일고, 서울 시내 파출소와 수유리 지서가 불에 타며, 자유당 경찰들의 무차별 총탄에 젊은 학도들이 꽃처럼 쓰러져 간 것을 알고 큰 충격을 받았다. 학교 건물 앞 넓은 잔디밭에 나와 밤새도록 서서 깊은 생각에 잠겼다. 학생들의 선각자적인 역사 참여와 역사 변혁의 용기에 깊은 존경심이 솟아오르면서, 역사 의식에 둔감했던 기독교계 지도자로서 자신을 뒤돌아보았다. 4월 25일 '대학교수단'의 '시국 선언문'이 나오고, "학생들이 흘린 피에 보답하자"라는 플래카드를 든 교수들이 거리 데모 행진에 나설 때, 김재준도 급히 서울 시내로 들어가 데모 행진에 합류하였다.[1] 1960년 4월 20일 이승만은 대통령직 시임을 발표했다.

130여 명의 젊은 청년들의 목숨을 제물로 바치고 1천여 명의 부상자를 내기에 이른 4·19 의거는 자유당 독재 정권을 무너뜨리는 결과를 낳았다. 4·19는 이승만과 그의 반민주적 세력에 대항하는 학생 중심의 정치 혁명이었다. 그러나 정권을 빼앗으려고 조직적으로 일어난 야심적 혁명 세력이 아니라 순수한 학

---

1. 『전집』 제14권, 10쪽.

생들의 정의심과 민주주의 가치 수호에 대한 '거룩한 분노'로 촉
발된 혁명이었기에, 그 혁명을 완수할 조직도 대안 세력도 갖고
있지는 못했다.

허정이 과도 정부 수반이 되어, 정권은 민주당의 장면 총리
에게로 넘어갔다. 한국신학대학이 자리 잡고 있던 캠퍼스에서
그다지 멀리 떨어지지 않은 곳에, 4·19의 순수한 젊은 학도들이
흘린 희생의 피가 역사의 맥류로 흐르는 4·19 묘소가 훗날 조성
되고 '4·19 기념탑'이 세워졌다. 그곳 돌탑에는 다음과 같은 한
시인의 조시 한 편이 새겨져 있다.

学우들이 메고 가는
들 것 위에서
저처럼 윤이 나고 부드러운 머리칼이
어찌 주검이 되었을까?
우람한 정신이여.
자유를 불러온 정의의 폭풍이여.
눈부신 젊은 힘의
해일이여.
하나, 그들의 이름 하나하나가 아무리 청사에 빛나기로니
그것으로 부모들의 슬픔을 달래지 못하듯,

내 무슨 말로써 그들을 찬양하랴.

죽음은 죽음.

명목(瞑目)하라.

진실로 의로운 혼령이여.

거리에는 5월 햇볕이 눈부시고

세종로에서

효자동으로 가는 길에는

새 잎을 마련하는 가로수의 꿈 많은 경영이 소란스럽다.

아무 일도 없었다는 듯이.

지나간 것은 조용해지는 것.

그것은 너그럽고 엄숙한 역사의 표정

다만

참된 뜻만이

죽은 자에서 산 자로

핏줄에 스며 이어 가듯이

그리고, 4·19의

그 장엄한 업적도

바람에 펄럭이는 태극기의 빛나는 눈짓으로

우리 겨레면 누구나 숨쉴,

온 몸 구석구석에서 속삭이는

정신의 속삭임으로

진실로 한결 환해질

자라나는 어린 것들의 눈동자의 광채로

이어 흘러서 끊어질 날이 없으리라.[2]

시인의 말대로 역사 속에서 이뤄진 세상 만사 중에서 오로지 참된 뜻만이 '죽은 자에서 산 자로' 이어져 갈 뿐이다.

청년 학도들의 고귀한 피의 대가로 자유당 독재 정권이 무너졌으니, 한국의 민주주의라는 나무는 이제 청년들의 피가 스며든 한국 역사의 토양 속에 뿌리를 깊이 내려야 할 사명을 가지게 되었다. 헌법이 바뀌어 내각 책임제가 되고, 국민은 민주당에 기대를 걸고 표를 몰아 주었다. 민주당 내 신·구파는 정권을 안배, 장면이 국무총리를 맡고, 윤보선이 대통령에 올랐다. 내각 책임제 아래에서 대통령은 국가의 수반일 뿐 실권은 국무총리에게 있었다.

윤보선 대통령 부인 공덕귀 여사는 김재준과 관계가 각별

---

2. 박목월, 「죽어서 영원히 사는 분들을 위하여」.

하였다. 공덕귀 여사는 부산 동래 출신으로 일본 고베 여자신학교를 졸업한 후 김천교회에서 송창근 목사와 함께 목회를 했던 사람이었다. 그런 연유로 해방 직후 조선신학교가 서울에서 재건될 때 현재 영락교회가 서 있는 장소에서 개원한 조선신학교 여자부 사감 겸 강사로서 김재준과 동지 전선을 폈던 젊은 신앙 동지이기도 했다. 송창근과 김재준의 주선으로 미국 유학의 길이 다 열릴 즈음, 윤보선과 결혼하게 되어 목회 현장과 신학 교육 기관의 일선에서는 물러났으나 마음으로는 늘 동지애를 나누고 있었다.

이런 인간 관계로 인해 윤보선이 대통령에 취임하여 경무대의 주인으로 입주한 뒤, 김재준은 경무대로 윤보선 대통령을 인사차 방문한 일이 있었다. 경무대 현관 앞에서 윤보선 대통령은 김재준 목사를 반갑게 영접하고 대좌한 후 이런저런 이야기를 나누었는데, 이야기 중에는 국무총리가 국가 수반인 대통령과 국사를 논의하지 않는다는 불평이 있었다.[3] 김재준은 집권당 민주당 안에 신·구파의 갈등이 심각하다는 것을 감지하면서 우울한 마음으로 발길을 돌릴 수밖에 없었다.

---

3. 같은 책, 19~20쪽.

민주당 내각 책임제 정권이 아직 나라 살림을 제대로 정리 정돈도 이루지 못한 1961년 5월 16일 이른 새벽, 동트기 전 야음을 틈타 박정희가 이끄는 군사 반란이 일어났다. 김재준으로서는 더욱 큰 역사적 충격이었다. 역사는 장면 정권의 유약성과 무책임성을 탓하며, 그의 우유부단함과 지나친 신중함이 5·16 군사 반란자들을 초기 진압할 수 있는 기회를 놓치고 군사 혁명이 대세를 잡는 기회를 제공했다고 비난한다.

　　김재준은 5·16 혁명을 어떻게 보았는지, 그리고 그 가운데서 장차 자신이 한국 역사 속에서 해야 할 소임을 어떤 방향에서 재점검하게 되었는지를 살펴보려 한다. 민주당 장면 정권 시절과 군사 혁명 시절을 겪고 난 후, 김재준의 국무총리 장면에 대한 평가는 좌우로 치우치지 않은 정당한 평가로 보인다.

　　장면이 모든 면에서 무능하기만 했다고 할 수는 없다. 그는 경제 5개년 계획을 세워 근대화 작업을 조속하게 진행시켰다. 장준하는 국토기획원장이 됐다. 엄요섭은 주일 대사가 됐다. 일본과의 교류도 합리적으로 실시하려 했다. 동남아 지방 상대로 무역도 활발하게 키우려 했다. 민주 체제도 확립시키려 했다. 그 심정은 갸륵할 정도로 '진실' 했달까? 그는 신학교 학장만큼이나 '종교적' 이었다. 그런데 그는 '배짱' 이 약했달까, 단행력이 너무 느렸달까, 지나치게 신중했달까, 어쨌든 4·19 혁명 기질에는 '안성맞춤'이랄 수가 없었다. 자유당의 부정부패와 그 연루자에게 쾌도난마의 시원스러움을 보여주지 못한 채 아홉 달을 지냈다.…… 8·15 해방과 대한민국 정부 수립 이래, 진짜 공정 선거를 거쳐 민의를 대표한 정부는 장면 정권이 처음이었으니만큼, 그것은 '국민'의 정부요 장면 자신의 정부가 아니었다. 그러므로 반란 군인들이 아무리 협박한다 하더라도 장면으로서는 자기 맘대로 그 정권을 송두리째 반란자에게 내줄 권한이 없는 것이었다. "역적 반도야 물러가라! 나는 3천만 국민으로부터 위임 맡은 나라의 주권을 역적에게 내어 줄 수 없다!"라고 한번 호통하고 죽었어야 할 것이 아니겠느냐![4]

이 글에서 느낄 수 있는 것처럼, 김재준의 5·16에 대한 평가는 처음부터 철저하게 비판적이다. 그는 그 자체를 단순히 중성적인 '5·16 군사 혁명'이라 부르지 않고 '5·16 군사 반란'이라고 부른다.[5] 김재준은 5·16 혁명 소식을 서울 수유리 신학교 캠퍼스에서 이른 아침에 접했다. 박정희의 혁명 공약 5개조 안에

---

4. 같은 책, 22쪽.
5. 같은 책, 25쪽.

숨겨진 저의를 그는 처음부터 꿰뚫어 보고 있었다. 특히 혁명 공약 제6항 "이상에 열거한 우리의 과업이 성취하는 때, 참신하고 양심적인 인사에게 정권을 이양하고, 군인 본연의 임무에 복귀할 준비를 갖춘다"는 민정 이양에 관한 공약은 권력의 본질상 거의 불가능한 것이기 때문에, '어둠의 아들들'의 공약은 무책임할 정도로 단순하거나 무의식적으로나마 '무제한적 집권' 야욕을 표출한 것이라고 보았다.

그 뒤 그들 군사 혁명 주체 세력은 정치 권력을 차지하는 대가로 도덕적 양심, 민주주의 가치, 민족의 자존심, 인간의 존엄성 등 모든 것을 사탄에게 바치는 군인 정치 집단임을 여실하게 드러내었다. 김재준은 이렇게 평한다. "결국 '혁명 공약' 자체가 장기 '집권 공약'이 됐다고 보겠다. 다만 그것이 달콤한 당의(糖衣)를 입고 데뷔한 것뿐이다."[6]

2001년 현재 한국 사회 일각에서는 박정희 군사 혁명 및 김영삼 정권 이전까지의 글자 그대로 군사 정권 시대에 대한 역사적 평가에 있어서 서로 다른 시각차를 보여주고 있음을 부인할 수 없다. '박정희기념관 건립' 문제를 둘러싸고 발생하는 국민

---

6. 같은 책, 31쪽.

여론의 분열도 그 예증이다. 그 문제에 대한 정치 사회사적 평가는 군사 혁명과 군사 정권에 연루된 모든 사람들이 역사 무대에서 완전히 사라지고 난 후에 후세 사가들에 의해서 객관적으로 평가되겠지만, 우리가 여기에서 관심을 가지는 것은 김재준의 견해이다. 5·16이 일어났을 때 일반 국민의 반응은 한편으론 놀라면서도 또 한편으로는 당연하다는 것이었다.

국민의 반응은 "올 것이 왔다"는 것이었다. 매우 시사적인 이 반응은 실은 복잡한 감정을 담고 있다. 그것은 자유당 붕괴 이후 민주당 치하에서도 당리당략에 날이 새고 지는 정치가들에 대한 염증의 발로이기도 했고 그 무책임성에 대한 질타이기도 했다. 남북 대립의 분단 상황에서 자유 방임에 가까운 무질서한 사회 질서, 절대 빈곤에 허덕이는 경제 빈곤의 악순환, 유일하게 조직적인 힘을 가진 집단인 군부의 쿠데타에 대한 우려, 한반도를 둘러싼 4대 강국의 자국 이해에 따른 정치 책략 등등 걱정과 두려움이 팽팽하던 역사적 '카이로스' 속에서 가장 우려했던 군사 쿠데타가 터졌으니 만큼 국민의 반응이 "올 것이 왔다"는 것이었음은 어쩌면 당연한 것이기도 했다. 그러나 이 반응은 "마땅히 와야 할 것이 왔다"는 것과는 차원이 전혀 다른 것이다.

역사를 평가할 때 평면적 판단과 입체적 판단, 단층적 판단과 총체적 판단, 현실적 판단과 가치론적 판단이 매우 다를 수 있다. 더욱이 일반적으로 사람들은 현실과 사실과 진실을 혼동하기 쉽다. 소박한 사람들은 눈앞에 나타난 '현실'을 '사실'과 혼동하기 일쑤다. 현실을 지배 통제하는 권력층은 언제나 '현실'이 '사실 그 자체'라고 호도하거나 강변한다. 한 걸음 더 나아가 '사실'이라고 해서 그것이 '진실'이라는 보장은 없다. '현실'이 감각적 지각 판단 차원이고, '사실'이 이성적 추론 판단의 차원이라면, '진실'은 양심의 가치 판단의 차원이다.

5·16 혁명과 지난 30여 년 군사 정권 치하의 한국 역사에 대한 평가도 이 세 가지 차원의 눈을 가지고 있는가에 따라서 사뭇 달라지는 것이다. '현실'이라는 역사의 평면 차원만 보는 현실주의자들은, 5·16 군사 혁명 이전 국민 경제의 절대 빈곤 상태와, 자유 방임적 자유주의가 초래할 공산주의에 의한 위협, 근대화 이전 농업 중심의 가난한 현실을 오늘 이만큼 변화시킨 모든 공적이 박정희의 5·16 군사 혁명과 군사 정권의 공로가 아니냐고 반문하면서 그렇게 생각한다. 그것은 마치 "일제 시대가 요즘보다 낫다"고 의식 없이 말하는 사람들의 단세포적인 생각과 같다. 그러한 평면적 사고를 하는 집단들에게 있어서 박정희는 절세의 정치가로서 부각된다. 그들에게는 박정희와 군사 집단이 군사 쿠데타를 자행하지 않았더라도 우리 사회가 경제적으로 정치적으로 발전할 수 있었다는 가능성을 애당초 배제한다.

'사실'이라는 좀더 냉철한 이성적 사고를 하는 사람들은, 매스컴의 상업주의 광고와 정치 선전 뒤에 있는 '사실 자체'를 알려고 한다. 예를 들면 박정희 군사 반란군이 새벽 미명에 한강을 건너왔을 때, 미국 당국은 몰랐다고 하는 말이 '사실'인가 의심한다. 장면 국무총리가 수도원에 몸을 피신한 것이 떳떳하지 못한 행동이긴 했지만, 그 나름대로 갖가지 수단을 동원하여 미국 당국과 연락을 취하려 해도 미국이 아무 반응도 보이지 않았던 사실 관계와 그 이유를 밝히려 한다. 정치 후진국 남한에서 군사 쿠데타가 발생한 것과 그 진행 과정을 세밀히 알고 있었음에도 '반공, 친일, 친미의 삼박자를 구비한 강력한 정권'의 필요성을 느끼던 미국이, 자국의 이해 위주로 정치적 판단을 내리고 사태를 묵인한 것이 5·16 군사 혁명을 '성공'시킨 실질적 원인이라고 사실 판단의 이성주의자들은 본다.

　그러나 '진실'이라는 좀더 높은 차원의 윤리적 가치와 양심의 눈으로 역사적 사건을 꿰뚫어 보는 사람들은, "정치는 현실이다. 현실이 말한다. 반정에 성공하면 영웅이요 실패하면 역적이다. 권력은 총 구멍에서 나온다" 등 정치 현실주의자들의 결과론적 논리에 승복하지 않는다. 목적을 위해서는 모든 수단이 정당화되는 그런 현실과 사실 세계를 양심의 이름으로 거부한다. 그러므로 '혁명 정부'가 정치 자금을 만들기 위해 1963년 4대 의

혹 사건을 일으키고 근대화 공업화 자금을 마련하기 위해 민족의 자존심을 보상금 몇 푼의 헐값에 팔아넘기며 1965년 한·일 굴욕 외교라는 도박을 벌였던 것을 용납하지 못한다.

민정 이양을 하겠다는 약속을 어기고 수 차례 군정 연장과 헌법 개정, 심지어 유신헌법의 제정을 안하무인격으로 자행하는 군인 정치 집단의 정치적 궤변을 이들은 용납하지 않는다. 김재준은, 군사 혁명 집단이 처음엔 단순히 과잉 의욕과 시행 착오를 거듭했는지 몰라도 점점 정치 권력의 마약에 중독되어 가면서 민주주의를 근저에서부터 완전히 파괴하였으며, 수단 방법을 가리지 않고 '군사 정권의 장기화와 영구 집권'을 획책하는 집단으로 전락함으로써 인권을 유린하고 도덕적 가치 질서를 근본적으로 혼란시킨 큰 역사적 범죄를 저질렀다고 보았다.[7]

5·16 군사 혁명이 일어나던 해, 김재준은 한국신학대학 학장직을 맡아 새로 마련된 서울 수유리 캠퍼스에서 모처럼 본격적인 신학 교육 비전을 실천에 옮겨 보고 싶은 열망에 차 있었으며, 신학 교육 갱신을 통하여 한국 개신교를 새롭게 개혁해 보려는 포부를 다지고 있었다. 그런데 5·16 군사 정부는 혁명을 일

---

7. 『전집』 제14~16권은 김재준의 군사 독재 정권에 대한 평가와 투쟁의 역사를 자서전적 서술 기법으로 밝히고 있는 자료이다.

으킨 지 3개월이 지나자 한국의 고등 교육계를 완전 장악하려는 장기적 음모 아래, 일차로 교육법에 의한 각 대학의 정관이나 자치적 이사회 활동을 무용지물로 만들어 버리는 폭거를 단행했다. 대학의 총·학장 중 만 60세 이상은 총사퇴하라는 지시가 일방적으로 내려졌다. 국립 대학이건 사립 대학이건 예외가 없었다. 지시와 복종이라는 일방적 통로가 강요되었다.

김재준은 갑작스레 아무 대책도 없이 평생 몸바쳐 봉사해 온 한국신학대학을 떠나야만 했다. 평생 고고한 선비로서 초가삼간이든 무엇이든 거처로 주어진 학교 사택에 눌러앉아 초연히 학교를 지켜 왔던 김재준으로서는 학교를 떠나라는 갑작스런 명령에 어디로 옮겨 앉을 주택도 없었다. 어렵게 도봉구 쌍문동에 막 짓기 시작한 국민 주택 하나를 얻어 서책과 가재 도구를 옮겼다.

김재준은 조용히 수유리에 은거하면서 역사의 추이를 지켜보았다. 교회의 설교 부탁이나 신문 잡지에 글 써 달라는 청탁을 받고 글을 쓰기도 했다. 그러던 1962년, 김연준『대한일보』사장이 김재준의 집을 방문하고『대한일보』논설위원으로 일해 줄 것을 청해 왔다. 그리하여 그 뒤 약 10년간 김재준은『대한일보』논설위원으로 일하면서 김연준 박사와 인간 관계를 돈독히 유지하게 된다. 당시『대한일보』논설위원의 면모를 보면, 김재준을 비롯하여 강영수 주필, 주요한, 허우성, 한태연, 신상초, 조동필, 엄요섭, 김은우, 민병기 등이 있었다.[8] 김재준은 '신문의 날'에 연사로 지정되어 다음과 같은 요지의 메시지를 전했다고 후일 회상하고 있다.

나는 한국의 신문은 주어진 재료의 보도만이 아니라 소위 '경세의 목탁'이어야 한다고 했다. 언론이 자유와 정의를 위한 횃불이나 목탁이 될 수 없다면 한국 민족은 암흑 속에 비참할 것이니, 그런 의미에서 '기자'는 '예언자' 구실을 해야 할 것이라고 말했다.[9]

역사적으로 모든 독재 정권이 그러하듯이, 박정희 군사 정권은 지식인 그룹을 장악하고 통제하는 데 큰 힘을 기울였다. 인간 사회는 크게 정치·경제·문화라는 세 범주가 가마솥의 세 받침대처럼 사회를 지탱해 가는 법이다. 그런데 본시 정치 권력과 경제 금력은 상호 야합의 유인력이 강하다. 그러므로 그 유혹을 견제하면서 양자가 정의로운 관계를 형성하도록 다리를 놓는 조정자가 사회의 제3의 기능, 곧 문화 기능이다. 그리고 어느 사회든

---

8. 『전집』 제14권, 44~45쪽.
9. 같은 책, 47쪽.

지 이러한 문화를 선도하는 세 가지 대표적 세력은 문인을 포함한 언론인, 대학 지성인 그리고 종교계의 양심 세력이다.

박정희 군사 정권은 불법적으로 정권을 찬탈하고 군사 독재 정권을 유지하는 동안 양심적인 문인, 언론인, 대학 교수, 양심적 성직자들과 피곤한 싸움을 각오해야만 했다. 거꾸로 말하면 군사 정권은 언론 기관, 대학, 종교계에 대한 회유, 억압, 압살에 무자비할 정도로 철저했다. 장준하의 『사상계』와 『동아일보』는 탄압받고, 양심적 민주 언론 기자들은 해직당하고, 방송 언론 기관들은 강제로 통폐합되었다. 저항적 대학 교수들은 대학 캠퍼스에서 쫓겨나거나 감옥에 가야 했고, 수많은 진보적 종교 지도자들이 옥고와 수난을 당했다.

'예'와 '아니오'를 분명하게 말해야 할 때

난세에는 사람이 스스로 간사해져 자기 합리화를 시도하고 자기 양심의 가책을 무마하려 들며 보신과 출세에 바쁘게 된다. 난세에는 특히 농부나 노동자처럼 자기 몸뚱어리를 움직여 의식주 생활을 영위하는 사람들보다도 오히려 배웠다는 식자와 지도자 등이 실험대에 오르게 된다. 난세일수록 권력과 금력은 언론을 억압하거나 조작하기도 하고 여론을 호도하거나 자기 주위에 어용 학자, 사제, 문인과 예술인, 언론인 들을 되도록 많이 끌어모아 독재자의 약점을 보완해 주고 그 허세를 칭송하도록 유도하기 때문이다. 그런데 신약 성경 복음서 중 예수가 하신 다음과 같은 말씀이야말로 바로 이런 난세에 귀 기울여 들어야 한다.

> 너희는 '예' 할 때에는 '예' 라는 말만 하고, '아니오' 할 때에는 '아니오' 라는 말만 하여라. 이보다 지나친 것은 악에서 나오는 것이다.[10]

김재준의 일생을 돌이켜볼 때, 남보다 먼저 나서서 큰소리로 목청 높여 순교를 자청하는 도전적 저항인은 아니었을지 모르나, '예' 와 '아니오' 를 분명하게 말해야 할 때 최소한 '예' 할 것은 '예' 라고 말하고 '아니오' 라고 말해야 할 때는 '아니오' 라고 말하는 사람이 되기 위하여 부단히 노력한 신앙인이었음을 알 수 있다. 그가 한국 개신교사 속에서 선교사들의 후견과 보호를 받

---

10. 『마태복음』 5:37.

으면서 교권주의자들과 적당히 타협하고 학문의 양심과 신앙의 양심을 저버리고 적당히 타협했다면, 그는 목사직 파문도 받지 않았을 것이고 맘 고생 몸 고생도 아니 했을 것이다.

그런데 이제 교회 당국이나 교권주의자들을 향해 종교계와 신학계 안에서 '예'와 '아니오'를 말해야 하는 상황이 아니라, 정치 현실의 한복판에서 '예'와 '아니오'를 분명하게 말해야 할 시대적 상황에 직면한 것이다.

그렇지만 그런 일은 말처럼 그렇게 단순한 것도 쉬운 것도 아니다. 왜냐하면 현실적 삶의 상황은 항상 흑백 논리처럼 선과 악이 분명하게 이분법적으로 갈려 있지도 않을 뿐더러, 어떤 때는 빛과 어두움이, 선과 악이, 옳고 그름이 혼재한 상태로 존재하기 때문이다. 더 나아가 실존적으로 인간은 모든 일에 어느 정도씩 관계를 맺고 연계되어 있게 마련이어서 자기 혼자 '독야청청' 깨끗한 척할 수 없는 경우가 비일비재하다. 바로 그러하기에 지성 인과 지도자 들이 '예'할 때와 '아니오'할 때를 놓치지 않고 분명하게 말할 수 있는 지혜와 용기, 결단력, 모험이 더욱 절실히 요청되는 것이다.

뒤집어 말하면 삶과 존재의 상황은 언제나 모호성에 휩싸여 있거니와 절대 선과 절대 악이라는 이분법적 구별 자체가 불가 능한 경계선 위에 있기 때문에, 지식인들은 양비론이나 양시론의 궤변 속에 자기 몸을 숨긴 채 사이비 중용론자 또는 중도론자로 처세하면서 고난의 길보다는 부귀영화의 길을 좇기도 하는 것이다.

1960년대에 김재준은 글이나 말로써만이 아니라 행동으로써 '예'와 '아니오'를 분명하게 표현하지 않으면 안 되었던 세 가지 대표적인 사건에 참여하게 된다. 1965년에 일어난 '한일 국교 정상화 반대 운동'에 한경직과 함께한 일, 1969년에 결성된 '3선 개헌 반대 범국민 투쟁 운동'에 관계하여 '3선개헌반대 범국민투쟁위원회' 위원장직을 맡게 된 일, 그리고 1971년에 결성된 '민주수호국민협의회'에서 함석헌, 지학순, 이병린, 천관우 등과 더불어 공동대표위원직을 맡게 된 일이 바로 그것이다. 이 세 사건을 계기로 하여 김재준은 종교계, 특히 기독교 신학계 내에서 선비풍의 성직자로서 지도적 인물로 지내다가 일약 현실 세계 한가운데의 진흙탕 속에 스스로 몸을 던지며 그 구심점 역할을 떠맡기에 이르렀다.

1961년 군사 혁명을 일으킨 박 정권은 '호랑이 등에 스스로 올라탄 형국'이어서 이제 스스로의 의지로 쉽게 내려올 수가 없었다. 민정 이양 약속을 배반한 채 1962년부터는 중앙정보부장 김종필을 시켜 비밀리에 민주공화당을 조직하게 하였으며, 1963년 3월에는 군정을 4년 연장하겠다고 선포하였다. 이후 박정희는 대통령 후보로 나서서 정치적 대결자인 윤보선과 민주 세력을 '정정법'으로 묶어 놓은 뒤 선거를 치러 겨우 15만 표 차로 신승하기에 이른다. 만약 공명정대한 선거를 실시했다면 민주공화당 후보 박정희는 패배했을 것이었다.

민주주의의 요식 행위는 독재자들에게는 자신의 불법적인 정권에 사이비 합법성을 치장하는 가장 매력적인 정치적 통과 의례일 뿐이다. 제3공화국 대통령에 취임한 박정희에게 가장 시급한 과제는 민생 문제 해결과 공업화를 통해 농경 중심의 산업 구조를 노동 집약적 공업 사회로 바꾸는 작업이었다. 그러나 그 일을 시작하는 데는 정치 자금 이외에도 막대한 돈이 필요하였다. 이러한 역사적 시점에서 등장한 사건이 굴욕 외교에 기초한 이른바 '한·일 국교 정상화'였다.

1960년대 전반기, 박 정권은 일본에 급속한 템포로 접근해 갔다. 그 배후에는 미국의 극동아시아 군사 외교 정책이 뒷받침되어 있었다. 동서 냉전 체제하에서 미국은, 소련·중국·북한과 미국·일본·남한으로 대치선이 그어지는 동아시아 전선을 확고히 다지기 위해, 우선 지난 36년간 식민 통치 아래서 맺혔던 남한과 일본 사이의 원수 관계를 감정적으로 푸는 일이 급선무였다. 미국으로서는 한·일 양국간의 국교 정상화가 이뤄지지 않는 상황은 매우 불안정하고 위험하기까지 한 현실로 비쳐졌던 것이다. 그리하여 한·일 국교 정상화의 거간꾼으로서 미국의 외교 능력이 총동원되었다.

박정희로서도 역사에 남을 만한 외교적 치적을 남기려는 공명심과, 당장 필요한 남한의 산업 기반 마련에 필요한 돈과 정치 자금이 절실한 때여서, 상대방에게 속을 다 내보이고 굴욕적으로 외교적 저자세를 취하고서라도 이 일을 매듭 짓지 않으면 안 되었다. 박정희는 김종필을 앞세워 일본의 오히라(太平)와 비밀리에 교섭을 해 나가기 시작하였다. 이미 1962년 김종필 중앙정보부장과 오히라 마사요시 일본 외상 사이의 비밀 회담에서, 양국간에 가장 큰 쟁점이었던 대일(對日) 청구권 문제와 평화선, 재일 동포의 법적 지위 문제에 관해 타협을 이룬 '김-오히라 메모'가 교환되어 있었지만, 이 사실은 1964년까지 2년 동안 비밀에 부쳐져 있었다. 1964년 한·일 회담이 재개되자 당연히 학원가와 야당에서는 '한·일 굴욕 외교 반대 투쟁'이 연일 일어났다.

1965년 7월 초, 한경직, 김재준, 이해영, 강신명, 문재린, 송두규, 이태준 목사 등 기독교 내 각 교파 지도자들도 영락교회당을 거점으로 모여 '한·일 국교 정상화 반대 운동'을 초교파적으로 일으키게 되었다.[11] 이 사건은 매우 중요한 역사적 의미를 지닌다. 왜냐하면 1919년 3·1 만세 사건 이후로 한국 개신교가 초교파적으로 일심단결하여 민족 문제에 관심을 함께하는 감격적 사건이 이로써 부활되었기 때문이다. 1919년 3·1 만세 사건을 주도한 이후 오랫동안 '역사적 잠'에 빠졌던 한국 개신교가 본래의 모습을 되찾고 민족 문제를 신앙 문제의 시각에서 다시 자각하는 사건이 되었다. 여기에 이 운동의 중심에 한경직, 김재준, 함석헌 등 개신교 지도자들이 앞장섰다는 것도 의미심장하다. 영락교회 안에는 수백 명의 목사, 전도사, 신학생, 기독교 청년 및 일반 청년, 문인, 재향 군인 등 각계 각층의 사람 수천 명이 모였다. 영락교회당이 '한일 외교 반대 운동'의 대회장으로 쓰이게 된 데는, 옥외 집회 허가를 얻을 수 없는 당시의 정치적 상황에서 예배 형식을 취한 강연회말고는 집회를 가질 수밖에 없다는 이유가 있었다.

강연자는 한경직 목사와 김재준 목사 두 분이었다. 두 분은 미국 유학 시절부터 친구요, 귀국 후에는 신앙의 동지요, 조선신학교 초창기 동역자이기 때문에 이번 일에 더욱 의기가 투합했다. 김재준은 대통령, 국회의장, 일본 정부, 일본 국회, 일본 교회, 미국 대통령, 국제연합본부 등에 보내는 공개 서한 작성자로 지명 위임되어 문서 작업을 담당했다.

---

11. 『한국기독교 100년사』, 507쪽.

기독교인들을 비롯한 국민의 열화 같은 반대 여론을 무릅쓰고, 돈이 궁했던 박 정권은 '한일 굴욕 외교'를 강행, 마침내 1965년 8월 14일 야당 국회의원의 퇴장하에 국회 비준을 강행하였다. 이들은 국민과 학생들의 반대 데모를 폭력적으로 저지하기 위해 군대를 동원하고 위수령을 발동하였으니, 국민으로서는 또 한 번 한일합방과 같은 치욕을 맛보게 되었다.[12]

이른바 '한일기본조약'이라고 부르는 이 굴욕적인 한·일 외교 협정은 한국과 일본간의 기본 관계에 관한 조약과 이에 부속하는 4개 협정 및 25개 문서에 대한 총칭이다. 문제의 4개 협정이란 '청구권 및 경제 협력에 관한 협정', '재일 교포의 법적 지위와 대우에 관한 협정', '어업에 관한 협정', '문화재 및 문화 협력에 관한 협정'인데, 이 모두가 매우 중요한 것들임에도 불구하고 한국의 태도는 그 협정의 과정과 결과에 이르기까지 주권 국가로서의 자존심은 없고 저자세의 굴욕적인 모습으로만 일관하였다. 그러니 만큼 이 협정은 오늘날까지도 두고두고 한·일 관계의 걸림돌로 작용하고 있다.

'청구권 및 경제 협력에 관한 협정'과 '문화재 및 문화 협력

---

12. 『전집』 제14권, 60쪽.

에 관한 협정'만 보더라도 민족 주권을 팽개친 저자세 외교의 결과임이 드러난다. 그것은 외교가 아니라 차라리 구걸이었다고 하는 것이 정확한 표현일 것이다. '청구권 및 경제 협력에 관한 협정'은 일본이 3억 달러 무상 자금과 2억 달러의 장기 저리 정부 차관 및 3억 달러 이상의 상업 차관을 공여하기로 한 것이 골자였다. 일본의 식민 통치에 대한 일본 국가의 공식 사과와 당당한 배상 청구금을 받아 내지 못하였을 뿐더러 그 액수나 명분에서도 도저히 동남아 다른 나라의 경우와는 비교할 수 없는 굴욕적인 것이었다. '문화재 및 문화 협력에 관한 협정'도 일제가 36년간 강탈해 간 한국의 문화재를 일본의 소유물로 인정하는 결과를 낳았을 뿐이었다.[13]

최근 일본 우익 단체나 정부의 일본 역사 교과시 왜곡 사건, 일본 군 위안부로 희생된 한국 여성들과 강제 징용으로 혹사당한 노무자들의 당연한 보상 문제 등이 21세기가 시작되는 새로운 시대에 들어서도 양국간에 자꾸 논란이 되는 것도, 잘못된 이 '한일기본조약'에서 연유한다고 볼 수밖에 없다. 김재준이 1965년이라는 역사의 시점에서 '예'와 '아니오'를 분명히 말하지 않

---

13. 『브리테니카 백과사전』 제24권, 536~537쪽 참조.

으면 안 되었던 이유가 거기에 있었다.

　김재준은 이 무렵 자신이 육성한 한국신학대학과 자신이 몸
을 담고 있는 기독교장로회로부터 60세 정년 은퇴 후 존경과 사
랑을 한몸에 받는 등 극진한 예우를 받는다. 1965년에는 한국신
학대학 명예학장으로 추대되고, 같은 해 9월 기독교장로회 총회
에서 제50회 총회 총회장으로 추대되며, 이어 한신학원 이사장
(1966~1970)으로 추대된다. 이 모든 일은 후학들과 동료 신앙 동
지들이 온몸을 바쳐 학교와 교단 발전을 위해 희생적으로 헌신
해 온 그의 공로를 치하하고 위로하는 예우적 차원의 아름다운
일이었다. 그러나 예우는 어디까지나 예우일 뿐 실질적 권한을
휘두르라는 것이 아님을 김재준은 잘 알고 있었다. 그리하여 김
재준은 학교와 교단의 일에 마음을 쓰기보다는 역사 현실의 한
복판에서 벌어지는 일들에 주의를 더 집중했다.

　그가 다시 한 번 몸을 던져 '예'와 '아니오'를 분명하게 하지
않으면 안 되었던 사건은, 그후 박정희 정권이 헌법을 고쳐 대통
령의 3선을 가능케 하려는 음모를 저지르면서 발생하였다. 이 사
건으로 그는 '3선개헌반대 범국민투쟁위원회'의 위원장으로 일
하게 되었던 것이다. 정치 전문가들과 경륜가들이 집결된 그 운
동체에서, 실질적인 정치 투쟁 경험이라곤 전혀 없는 사람이요
또 사회적으로 목사 신분이던 김재준이 '위원장'이라는 직함을

갖게 된 것은 뜻밖이었다.

5·16 군사 혁명 공약 제6항의 약속, 곧 조속히 정권을 민간에게 넘기고 군 본연의 자리로 복귀한다는 공약을 배반하고, 8년간 대통령직에서 권력의 달콤한 맛을 본 박정희와 그를 둘러싼 군인 정치 집단은 스스로 정권이라는 '달리는 호랑이'의 등을 내려설 수가 없었다. 이들은 마침내 장기 집권을 획책하여 중임 이상을 금지하던 헌법을 고쳐 장기 집권을 시도하게 된다. 헌법의 대통령 임기 조항을 3선으로 바꾸려는 음모였다. 이러한 음모는 독재자 자신이 초헌법적 자리에 군림, 자신의 필요에 따라 제멋대로 헌법을 고치거나 폐기하겠다는 독재 선언으로서 민주주의 법치 국가의 종언을 의미하는 것에 다름 아니었다. 그러한 의도가 드러나자 범국민적 반대가 요원의 불길처럼 경향 각지에서 일었다.

당시 단일 야당이던 신민당을 비롯 군소 정당의 대표들과, 재야 정치인, 학자, 지조 있는 언론인, 박 정권에서 소외된 퇴역 고위 장성 들이 총망라된 '3선개헌반대 범국민투쟁위원회'가 대성빌딩에서 구성되었다. 정치인으로는 유진산, 김상돈, 장택상, 장준하, 이철승 등이 중심이었고, 재야 지도자로는 함석헌, 김재준, 이병린 등이 정신적 지주로서 참여하게 되었다. 이 위원회는 정계 원로로 윤보선, 백낙준, 이인, 허정 등을 고문으로 참여시키고자 하였다.

대성빌딩에서 열린 '3선개헌반대 범국민투쟁위원회' 발기인 대회는 장준하의 사회 아래 함석헌의 연설을 잇고 이어 규약 통과와 임원 선거가 일사불란하게 진행되었는데, 이 자리에서 김재준이 위원회의 위원장으로 피선되었다. 김재준의 오랜 친구 김상돈과 제자 장준하의 적극 추천으로 이루어진 일이었다.[14]

김재준은 자신이 정치에 문외한인데다 정치 현실의 맨 앞에서 직접 몸으로 부딪쳐야 하는 정치 투쟁 조직체의 위원장으로는 성격도 맞지 않는다고 거듭 고사의 뜻을 폈으나, 회의장에 모인 사람들은 김재준을 위원장으로 뽑는 데 만장일치의 의사를 보였다. 김재준 자신은 그 이유를 잘 알고 있었다. '범국민'이 참여하는 투쟁 대열에서 아무리 야당 대표라 할지라도 특정 정당 대표가 실세로서 표면에 나서면 '범국민적 참여'에 지장이 있을 수밖에 없었다. 또 자유 민주주의를 지키려는 소신이 뚜렷하고 사회의 명망이 있는 인물로서 정치적 야심이 없는 인물이 필요했다는 점에서 자신이 추대되었을 것이라고 짐작했다.

그렇다고 해서 피동적으로 끌려다닐 김재준은 아니었다. 김

---

14. 『전집』 제14권, 67~72쪽.

재준은 자신의 분수와 자기 정체성을 충분히 자각하는 가운데 어려운 시대 상황에 맞서 신앙인으로서 또 지성인으로서 '예' 할 것과 '아니오' 할 것을 분명하게 말해야 한다는 의무감으로 그 책임을 맡기로 하였다.

3선 개헌을 강행하려는 박 정권 집단과 이를 저지하려는 범국민 의지가 맞부딪쳐 그 충돌이 절정에 이를 즈음 효창공원에서 '3선개헌반대 범국민투쟁대회'가 열렸다. 경찰과 정보부의 방해 공작과 협박에도 불구하고 국민은 자발적인 호응을 보여 이날 대회에는 무려 6만여 명의 인파가 대성황을 이루었다. 장준하가 사회 마이크를 잡은 속에서 김재준 위원장이 개회사를 한 뒤, 김대중을 비롯한 야당 정치인 십여 명의 본격적인 정치 연설이 이어졌다. 김대중의 대중 연설은 효창공원을 가득 메운 청중을 사로잡기에 충분했다. 이러한 대중 집회는 두어 번 더 있었고, 집회가 끝나고 나서는 거리 데모가 이어지기도 하였다.

이러한 열화 같은 국민의 민주주의 사수 의지는 그러나 박 정권에 의해 여지없이 묵살되었다. 힘만을 숭배할 뿐 이미 이성이나 양심 따위라곤 남아 있지 않은 박 정권과 그 하수인들은 불법 날치기를 아무런 거리낌없이 자행하는 '무뢰배' 집단들로 변해 있었다. 한 국가의 헌법을 개정하려면 반드시 필요한 신성한 국회 절차를 무시하고 자정이 지난 캄캄한 밤중에 국회 본회의장도 아닌 다른 곳에서 역사를 도둑질했다는 것이 바로 그 증거였다. 김재준은 훗날 그날 밤 3선 개헌안이 불법으로 국회 절차를 밟는 엉터리 희극 아닌 비극을 회상하면서 다음과 같이 『범용기』에 기록을 남기고 있다.

자정이 지났으니 통금 시간이라 길 가는 사람이 없었다. 의사당 뒷골목은 어두컴컴했다. 길 건너에 '제3별관'이 있다. 물론 앞문이 닫혀 있다. 이효상 의장과 몇 사람 의원은 뒤로 돌아 판자로 된 뒷문을 뜯고 들어가 제3별관 어두컴컴한 뒷방에 촛불을 켜고서 '3선 개헌안 통과'라고 속삭이고 방망이를 두들겼다. 그리고 각 신문사에 통고한 다음에 생쥐처럼 도망쳤다. 박정희는 새벽 3시에 '사인'하고 기자들에게 발표했다. 신문은 대문짝 같은 호외를 돌렸다. '날치기'라는 내용을 폭로한 것이다.[15]

불법 날치기로 국회를 통과한 '3선 개헌안'은 요식적 '국민투표'에 붙여져 합법을 가장한다. 한국 정치사에 또 한 번의 치욕적 사건이 영원히 지워지지 않는 역사의 책에 기록되는 순간

---

15. 같은 책, 81쪽.

이었다. '3선개헌반대 범국민투쟁위원회'는 더 이상 존속할 이유와 투쟁의 대상을 잃고 해체되었다.

김재준은 위원회의 해체식에서 "이제부터 장기적인 국민 민주화 계몽 운동에 각자 있는 고장에서 유의하시기 바랍니다. 나는 '교회의 사회화'와 '국민의 민주화'에 미력이나마 장기 봉사할 작정입니다"[16]라고 인사하고 물러났으나, 이 말 속에서 그후 김재준의 '역사 변혁을 위한 참여 신학'의 행보를 예견하기는 어려운 일이 아니었다.

1969년 당시만 해도 한국 개신교의 보수적 신앙 풍토에서 김재준의 정치 참여 행동은 참으로 선구자적인 것이었으며, '예'와 '아니오'를 분명하게 말하라는 예수님의 가르침에 충실하려는 신앙적 결단 행위였다. 그럼에도 불구하고 경동교회 강원룡 목사를 비롯한 일부 진보적 목회자들의 강단 설교를 제외하고는, 당시 대부분의 교계 목사와 신자들은 "교회와 목회자가 왜 정치에 관여하느냐?"는 정교 분리론에 입각한 비판적 태도를 취했다. 오직 젊은 박형규 목사가 편집위원장으로 있던 월간 『기독교사상』지만이 '3선 개헌 반대 특집호'를 기획, 교회에 대하여

---

16. 같은 책, 83쪽.

복음의 사회적 책임성을 계몽시키고자 노력하였다.

비록 '3선개헌반대 범국민투쟁'은 실패로 끝났으나, 김재준은 그 과정에서 기독교 신앙과 실천적 삶을 높은 기독교 사회 윤리적 책임성으로 통전하고, 복음은 역사 속에서 소금과 빛의 역할을 감당해야 한다는 진리를 몸으로 직접 보여준 셈이었다. 이를 계기로 김재준의 곁으로는 기독자 지성인들이 모여들기 시작하였다. 기장 계열의 중진 목회자들과 한신 계열의 젊은 제자들은 차치하더라도, 앞에서 말한 박형규를 비롯하여 장준하, 천관우, 김관석, 한승헌, 이문영, 서광선, 현영학, 이극찬, 홍동근, 안병무, 이우정, 서남동, 문익환, 문동환, 김용준, 신애균, 강문규, 김찬국, 지명관, 박상증, 오재식 등이 구름같이 몰려들면서 반독재 지성인 군단이 형성되어 갔던 것이다.

1960~1970년 시기에 김재준은 직업적인 정치인처럼 정치현실에만 투신한 것이 아니다. 그의 본직은 신학자요 목사이다. 그는 한국이라는 정치적 현장에 국한되지 않고 늘 세계적 시각을 견지하면서 역사 전체의 흐르는 방향을 꿰뚫어 보고 있었다. 그는 1966년 캐나다 몬트리올에서 열린 세계교회협의회(WCC) 산하 '신앙과 직제' 세계 대회에 고문으로 초청받고 참여하였으며, 1969년에는 런던에서 열린 YMCA 세계대회에 한국 대표로 참석하기도 하였다. 또한 그는 '국제엠네스티 한국위원회' 위원

장직을 맡고 있기도 했다.

어떤 일에 간여하든지 김재준은 자기 정체성을 구성하는 세 가지 요소로서 기독교 신앙, 한국 민족, 자유 민주주의에 대한 신념을 인식하고 있었다. '크리스천'은 김재준의 '영'이고, '한국 민족'은 그의 '혼'이며, '민주인'은 그의 '사회적 몸'이라는 자의식이었다.[17]

김재준이 1960년대부터 1974년 3월 12일 캐나다로 떠나기 전까지, 역사 속에서 '예'와 '아니오'를 분명히 하면서 말뿐 아니라 몸으로 직접 참여한 세 번째의 것은 '민주수호국민협의회'에 적극적으로 관여한 일이다. 민주수호국민협의회는 3선 개헌 반대 투쟁이 실패로 끝난 뒤 김대중과 박정희가 제7대 대통령 후보로 대결하는 역사적 상황을 앞두고 태동되었다.

1971년 4월 19일 서울 종로 YMCA 꼭대기 층에서 민주수호국민협의회가 결성되었는데, 이 협의회의 이름은 당시 가장 젊은 나이로 그 자리에 참여한 김지하가 그 이름 그대로가 좋다고 제의하여 받아들여진 것이었다. 대표위원으로는 발족할 당시엔 김재준, 이병린, 천관우가 추대되었고, 이후 외유에서 돌아온

---

17. 『전집』 제14권, 93쪽. 「범용기」 제2권 후기 참조.

함석헌과 가톨릭의 지학순 주교가 더 추대되어, 민주수호국민협의회는 명실공히 당시 국민들 사이에서 존경받던 민주주의 양심 세력의 집결체가 되었다. 민주수호국민협의회 결의문의 요지는 다음과 같았는데, 당시는 아직 천관우가 『동아일보』에서 파면당하기 전이라 그 결의문 요지가 『동아일보』에 실리게 되었다.

결의문 요지는 이렇다. "첫째, 민주적 기본 질서가 파괴된 현실을 직시하고 그 회복에 국민의 총궐기를 촉구한다. 둘째, 이번 선거는 민주 헌정의 역사에서 분수령을 이루는 것이므로 이 선거에서 부정 불법을 감행하는 자는 역사의 범죄자로 민족적 규탄을 받아야 한다. 셋째, 국민은 집권층의 탄압과 유혹을 일축하고 신성한 주권을 행사하라. 넷째, 학생의 평화적·양심적인 데모에 잔학한 탄압을 가하는 정부 당국에 강력히 항의한다." 민주수호국민협의회는 시시각각으로 변화하는 정치 사회적 상황 속에서 국민의 권리와 의무를 촉구하고, 군사 정권의 불법적 행위에 대하여 저항하는 견해를 그와 같이 결의문과 행동으로 표현하였던 것이다.

1971년 4월 27일 대통령 선거에서 김대중 후보는 94만여 표차로 분패했다. 이러한 표차는 온갖 선거 부정과 정치 자금, 정보 경찰력을 총동원한 집권 세력의 탈법적 행위들을 감안할 때, 국민의 민의가 박정희의 3선 대통령을 지지하지 않았다는 것을 의미한다. 어찌 되었든 이 선거를 통해 박정희 정권은 계속해서 권좌를 유지하게 되었고, 이후 막을 내릴 때까지 1970년대 한국 사회는 평안할 날이 없었다. 김재준은 1971년 12월 6일 박 정권에 의한 비상 사태 선언의 날부터 1974년 3월 캐나다로 출국할 때까지 네 차례에 걸쳐 가택 연금을 당하면서 감시자들의 행동 제약 아래 살게 된다.

1973년도 저물어 가던 12월, 재야의 민주 원로들은 민주수호국민협의회 중심 간부들인 장준하, 계훈제 등을 중심으로 1973년 12월 13일 YWCA 알로하홀에서 다시 모였다. '유신헌법' 음모를 저지하기 위한 것이었다. 이 자리에 모인 백낙준, 함석헌, 김재준, 유진오, 이인, 천관우, 지학순, 김수환 추기경, 한경직 목사 등 기독교 각 종파와 사회 각계각층의 인사 15인 원로들은 나라의 오늘과 장래를 진정으로 염려하면서 박정희 대통령에게 뼈아픈 '건의서'를 작성하고 대통령 직접 면담을 요청하기로 하였다. 면담 신청은 절차대로 제출되었지만 아무런 회답도 돌아오지 않았다. 이에 준비된 '건의서'를 청와대 비서실장에게 직접 건넸지만,[18] 나라의 원로들이 애국충정에서 논의한 면담 신

---

18. 『전집』 제14권, 136~139쪽 참조.

청에 대한 대답은 역시 침묵으로 돌아올 뿐이었다. 박정희는 그때 이미 국민과 역사의 거절을 받은 셈이나 다름이 없었다. 1972년 10월 박정희는 전국에 비상계엄령을 선포하고 국회 해산, 정당 정치 활동 금지, 집회 금지, 언론 보도 사전 검열, 대학 휴교, 군법회의 설치를 강행하고 비상국무회의에서 '유신헌법'을 의결했다. 김재준을 존경하는 전주 남문교회 은명기 목사가 이에 항의 비판하자 곧 구속 수감되기도 했다.[19]

성육신 신앙은 현실 변혁을 지향한다

역사 속에서 '예'와 '아니오'를 분명하게 말하라는 예수 그리스도의 명령에 순명(順命)하는 '제자직의 삶'을 김재준이 어떻게 살아냈던가를 짐작하기에는 이상의 역사적 사건만으로도 충분하고도 남음이 있을 것이다. 그러나 이제 1970년대 숨막히던 군사 정권 치하의 민주 운동 투쟁사를 역사적으로 회상하는 이야기는 잠시 접어 두고, 왜 김재준이 한 그리스도인

---

19. 『한국기독교 100년사』, 579쪽.

으로서, 한 신학자로서, 남들의 오해와 비난을 무릅쓰고 현실 정치와 역사 변혁 운동에 깊이 참여할 수밖에 없었는가를 신학적 측면에서 살펴볼 필요가 있다. 김재준이 현실 정치의 왜곡된 점을 바로잡고자 노력한 것은, 예수 그리스도의 가르침, 곧 '예'와 '아니오'를 분명하게 말해야 할 때는 그렇게 해야 한다는 성경의 말씀을 준행함이지만, 그 성경 말씀을 문자적으로 맹신해서가 아니라 깊은 신학적 지성이 뒷받침되어서 그렇게 살고 행동했다는 점을 알 필요가 있는 것이다.

김재준이 신학자로서 전공했던 분야는 본래 구약 신학이었고, 따라서 예언자들의 '거룩한 정열'에 대한 연구가 깊었다. 예언자들의 '거룩한 정열'은 거룩하신 하나님의 '절대 사랑과 공의로우심', 생명 있는 것들을 긍휼히 여기시는 마음과, 공동체 속에서 정의가 강물처럼 흐르게 해야 한다는 정의 요청이 핵을 이룬다. 다시 말해서 하나님 앞에서 인간들이 자유, 평등, 평화, 사랑의 공동체를 이루면서 살아가도록 하고, 국가 권력이나 왕의 권력, 종교 제도나 종교 의례를 절대시하면서 인간을 비인간화시키는 것을 비판하고 저항하는 '우상 타파 정신'이 바로 예언자 정신이다.

김재준은 20세기 신학자들 중에서 이런 예언자 정신을 시대 상황 속에서 새롭게 재해석하고 현실 속에 적응시키려고 노력한 미국의 신학자들 가운데 특히 라인홀드 니버와 리처드 니버 (Richard Niebuhr) 두 형제의 신학 사상에 정통하였다. 20세기 저명한 기독교 윤리학자였던 라인홀드 니버로부터 그는 특히 기독교 신앙과 현실 정치와의 관계에 대한 신학적 통찰을 받아들였다.[20] 그러한 라인홀드 니버의 기독교 윤리 사상을 '기독교 현실주의'(Christian Realism)라고 부른다. 니버가 남긴 유명한 말, "정의를 위한 인간의 가능성이 민주주의를 가능케 하며, 불의로 향하는 인간의 경향이 민주주의를 필요로 한다"는 명언을 김재준은 가슴 깊이 받아들였다.

김재준이 니버의 이 명언을 받아들였음은 인간 이해와 역사 이해에 있어서 변증법적·역설적 이해를 한다는 것을 의미한다. 인간은 누구나 이성적 분별력, 진선미를 증대시키고 추구하려는 선한 의지, 사랑과 정의와 자유가 숨쉬는 대동(大同)적 세계를 실현하고자 하는 선한 성품을 '하나님의 형상'으로 지음받은 인간의 품성 속에 지니고 있다. 그러나 동시에 인간의 본성은 단순한 동물적 충동만이 아니라 자유 의지를 남용하여 타인들 위에 군림하고 지배하면서 쾌감을 느끼려는 오만과 죄성이 동시에 공존

---

20. 「기독교와 정치: 라인홀드 니버의 경우」, 『전집』 제5권, 398~407쪽 참조.

한다. 전자의 인간 능력으로 해서 인간 사회는 민주주의를 사회적 정치 제도로서 이루어 갈 가능성을 지니고 있지만, 동시에 이러한 민주주의 제도는 인간의 죄성, 권력욕과 지배욕을 견제하기 위해서 더욱 필요한 것이기도 하다는 것이다.

인간의 죄가 생물학적 본능이나 육체성 속에 자리잡고 있는 것이 아니라 인간의 불안정하고 유한한 '자유 의지' 그 자체 속에 뿌리박고 있기 때문에, 역사에 대한 진보적 낙관주의나 역사 파국적 비관주의는 거절된다. 특히 라인홀드 니버의 신학적 윤리학에서, 집단 관계에서의 윤리와 개인 관계에서의 윤리적 태도가 매우 다른 특징을 드러내는 점을 밝힌 것은 탁월한 통찰이었다. "네 이웃을 네 몸같이 사랑하라"는 예수의 계명, 곧 '사랑의 계명'은 최고 가치의 절대 계명이다. 그 계명을 실천함에 있어 인간은 개인 관계에서는 자신을 절제하고 희생을 감수하며 보다 예민한 도덕적 감수성을 견지하면서 '도덕적'으로 처신해 갈 수 있다. 그러나 집단과 집단 관계, 예를 들면 노사 관계, 정당 관계, 사회 계층 관계, 국가 관계, 이익 단체들간의 관계는 "서로 사랑합시다"라는 도덕적·종교적 설교로 그 갈등이나 대립이 해결되지 않는다는 것이다.

라인홀드 니버에 따르면 집단 이기심은 무책임하게 증폭되고 쉽사리 자기의 비도덕적 행동을 합리화하며 이에 따라 도덕

감은 급속히 감소된다. 그러므로 집단 관계에서는 '힘이 균형과 상호 견제 작용'을 통해 '정의'를 최대치로 실현시킴으로써 '사랑'을 간접적으로 실현해야 한다고 그는 보았다. 이런 점에서 민주주의 정치 제도란, 다양한 사회 집단간의 이해 충돌 관계를 무정부적 자유 방임주의나 획일적인 독재주의라는 정치적 양극단을 피하면서 개인의 자유와 공동체의 공공선을 가급적 최고 수치의 근사치로 실현해 내자는 정치 제도였다.

그러므로 김재준은 개인 하나하나를 좋은 크리스천으로 만들어 사회에 내보내면, 그 사회가 자연스럽게 '정의로운 사회'가 될 것이라고 생각하는 개인주의적 경건주의 기독교 윤리를 소박한 낙관주의 윤리라고 보았다. 더더욱 중요한 것은 기독교 신앙의 핵심 본질인 "말씀이 육신을 이루어 이 세상에 오셨다"는 성육신(成肉身) 신앙의 진리(「요」3: 16, 「요」1: 14, 「골」2: 9~10, 「엡」2: 14~18)를 어떻게 이해할 것이냐의 문제이다. 그 문제는 결국 교회와 국가, 종교와 문화, 성스러운 것과 속된 것, 영원한 것과 시간적인 것을 어떤 관계로 파악할 것인가의 문제인 것이다. 이 문제는 모든 철학과 종교의 근본적인 문제인데, 이 문제를 이해하는 입장에 있어서 김재준은 성 어거스틴, 캘빈, 리처드 니버로 이어지는 신학적 입장을 받아들였다.

특히 리처드 니버의 '그리스도의 문화(역사) 변혁설'의 입장을 진지하게 한국에 소개하고 지지하였다.[21] 김재준의 사회 참여, 역사 참여 신학의 밑바탕에 니버 형제의 신학 사상이 많은 영향을 끼쳤는데, 특히 리처드 니버의 '복음의 생명력에 의한 가치 변혁론'이 준 영향이 컸다. 리처드 니버의 '복음의 가치 변혁론'을 이해하기 위해서는 다음 같은 몇 가지 중요한 신학적 테마들을 이해해야 한다.

첫째, 철저한 유일신관이다. 이것은 기독교의 배타적인 교리적 신관을 말하는 것이 아니라, 오직 하나님 자신만이 절대적인 것이요, 역사 속에서 구현된 일체의 가치와 피조물을 절대화하지 않고 상대화시킨다는 입장이다.

둘째, 철저한 인격주의와 응답적 책임 윤리이다. 인간은 대체 불가능한 절대적 깊이와 존엄성을 가진 인격체이므로 물상화하거나 수단으로 전락할 수 없다. 인격적 관계성 속에서 책임적 응답을 함으로써 인간은 윤리적 존재가 된다.

셋째, 변화 과정 속에서 형성되어 가는 경험적 윤리주의이다. 도덕적 결단이란 과거 전통과 변화하는 상황 속에서의 구체

---

21. 「H. 리차드 니버의 신학과 윤리」, 『전집』 제7권, 33~47쪽; H. Niebuhr, *Christ and Culture* (New York: Harper & Row, 1952), 김재준 역, 『그리스도와 문화』 (대한기독교서회, 1965) 참조.

적 행동이다. 고정된 율법주의란 불가능하다.

넷째, 그리스도(복음)는 죄로 물든 세상을 그대로 방치하거나 폐기 처분하거나 그대로 용인하는 것이 아니라 질적으로 가치 변혁을 시킨다. 이러한 김재준의 '성육신적 영성'(incarnational spirituality)이 가장 강력하게 나타나 있는 그의 말을 들어본다.

크리스찬은 한국 역사를 그리스도 역사로 변질시켜 진정한 자유와 정의와 화평으로 성격화한 사랑의 공동체를 건설해야 할 것입니다.…… 그러므로 하나님의 사랑의 생명, 영으로 다시 난 생명, 거룩한 생명을 받은 크리스찬은 남과 나와 사회와 국가를 살리는 생명, 더 풍성한 생명의 샘터를 발굴하여 만민에게 생명의 샘물을 제공해야 할 책임이 있습니다.…… 우리가 역사에 대한 관심을 강조하는 것은 세속 역사를 하나님 나라 역사로 변질시키는 운동입니다. 그것은 역사 도피도, 역사 소외도 아니고 바로 역사 주역으로 등장하는 방향입니다.[22]

김재준의 영성 신학이 전통적인 서구 신학이나 한국의 보수

---

22. 김재준, 『귀국 직후』, 196·206·208쪽.

적 신학과 다른 핵심적 본질은 '성육신적 영성'을 그의 현실 이해 속에 관철한다는 데 있다. 그의 성육신적 영성은 물질과 몸과 대지를 경시하거나 무시하는 '영지주의적 영성'을 비판하며, 차안과 피안을 대결적 구조나 분리 관계 또는 양자택일해야 할 것으로 보지 않는다. 그 양자를 통전적 구조 속에서 파악하는 것이 본래적인 '성서적 실재관'이라고 이해한다. 그러한 김재준의 대승적 기독교 신념이 가장 적나라하게 표현된 글을 한 구절 인용해 본다.

예수의 종교는 어떤 것인가? 그것은 우선 그 방향에 있어서 하늘이 땅에로, 하나님이 인간이 되어 역사 가운데 오신 종교다.…… 무엇 때문에 오셨는가? 그는 인간들을 찾기 위하여 오셨다. 그러나 그는 인간들을 찾아, 하늘에 끌어올려, 천사 같은 영물이 되게 하기 위하여 오신 것은 아니었다. 하늘이 땅에 내려온 것은, 땅을 하늘에 올려가기 위함이 아니라, 하늘이 땅의 몸이 되기 위함이었다. 하나님 아들이 인간이 된 것은 인간들의 혼, 인간성이 하나님 아들딸로서의 바탕을 갖게 하기 위함이었다. 어디까지나 현존한 땅을 위하고 현존한 인간을 위한 것이었다. 부활 승천한 예수도 '다시 오실 이'로 올라가신 것이요, 그 반대는 아니었다.[23]

김재준은, 기독교 신앙의 근본 터전이 되고 있는 '성육신 신앙'을, 하나님이 이 세상을 사랑하셔서, 변질되어 타락하고 창조 질서 관계가 깨어졌으며 본래의 정상태에서 일탈한 세계이지만, 끝까지 포기하지 않고 그리스도와 성령을 보내 새롭게 갱신하시며 속량하시는 구원 사역을 지금도 지속하신다는 신앙 고백적 신념으로 이해한다. 그러므로 그리스도인이 이 세상에서 살아가고 교회가 세상 속에 존재하는 이유는, '시한부 종말론'자나 '타계주의자'처럼 이 세상을 포기하거나 무책임하게 방치하는 것이 아니라, 자유, 평등, 정의, 사랑이 숨쉬는 '생명 공동체'가 되도록 변혁시켜 가야 할 책임이 있기 때문이라고 주장한다.

그러므로 김재준이 한국의 민주주의와 인권 운동을 통해 현실 변혁적 운동체 속으로 깊이 관여한 것은 본래적 신앙인의 삶에서부터의 '이탈 행동'이 아니라 그 성실한 '실천 행동'이라고 확신한다. 그리스도 신앙은 곧 삶 속에 성육신하는 '생활 신앙'이 되어야 한다고 김재준은 강조한다.

김재준의 이러한 선구자적인 '성육신적 영성 신학'은, 한국에 개신교가 전래된 이후 대체로 보수적 선교사들과 교회 지도

---

23. 김재준, 『하나님의 의와 인간의 삶』(삼민사), 17쪽.

자들이 형성해 온 '영혼 구원을 목표로 하는 기독교', '사후 천국 생활을 대망하는 기독교', '현실 역사를 사탄의 지배 왕국으로 보는 기독교', '구원 체험을 인간 내면의 성령 체험으로만 제한하는 기독교', 복음 진리를 '교회당 안에 저장해 두는 기독교'에 일대 충격을 주었다. 그러나 김재준과 같은 생각을 하는 수많은 진보적 기독 청년과, 교역자, 신학자 들은 1970년대 한국 사회에 커다란 '역사 변혁의 세력'으로 등장하게 되었다. 커다란 시련 속에서도 고난이 곧 영광이라고 생각하는 무리가 생겨난 것이다.

1973년 4월 22일 새벽, 남산 야외 음악당에서 회집된 부활절 연합 예배의 자리에서 박형규 목사를 비롯한 젊은 기독자들은 역사 속에 그리스도의 참된 부활 신앙을 증언하였다.[24] 한국 기독교교회협의회는 비상한 관심을 가지고 대응하였다.[25] 1973년 5월에는 독일 나치 치하에서 발표된 '바르멘 선언'에 버금가는 것으로 평가받는 '한국 그리스도인의 신앙 선언'이 발표되었다.[26] 한신·감신·장신·서울신·연세대 신과대학생들이 민주화

---

24. 『한국기독교100년사』, 590~593쪽.
25. 김상근, 「크리스찬 정치 의식의 새로운 지평」, 『다시 하나로 서기 위하여』(현존사, 1994), 24~31쪽 참조.

운동에 치열하게 참여했다. 새문안교회 청년들을 비롯한 수많은 교회 청년들이 민주화 운동에 나섰다. 한국기독학생총연맹은 1973년 12월 정기 총회에서 "전국의 기독 학생들은 정의, 자유 투쟁으로 이 땅에 하나님 나라를 건설하자"는 내용의 선언문을 발표했다.

1974년 1월, 유신 헌법을 부정·반대·왜곡·비방하는 일체 행위나 그 폐지를 주장·발의·제안·청원하는 행위까지 15년 이하의 징역에 처한다는 '대통령 긴급조치 1·2호'가 공포되었다. 그런 삼엄한 공포 분위기 속에서도 도시산업선교회를 비롯한 젊은 기독자들은 '긴급조치'에 도전했고, 김경락, 이해학, 김진홍 등 젊은 전도사들이 15년의 구형을 받고 두려움 없이 감옥으로 갔다. 1975년 3월에는 예장·기장·감리·성공회·복음교회·구세군·성결교회·루터교 등 8개 교단 성직자 320명이 참여하여 '기독교정의구현성직자단'을 결성하였다.[27]

1970~1980년대에 민주화와 인권을 위해 싸우다가 감옥에 가고, 고문을 당하고, 직장에서 쫓겨나고, 불이익을 당하면서 용감하게 증언한 인사들과 단체들을 다 기록하려면 책 한 권이 필

---

26. 『한국기독교100년사』, 585~588쪽 참조.
27. 같은 책, 31쪽.

요할 것이다. 그러나 이 책은 그 모든 사건과 사람 들을 밝히려는 것이 목적이 아니다. 다만 이 모든 진보적 기독자들의 '정치적 증언 행동'의 선두에 김재준이라는 선구자적 인물이 있었다는 것을 기억하는 것이 중요하다. 왜냐하면 김재준은 "성육신 신앙은 현실 변혁을 지향한다"고 확신하는 '성육신적 영성'을 한국 개신교에 가르친 '대승적 기독교' 신학자였기 때문이다.

북미주 대자연 속에서
풍류객의 진리 증언

1974~1983

캐나다를 중심으로 북미주 전역에 걸쳐 조국의 민주
회복과 평화 통일을 위한 활동에 헌신하면서 화해의
신학을 몸으로 실천한다.

『제3일』과 말씀의 인간화

1973년 한국의 정국은 숨막힐 지경이었다. 김대중은 1973년 8월 8일 일본 도쿄 '프린스호텔'에서 한국 정보부원들에게 납치되어, 태평양 바다 속에 수장될 뻔하다가 국내외 여론이 들끓자 구사일생 목숨을 건져 자택에 감금중이었다. 김재준은 1973년 늦가을 가을의 정취가 마지막 타오르던 11월 5일 오전 10시 함석헌, 천관우, 지학순, 장준하, 김지하 등과 함께 서울 YMCA 다실에서 기습적으로 발표한 「민주 회복을 위한 시국 선언문」 사건으로 함석헌, 천관우 등과 같이 종로경찰서 지하실로 끌려가 취조를 받고 있었다. 나이 70을 넘긴 이 나라 원로들을 아침 10시에 압송하여 새벽까지 붙잡아 두면서 시말서를 쓰라는 등 갖가지 인격 이하의 대접을 하는 것을 당하고 보면서 사람들은 민주 회복을 위해서는 장기적인 운동을 펴는 수밖에 없다고 생각하였다.

다음달인 12월 13일 앞서 언급한 바 있는 자유 민주 한국을 회복하려는 '재야 15인 원로회의'에서 논의한 바 '대통령 면담 신청'이 묵살되자, 민주화 운동의 장기전이 필요하다는 인식과 함께 국내만이 아니라 해외에서의 활동이 필요하다는 인식이 더욱 절감하게 다가왔다. 유신 정권은 장준하의 '민주 개헌 100만 인 서명 운동'을 트집잡아 장준하와 백기완을 구속하고 징역 10~15년 중형을 선고하였다. 「오적」 시로 유명한 김지하에게는 사형이 선고되었다. 1974년 새해가 밝아오자 박정희 정권은 '1·8 긴급조치'라는 것을 발표하고 김재준 등 재야 원로들을 가택 연금시키더니, 급기야 1월 21일 남산 정보부에 김재준을 끌고 가 장준하와의 관계 및 민주 개헌 100만 인 서명 운동에 대한 개입 여부와 경위를 조사했다.[1]

김재준은 민주화 운동의 전선을 국내만이 아니라 전세계 방방곡곡으로 확장시켜야 한다고 생각했다. 특히 그가 관계하고 있는 기독교 교회는 우주적 보편 종교로서 세계적 공동체 망을 구성하고 있으므로, 한국 국민과 한국 교회의 외로운 민주화와 인권 투쟁 상황을 전세계 교회에 알리고 '에큐메니칼' 차원에서 협력을 요청해야겠다고 생각한다. 그는 네 번째 가택 연금을 당할 바에야 캐나다로 출국하기로 결심했다. 그리고 1973년 3월 12일 김재준은 캐나다행 비행기에 오른다. 그러나 출국할 당시만 해도 그는 10년 가까이 캐나다와 북미주에서 유랑하면서 민

---

1. 『전집』 제14권, 143~154쪽 참조.

주화 운동에 복무하게 되리라고는 생각하지 않았다. 처음엔 얼마 동안만 머물고 오리라고 생각했던 것인데, 국내외 사정과 그의 활동 내용이 그의 발을 10년 동안이나 해외에 머물도록 붙잡아 둔 것이다. 캐나다와 북미주에서 그의 삶과 증언에 대하여는 항목을 달리하여 언급하기로 한다.

여기에서는 『제3일』지를 통하여 표출된 그의 신앙과 삶의 측면을 살펴보기로 한다. 1950~1960년대에 한국 정치 사회사에서 올곧은 소리를 발하던 월간지 장준하의 『사상계』가 폐간된 뒤, 한국 사회는 올곧은 소리를 내며 민중의 바닥 소리를 전하는 잡지라고는 『기독교사상』말고는 전무하다시피 했다. '참의 소리'가 침묵당하는 시대 상황 속에서 1970년 함석헌 주간으로 『씨올의 소리』가 창간되고, 1971년 9월 김재준 주간으로 동인지 형태로 『제3일』지가 창간되었다. 문익환, 이우정, 최태섭, 윤반웅, 전학석, 문동환, 노신영 등이 중심이 되어 후원회가 조직되었다.

『제3일』은 1974년 3월 국내 출판법에 의해 정간될 때까지 만 4년간 독자 수 4천 명을 돌파하는 호응을 받으며 발행되었다. 김재준이 캐나다로 옮겨간 뒤인 1974년 10월부터는 캐나다에서 속간되었고, 1981년 6월까지 속간 60호를 발행하여 국내외 민주화 운동 시대에 '사회의 목탁'으로서 기여하였다. 북미 토론토 지구에서는 그곳의 한신대 동창들인 이복규, 유한진, 민혜기 등을 중심으로 속간『제3일』후원회가 결성되었다. 신앙 동지들의 정성 어린 후원금과 잡지 구독료로 출판이 지속되었으나, 운영 자금이 넉넉할 리 없다. 잡지의 원고 청탁, 교정, 포장, 독자 발송, 송부 등 일체의 작업이 가족들과 김재준 자신의 손으로 이뤄졌다.

우리는 여기에서『제3일』의 창간 정신이 무엇이었을까 다시 한 번 회상해 본다. 김재준은『제3일』창간호에서 잡지 이름을『제3일』로 정한 이유와 창간의 변을 「누가복음」13장 31~33절을 인용하고 난 후 아래와 같이 토로하고 있다.

"오늘도 내일도 나는 내 길을 간다!" 이것이 예수의 삶이었다. 사람들은 자기들이 가는 길대로 가지 않는다고 그를 잡았다. 그래서 첫날에 그를 십자가에 못박아 죽였다. 다음 날에는 무덤 속에 가두고 인봉했다. 그러나 그들이 악의 한계점에서 "됐다!" 하고 개가를 부를 때, 하나님은 "아니다!" 하고 무덤을 헤친다. 예수에게는 '제3일'이 있었다. 그의 생명은 다시 살아 무덤을 헤치고 영원에 작열한다. '제3일' 그것은 오늘의 역사에서 의인이 가진 특권이다. 역사의 희망은 이 '제3일'에서 동튼다. 이 날이 없이 기독교는 없다. 이 날이 없이 새 역사도 없다.[2]

김재준은 자신을 비롯하여 그 어려운 시절에 잡지의 창간에 뜻을 모아 준 동지들의 마음을 묶어 이렇게 창간의 변을 적어 놓았다.

이 무서운 침묵 속에서, 작은 소리라도 듣고 싶어하고 외치고 싶어하는 사람들이 있다. 그것은 아주 소수파에 속하는 '증언자'들이다. '신에게 정직' 하기보다는 '자기에게 정직' 할 의무가 있기 때문에, 그들은 그것을 증언하지 않을 수 없게 된다. 교권자들이 예수에게 "좀 침묵을 지켜 달라"고 했을 때, 예수는 "내가 잠잠하면 이 길가에 있는 돌들이 부르짖고 나설 것이다" 하고 대답했다는 것이다. 진실을 말하는 증언자의 소리를 막아 낼 사람은 없다. 그것은 화산 분화구 같이 치밀어오르는 '신의 대신'으로 되기 때문이다.(「창간하는 마음들」)[3]

위의 증언에서 보듯이,『제3일』월간지는 독재자들의 전횡으로 진정한 민의가 억압되고 왜곡되며, 진리를 증언하는 소수자의 '증언의 소리' 가 차단된 상황에서, 진리의 궁극적 승리를 확

---

2. 『전집』제9권, 289쪽.
3. 같은 책, 290쪽.

신하는 신앙인들이 땅에서 울리는 하늘의 소리이기를 원하였다. 그 소리는 민주주의와 인권이 부활하는 날이 동트기를 기다리는 시대적 카이로스를 담고 있었으며, 단순한 정치 시사 평론 잡지가 아니었다. 『제3일』은 철저히 '신앙지'였으나 현실과 땅을 외면하거나 관념화한 지식인들의 지적 유희가 아니라, 예수의 성육신 사건을 가장 위대한 우주적 '혁명 사건'이라고 해석하는 '성육신 신앙 고백'의 표출이었다.

김재준은 이 『제3일』 잡지 속에서 흔히 다른 종교 잡지가 그러하듯이 외국의 유명한 학자들의 학설을 소개하는 데는 전혀 관심이 없고, 완전히 '말씀'과 '예수'와 '복음'을 새김질하고 숙성시킨 '자기 살과 피로 변한 생명의 말'을 토로해 놓았다. 그러므로 김재준의 가장 성숙한 신학은 『제3일』지 속에서 만날 수 있다. 그 한 예로 「말씀을 새긴다」라는 제목 아래 연재된 복음서 연구, 특히 예수의 생애 탐구 글 첫 회에서 김재준은 이렇게 말하고 있다.

"사람이 떡으로만 사는 것이 아니라, 하나님의 입으로 나오는 모든 말씀으로 사는 것이다."(「마」 4: 4)…… '먹는다'는 것이 중요하다. 밥이 있어도 그것을 먹는 인간만이 사는 것이다. 먹는다는 것은 그것을 씹어 위장에서 소화시켜 자기의 피와 살이 되게 해야 한다는 말이다. 먹어도 소화시키지 못하면 소용이 없다. '말씀' 도 그렇다. 먹어야 한다. 그 말씀을 내 마음에 넣어 음미하고, 그것을 소화하여 내 생각, 내 감정, 내 생활, 내 행동으로 되게 해야 한다. 말하자면 '하나님의 말씀' 이 '내 말' 로 되어 내 몸, 내 삶으로 고백되어야 한다는 말이다.…… 이것을 나는 말씀의 인간화라고 말한다.…… 그러므로 말씀을 먹는다는 말은 예수를 먹는다는 말이 된다.[4]

위 인용문은 언뜻 생각하면, 늘상 교회에서 듣는 평범한 목사 설교같이 들리지만, 깊이 생각하면 정말 무서운 혁명적 발언이다. 이것은 실제로 기독교의 비밀과 진정한 신앙의 신비가 무엇인지를 말하고 있다. 예수께서 말하기를 "나는 하늘에서 내려온 양식이다. 너희는 내 살을 먹고 내 피를 마셔라. 그리하면 그는 내 안에 있고, 나도 그 사람 안에 있다"(「요」 6: 48 이하)고 했다. 이 말씀을 사실적으로 이해해야만 한다. '성만찬의 상징적 예전문' 으로 너무나 신학화하지 말라는 말이다. 예수의 생명은 예수를 믿는 사람들에게 있어서 예배와 찬양의 대상으로서만 '우리

---

4. 같은 책, 33~34쪽.

앞에, 우리 위에' 높이 대좌하신 분으로서만이 아니라, 각자의 생명체 안에서 다시 한 번 육화되며 점차로 신자들의 삶 속에서 형상화되어야 한다는 말이다. 신학 이론도, 한국인, 아시아 사람의 위와 창자 속에서 복음이 충분히 소화되고 표현된 주체적인 것이어야 하고 생명적인 것이어야 한다는 주장이다.

교회는 하늘 기관, 그러나 교회주의를 경계하라

김재준은 땅 위, 역사 속에서 구체적으로 존재하는 제도적 기관으로서의 교회를 무시하지 않는다. 그의 민주화 운동과 인권 운동은 일반 사회인을 상대로 펼쳐진 경우도 많지만, 더 나아가서는 국내외 교회와 세계 교회와의 긴밀한 관계 속에서 이뤄졌다. 뿐만 아니라 그가 평생을 헌신한 신학 교육 기관이라는 것 자체가, 장차 교회를 섬길 성직자를 양성하는 전문적인 고등 교육 기관이었던 만큼 그의 교회에 대한 관심은 남다를 수밖에 없다. 김재준은 그 점에서 같은 1901년생으로 한국의 제도적 교회 밖에서 복음적 진리 운동을 펼쳐 간 함석헌, 김교신과 다르다. 그러나 동시에 김재준은 제도적 교회들의 집단이 형성한 교권주의와 세속주의에 오염된 교회주의자들에 의해 그 누구보다도 박해와 고통을 받았던 사람이었다.

놀랍게도 그는 아오야마 학원 신학부 시절, 신학 강의를 들으면서도 고백하기를 "신학에 들어온 것도 어쩔 수 없이 몰려서 그렇게 된 것이고, 목사 할 생각은 처음부터 없었다. 교회에 충성할 용의도 없었다"[5]고 말할 정도로, 신학교에 들어와 공부하면 자동으로 '직업적 목사'가 되는 교역자 양성 전문 기관으로 신학 교육이 '제도화'되는 것에 두려움을 가지고 있었다. 그가 진정한 목사직의 신성성에 대하여 저항심을 갖고 있거나, 평신도와 구별된 성직자를 따로 안수하여 세우는 교회 전통에 대해 반대하는 것은 아니다. 더욱이나 교회의 거룩성과 교회 목회의 중요성을 소홀히 하는 것도 아니다.

신학 공부에 들어오게 된 동기가 "어쩔 수 없이 몰려서 그렇게 된 것"이라는 그의 고백은, 다른 학문을 할 기회가 없어서 그렇게 된 것이랄지, 주위 사람들 강요로 마음에도 없는 신학 공부를 하게 되었다는 말이 아닌 것이다. 그것은 더 높은 '은혜의 섭리 질서'에 자기도 모르게 이끌려 피동적으로 신학 공부에 이르게 되었다는 고백적 언어일 뿐이다. "교회에 충성할 용의도 없었

---

5. 『전집』 제13권, 84쪽.

다"는 말도 당시 이미 교권주의에 의해 생명력을 상실한 경직된 제도적 교회에 무조건 '직업 목사'로서 충성을 바칠 용의가 없었다는 말이다.

김재준은 37세에 동만노회에서 목사 안수를 받고, 평생 목사로서의 자의식을 가지고 삶을 살았다. 경동교회, 성북교회 등 기회 닿는 대로 새로운 교회를 개척하는 데 힘썼고, 수많은 제자들이 전국 방방곡곡에서 목회하는 현장을 찾아가 '말씀 증언'하는 것을 기쁘게 생각하였다. 1965년엔 '한국기독교장로회' 총회장으로 추대되어 1,500여 지역 교회를 총괄하는 교단의 수장(首長)이 되기도 했다. 그렇다면 그의 교회관이 무엇인가를 살펴보는 일은, 김재준의 삶과 그의 영성을 이해하는 데 매우 중요한 요소가 된다.

우선 김재준은 교회가 세상 역사 속에 존재하고 있어 사회학적 연구 대상이 되는 동시에 사회적 인간 집단의 특성을 나타내는 것은 사실이지만, 교회의 기원과 교회가 교회되는 본질은 역사 속에서 유래하는 것도 아니며, 인간들의 종교성의 발로가 아니라 '하나님의 영'의 차원과 관계된 '하늘에 속한 기관'이라는 것을 우선 강조한다. 교회는 본질상 '영적 공동체, 은혜의 공동체'로서 항상 '초월적 차원'을 긴장 속에서 견지하고 있어야 한다는 말이다.

교회도 사회의 한 집단이요, 인간들이 종교적 욕구에 의하여 설립한, 일종의 사회 단체 이상의 것으로 자처할 아무것도 없지 않느냐고 주장하는 사람들도 있습니다. 그러나 교회는 신용조합이나 주식회사처럼 사람들이 발기하여 조직한 단체와는 다릅니다. 교회가 개인과 사회를 저변으로 하고 서 있기는 하지만, 또 하나의 차원, 즉 하나님이라는 정점과의 관련과 거기서 오는 '영'(Spirit)이 교회 탄생의 시점이 되었다는 것이 일반 사회 단체와 구별되는 점입니다. 이 '영의 경험'은 인간의 심리 구조와 그 기능 이상의 '능력'입니다.[6]

김재준은 교회의 본래 모습, 그 특성을 사도 이래 교회가 전통적으로 고백해 온 네 가지 단어로써 교회의 본질 규정을 받아들이고 설명한다. 「사도신경」을 교회가 공동 신조로 채택한 이후, 크리스천들은 "교회는 하나요(Una), 거룩하고(Sancta), 보편 세계적이고(Catholica), 사도 전승적(Apostolica)이다"라고 고백하고 증언해 왔다.

---

6. 『전집』제16권, 174쪽.

'Una' 란 '하나' 란 말이니까 '몸' 이 하나인 것과 같이 교회는 유기체적 한 몸이다 하는 것입니다. 'Sancta' 는 거룩하다는 말이고, 'Catholica' 는 보편적·세계적이란 뜻이고, 'Apostolica' 는 사도 전승적이란 말입니다. 다시 말해서 교회는 '성도', 즉 크리스찬의 친교를 생명의 혈맥으로 한, 사도로부터 전해 받은, 세계적 거룩한 한 몸이라는 것입니다.…… 이 점에서 카톨릭이나 개신교나 마찬가지입니다. 카톨릭은 구조적인 '전승'(傳承)에 치중하고, 개신교는 '메시지' 에 치중한 것이 다르다면 다를 것입니다. 그러나 그것은 몸의 분열이 아니라 직책의 분업이라 하겠습니다. 둘 다 '에큐메니칼'(Ecumenical)입니다. 세계적 한 몸이기 때문입니다.[7]

김재준은 현실에서 교회가 가톨릭 교회, 동방정교회, 개신교 등으로 크게 셋으로 나뉘고, 개신교 안에도 또 수많은 교파가 분열되어 있는 것을 마음 아프게 생각한다. 그러면서도 인간의 약함과 역사적·문화적 전통의 다양성 안에서 발생한 복음 생명의 표출이라면 '다양성 안에서의 일치' 정신 속에서 교회는 '그리

---

7. 『전집』 제16권, 143~144쪽.

스도의 몸'으로서 거룩하고 사도 전승적이며 세계적인 하나의 교회라는 에큐메니칼 정신과 그 연합 운동을 고취해 나아가야 한다고 강조하였다. 내 교회, 자기 교파만 가장 바른 교회이고 정통이라고 주장하고 다른 교회 전통 안에서 다른 형태를 형성하는 타교단 교회를 이단시하는 태도는 옹졸한, 우물 안 개구리식의 교만증에 불과하다고 그는 보았다.

교회는 거룩한 하늘 기관이라고 김재준은 굳게 믿지만, 바로 그렇기 때문에 교회가 본래의 모습을 잃고 세속화되거나 교권주의적 교회주의에 빠지는 것에는 김재준은 예언자적 정열로 질타한다. 한국 교회는 진정한 의미에서 다시 기독교화, 복음화되어야 하는 것이다.

그는 한국 교회의 병폐 밑바닥에 놓여 있는 가장 심각한 질병 세 가지를 이렇게 지적한다. 첫째, 복음을 성서 무오설에 입각한 성경주의적 '책 종교'로 전락시키는 위험, 둘째, 몰역사적이고 사회 참여 책임을 오히려 비판하는 타계주의적 신앙, 셋째, 물량주의적 성장론에 빠져 버린 데서 오는 세속화의 위험이 그것이라는 것이다. 다음과 같은 글을 쓸 당시 김재준의 나이가 이미 고희를 지난 때(1971년)였는데, 이 글에 나타난 그의 교회관은 살아계신 예수 그리스도 몸으로서의 '생명적·영적 교회'를 더욱더 그리워하며, 그의 거룩한 분노는 더욱 맹렬하게 기성 교회

를 비판하는 목소리로서 경종을 울리고 있다. 그의 경종은 오늘
도 한국 교회 지도자들에게 심각한 도전이 아닐 수 없다.

한국 교회(장로교)에서는 성서주의를 강조하여 성서 문자 무오
설까지 맹신하며, "기독교는 책의 종교다" 하여 예수의 권위도
성서가 좌우하는 것같이 가르쳐 왔다. 그러나 기독교는 살아계
신 하나님 아들 예수를 믿는 종교요, 신구약 성경이라는 '책의
종교'가 아니다. 계시의 내용을 알기 위하여는 성경을 상고해야
한다. 그러나 성경은 예수를 알아내는 데 가장 좋은 참고가 된
다는 의미에서 특정한 가치를 인정받는 것뿐이요, 그 자체가 신
앙의 대상이 되거나 신적인 것으로 우상화될 수 없는 것이다. 책
의 종교는 고정된 문자 이상으로 생동할 수가 없다. 그러므로 거
기서 생명을 기대할 수는 없는 것이다. 한국 교회의 고정주의적
정통 신학과 축자영감설에 의한 성서주의적 '책의 종교'는 기
독교의 본모습이 아니다. 그러므로 자유하는 산 인격으로서의
예수의 종교에 돌아와야 한다.[8]

---

8. 『전집』 제9권, 360쪽.

한국 교회의 부흥의 원동력과 교회 지탱의 밑바닥에 성경을 사랑하고 성경을 많이 읽고 성경을 경전으로서 절대시하여 그 안에서 한없는 영감과 생명수를 마시고 살아오는 건전한 기독교 신앙인에게 위와 같은 김재준의 말은 해당이 안 된다. 왜냐하면 그토록 성경 안에서 '은혜의 생수와 영감의 충만'을 맛보며 살아가는 신자들은 결코 문자주의적 '책의 종교 신도'가 아니요 부활하신 그리스도를 말씀 안에서 역사하시는 성령의 감동감화를 통해 만나고 동행하는 신자일 것이기 때문이다. 문제는 그러한 '성령의 내적 감화' 없이 성경을 육법전서처럼 이해하고 하늘 땅의 모든 구체적인 일을 기록하고 있는 도참비결(圖讖秘訣) 문서처럼 생각하면서 정작 '살아계신 그리스도의 사랑의 인격'과 사귐을 동반하지 않는 보수적 성경 지상주의자들이다.

김재준은 한국 교회의 타계 지향적 교회주의를 또한 심각한 병폐로서 지적한다.

한국 교회는 너무 타계적이었다. "세상에서 탈출하여 교회에 머물다가 죽는 날 천당에 간다"는 노정표가 작성되어 있기 때문에 세상일에 다시 관심을 가지려 하지 않는다. 그것은 신앙의 타락을 유발할 위험이 있다 하여 될 수 있는 대로 기피하려 하였다. 그러나 하나님이 독생자를 주기까지 사랑하신 것은 세상이었다.(「요」3 : 16) '세상'이란 것은 인간들이 사는 모든 영역의 총칭이다. 그러니까 그것은 역사라고도 말할 수 있다.……

한국 교회는 교회라는 조직체를 '하나님 나라'와 일치시킬 정도로 교회주의가 강하다. 교권에 대한 관심도 노골적이다.……정치, 경제, 문화, 사회 등등에 교회는 본격적인 책임을 느끼지 않는다. 세상일이니까 교회는 관여할 바 아니라고 한다. 책임은 지지 않으면서 그 결과에 동참한다. 염치없는 태도다. 한국 교회는 역사에 책임져야 한다.[9]

무엇보다도 김재준은 부활하신 예수 그리스도의 '생명의 영'에 붙잡힌 사람이었다. 서구 기독교 교회 전통과 신학 전통이라는 두꺼운 외피를 헤치고 들어가 복음서가 전하는 생생한 역사적 예수의 뜨거운 심장에 귀 기울이려 하였다. 성령의 임재 체험은 그리스도 동행 체험이었다. 김재준은 한국 교회사에서 성경에 대한 비판적 연구 방법을 신학 교육 과정에 도입하기를 주장한 신학적 지성인이었으나, 그의 신앙과 학문은 결코 차가운 '머리'의 신학이 아니라, '가슴'으로 그리스도의 심장을 만나는

---

9. 같은 책, 364쪽.

살아 있는 신학이었다. 그런 의미에서 김재준의 신학은 그리스도 중심의 신학이요, 성령의 신학이요, 역사 신학이요, 삶의 신학이었다.[10]

개신교의 특징은 '개혁' 정신에 있다. 특히 개신교 전통 중에서도 장로교 계통의 '개혁 교회'(Reformed Church)는 '항상 개혁해 가는 교회'여야 한다는 전통을 물려받고 있다. 그런데도 불구하고 한국 개신교, 특히 장로교회는 '보수적'임을 큰 자랑으로 삼을 뿐 아니라 진리를 안전하게 독점하는 '상표' 쯤으로 착각하고 있는 경향이 없지 않다. 김재준은 참다운 정통 신앙이란 근본주의 신학 전통이나 캘빈, 루터의 전통에 머물러서는 안 되고 공관 복음서가 전하는 원초적 예수상에서 찾아야 할 것이라고 말한다.

보수와 정통을 강조하는 사고 방식은 굳어진 교회주의다. 김재준은 한국 교회뿐만 아니라 세계 개신교가 우리 시대 '자본주의 문화'에 순치되어 교회 본래의 자기 정체성을 상실하지 않았는가 하고 19~20세기 개신교의 선교 신학에 근본적인 문제 제기를 하면서, 한국 교회의 비판적 자기 성찰을 촉구한다. 총체적으

---

10. 김경재,「장공의 영성신학」,『씨울들의 믿음과 삶』(전망사, 1990), 25~49쪽.

로 교회사를 뒤돌아볼 때, 16세기 이후 유럽과 미주에서 발달한 개신교라는 기독교의 종파 자체가 자족하는 서구 사회 중산 시민 계층, 곧 부르주아 계층에 걸맞은 기독교 형태가 아니었던가 하는 자기 성찰에 이른 것이다.

한마디로 개신교는 부르주아적 기독교다. 말하자면 자급자족하는 중산층 시민의 종교란 말이다. 그들은 이윤 동기에서 사업을 영위한다.…… 언제나 경쟁 심리에서 부지런하다. 그들의 가치는 물량에 있다. 정신적인 '질'(質)의 문제는 잘 먹혀들지 않는다. 그들의 사업욕은 세계적으로 팽창되어 간 데마다 자기 시장을 차리려 한다. 해외 선교도 그런 타입을 시사한다. 교파는 그들의 회사 간판일지 모른다. 개혁파 교회의 모습을 부르주아 생리와 대조해 보면 재미있는 현상이 발견된다.[11]

복음에 대한 뜨거운 열정과 전도열을 가지고 해외 선교와 국내 선교 및 교회 성장에 정성을 쏟고 있는 올바른 신자들과 목회자들을 비판하자는 의도가 아니다. 복음은 온 세상 끝까지 때를

---

11. 김재준, 『하나님의 의와 인간의 삶』, 98쪽.

얻든지 못 얻든지 전파되어야 하고, 살아 있는 건강한 교회는 성장해야 한다는 것에 김재준은 아무 이의도 없었다. 아니 그 역시 이 점에 열심이었다. 다만 듣기에 거북할 만큼 직선적인 언어로 개신교의 신앙 행태와 선교 신학과 개교회 중심적 교회주의를 경계한 것은 병든 교회를 치유하기를 그만큼 원했기 때문이었다.

그는 단지 교회의 거룩성과 단일성을 망실하고, 교회의 사회 역사적 책임을 "정교 분리, 성속 분리"라는 궤변 속에서 책임 회피하며, 실질적으로는 자본주의 사회가 추구하는 모든 가치들을 덩달아 추구하는 교회의 이중성을 비판한 것이다. 그러한 '비판적 열정' 속에서 우리는 교회를 참으로 사랑하기 때문에 교회(성전)의 속화된 모습과 맘모니즘에 빠진 모습을 안타까워하고 분노하는 20세기 아모스의 모습을 김재준 속에서 발견하게 된다. 교회는 결코 조직·기구·제도·수량의 크기·인종·문명·모인 인재들의 훌륭함에 있는 것이 아니라, 성령의 능력과 은혜 안에서만 살 수 있는 하늘 기관임을 강조하였다.

교회는 전 우주적 생명 공동체입니다. 따라서 교회는 영원한 생명의 주가 되시는 살아계시는 하나님의 아들, 그리스도에게 뿌리를 박고 나서 자랍니다. 다시 말해서 교회는 하나님을 터전으로 하고, 하나님께 뿌리를 내린 공동체란 말입니다. 요새 말로 한다면, 역사 안에서의 하나님의 나라입니다.…… 크리스찬은 전 우주적 사랑의 공동체인 교회의 지체입니다. 그리스도와 교회와 역사와 자연이 하나되는 '사랑의 대조화'에서 우리 인류의 역사는 그 완성의 종말에 삼켜집니다.[12]

김재준의 교회론은 '전 우주적 사랑의 공동체'로서 확장 이해된다. 교회는 성령의 기관이라는 것, 교회는 교회가 발 딛고 서있는 현실 역사를 그리스도의 역사로 변질시킬 책임이 있다는 것, 교회는 전쟁 도발에 항거하여 평화 운동을 강력하게 추진해야 한다는 것, 교회는 특권층보다는 서민 민중의 친구요 대변자가 되어야 한다는 것, 교회는 좌절 없는 희망의 등대가 되어야 한다는 것, 교회는 '전 우주적 사랑의 공동체'가 실현되는 종말적 비전을 실현하는 병참 기지요 창조적 사랑의 공동체라는 것을 김재준은 누차 강조하고 있다.[13]

---

12. 「교회의 뿌리」, 『전집』제17권, 449~466쪽.
13. 같은 책, 454~455쪽.

목사는 시인의 마음을 지녀야

교회가 교회답게 되는 과제를 수행함에 있어서 목사의 책임은 막중하다. 위에서 김재준의 교회론을 부분적으로 나마 살펴보았지만, 그것과 관련하여 그의 목사론을 잠깐 살펴보는 것도 좋으리라 생각한다. 김재준이 82세가 되던 해에 쓴 「목사의 심정」이라는 제목의 글에서 다음과 같은 말을 읽을 수 있다. 그야말로 인생의 산전수전을 다 겪고서 들려 주는 어른의 말씀이니, 목사는 물론이요 모든 종교인들이 들어 둘 만한 말이다.

무엇보다도 목사는 '시인' 이어야 한다. '시인' 은 결코 자기를 속이지 못한다. 시에는 타산이 없다. 목사는 적어도 시인의 마음을 이해해야 하고 그 마음을 가져야 한다. 문학을 좋아해야 한다. 미술 애호도 목사에 대한 불가피한 요청이다. 목사가 서도 (書道)나 그림이나 동양 묵화나 서양화나 간에 영영 거들떠볼 의욕도 갖지 않고, '쓴 오이' 보듯 경멸한다면 그는 그리스도 심정도 이해하지 못할 것이다. 그리스도는 시혼(詩魂)이 가슴에서 '샘' 처럼 흐르는 분이었기 때문이다.[14]

김재준이 목사가 갖추어야 할 품성으로서 '시인의 마음'을 강조하는 이유는 무엇일까? 그가 전공한 예언자들이 모두 시인이요, 민주 투쟁에 동참했던 후배 동지들, 예를 들면 문익환, 양성우, 김지하, 고은 등이 모두 시인인 때문만은 아니다. 그 자신과 선친이 시심에 풍성한 풍류적 기질을 소유해서만도 아니다. 무엇보다도 목사라면 '인간'을 이해하고 가슴에 품을 수 있는 감수성이 있어야 한다. 특히 어렵고 가난하고 외롭고 죄 많고 열등의식으로 시달리는 '문제의 인간들'과 '소외된 인간들'의 친구가 되어 줄 수 있어야 한다.

김재준은 목사론의 둘째 항으로서 목사직의 '파격성'을 든다. 목사란 인물은 가장 모범적인 도덕 규범을 좌우로 치우치지 않고 지켜 나가는 모범을 보이는 것도 중요하지만, 어떤 위기 상황에서는 다른 직업인들은 감히 생각하지도 못한 행동과 증언, 말하자면 상식과 일반론을 뒤엎는 용기가 필요하다고 말한다. 물론 천박한 영웅주의나 과대망상적인 돌출 행동은 매우 위험하다. 그러나 목사란 세상에 존재하는 전문 직업의 하나임에는 틀림없지만, 바울이 고백하는 대로 자기의 성직의 임명자는 그리

---

14. 『전집』제15권, 41쪽.

스도요 파송자는 하나님이라는 배짱을 가지고 있어야 한다. 문익환 목사가, 꽁꽁 얼어붙은 남북 분단선과 서슬 퍼런 국가보안법을 아랑곳하지 않고, '레드 콤플렉스'에 사로잡힌 대중들이 그를 '빨갱이 목사'라고 모함하는 것을 개의치 않고, 세계의 냉전체제가 우리에게 50년간 덮어씌운 '터부'를 깨뜨려 버리고 북한김일성 주석을 면담하러 평양을 찾아간 예가 그 좋은 예이다.

김재준은 목사론에서 목사는 '바알이냐 하나님이냐', '맘몬이냐 하나님이냐' 양자 택일에서 어정거려서는 아니 되고, '진리에 사는 사람답게' "사탄아 물러가라!"라고 일갈할 수 있는 청빈과 정결의 마음을 견지해야 한다고 말한다. 목사의 마음에 물질과 명예욕과 권력에의 동경이 일어나면 영락없이 교회는 망가지기 시작한다. 목사는 교인들이 자기가 다니는 교회의 목회자라는 이유로 존경하고 우대하는 일에 습관이 되고 버릇이 들어서 자기도 모르게 '권위주의적' 인간이 되기 쉽다. 김재준은 목사의 마음은 항상 맑고 투명하게 비어 있어서 사물과 사건을 꿰뚫어보는 혜안을 가져야 한다고 말한다.

어디 구태여 목사의 마음만 시인의 마음이어야 하는가? 김재준은 그 자신이 목사이고 그가 양성한 대다수 제자들이 목사인데, 시인 같은 목사의 마음을 지니고 목회하는 제자 목사들을 찾아보기 힘들었기 때문일까? 어찌 목사만이랴. 마틴 루터의

'만인 사제론'을 들먹이지 않아도, 모든 평신도 크리스천 역시 항상 '시심'(詩心)을 간직하여 기독교 교리에만 중독된 굳어진 신자가 되지 않도록 깨어 있어야 할 것이다. 그리하여 저 에스겔이 본 예언적 환상 "새 영을 너희 속에 두고, 새 마음을 너희에게 주되, 너희 육신에서 돌같이 굳은 마음을 제거하고 살같이 부드러운 마음을 주리라"(「겔」 36 : 26)라는 축복을 받아 간직해야 할 것이다.

목사가 시인의 마음을 잃지 말아야, 사람의 마음을 이해하고 동시에 인간의 죄악 때문에 마음 아파하시는 하나님의 '긍휼하신 마음의 통증'을 온몸으로 느낄 수 있을 것이기 때문이다. 김재준은 시가 무엇인지 풍류가 무엇인지 깊이 이해하는 목사였다. 그가 1966년에 쓴 종교시 「어둔 밤 마음에 잠겨」는 작곡가 이동훈의 곡으로 살아나 「교회의 노래」 찬송(261장)으로 애창되는데, 본래는 2절밖에 없던 시를, 제자 문익환이 옥중에서 김재준의 시심과 시공을 뛰어넘어 공명을 일으킴으로써 시의 제3절이 추가하게 되었다. 여기에 그 시를 붙여 독자들과 함께 읽어본다.

어둔 밤 마음에 잠겨 역사에 어둠 짙었을 때
계명성 동쪽에 밝아 이 나라 여명이 왔다.

고요한 아침의 나라 빛 속에 새롭다

이 빛 삶 속에 얽혀 이 땅에 생명 탑 놓아 간다.

옥토에 뿌리는 깊어 하늘로 줄기 가지 솟을 때

가지 잎 억만을 헤어 그 열매 만민이 산다.

고요한 아침의 나라 일꾼을 부른다.

하늘 씨앗이 되어 역사의 생명을 이어 가리.

김재준의 품격은, 서구 기독교인들이나 교리에 찌든 한국 그리스도인들로서는 쉽게 이해할 수 없는 자유인이요 풍류인의 그것이다. 그 넓고 깊고 높은 인간성 안에는 예언자들의 히브리 정신과, 무위자연의 탈속적인 노장(老莊) 정신과, 목숨을 버릴지언정 지조를 굽히지 않는 선비 정신과, 화엄 선사들의 걸림 없는 묘공(妙空)의 텅빔 정신해 있는 가운데 그리스도의 충만한 영이 때론 햇빛처럼 때론 바람처럼 때론 작열하는 백광처럼 그를 추동하며 이끌어 갔던 것이다. 그의 생애 말년 10년 동안(1974. 3~1983. 9) 북미주에서 민주화 운동과 평화 통일 운동으로 동분서주하면서도 '동중정'(動中靜)의 평상심을 항상 유지할 수 있었던 것은, 친구 박재훈 박사와 함께 북미주 대자연의 사계를 자주 탐방하면서 대자연이라는 큰 집에서 유유자적하는 여유를 가질 수 있었기 때문이다.[15] 1983년 귀국을 앞둔 83세 때, 자연 풍광이 아름답기로 유명한 캐나다의 단풍 계곡을 거닐면서 그는 이렇게 노래했다.[16]

이 우주는 하나님의 집
하늘 위, 하늘 아래
땅 위 땅 아래
모두 모두 아버지 집

(후렴)
새벽 날개 햇빛 타고
하늘 저 켠 가더라도
천부님 거기 계셔
내 고향 마련하네

이 눈이 하늘 보아

---

15. 장공이 대자연과 나눈 영적 대화를 보기 위해서는, 『전집』 제15권, 111~133쪽을 보라.
16. 장공의 이 풍류 신학에 대한 해설로는, 유동식, 『풍류도와 한국의 종교 사상』 (연세대 출판부, 1997), 260~265쪽 참조.

푸름이 몸에 베고
이 마음 밝고 맑아
주님 영광 비취이네

땅에서 소임받아
주님나라 섬기다가
주님 오라 하실 때에
주님 품에 안기나니

통일 한국을 위한 화해와 평화 신학

　　　　김재준은 1974년 3월 12일 김포공항을 이륙하
여 캐나다에 도착했다. 그때부터 귀국할 때(1983년 9월)까지 10년
동안 해외, 특히 캐나다와 미국 등 북미주에서 한국의 민주화 운
동과 평화 통일 운동에 몸바쳐 일했다. 김재준이 해외, 특히 캐
나다로 옮겨 활동하기로 결심하게 된 데에는 몇 가지 이유가 있
었다. 당시 국내 상황은 박정희가 '유신헌법'을 강행하여 집권
연장에 돌입하면서 민주 인사들에 대한 탄압을 가중시키고 있었
고, 김재준 자신도 네 번째 자택 감금을 당하는 형편이어서 국내

에서의 민주화 투쟁 운동에 한계를 느끼고 있었던 까닭에, 해외에서 국제적 민주화 네트워크를 구축하려는 생각을 갖게 되었던 것이다. 특히 그는 목사요 한국 기독교 지도자 중 한 사람이었기에, 캐나다 연합교회를 비롯한 미국, 독일 등 세계 교회 조직망을 통하여 한국의 상황을 알리고 민주화 노력에 일조를 해주도록 '전령자' 역할을 하려는 생각이었다.

마침 캐나다에는 그의 자녀들(경용. 경은. 신자. 혜원)이 일찍부터 정착하여 캐나다 시민권을 가지고 생활하고 있었기 때문에 우선 현실적 생활 문제를 해결하는 것이나 적법 절차에 따른 시민권을 획득하는 데에도 그만큼 어려움을 덜 수 있었다.

북미주에서의 10년간, 민주화 운동과 평화 통일을 지향하며 화해 신학을 몸으로 증언하는 삶과 활동은 마치 수평선으로 넘어가는 태양의 황홀한 낙조를 바라볼 때처럼 뭉클한 감동으로 다가온다. 어느 젊은이도 어느 정치인도 어느 카리스마적인 지도자도 하기 힘든 일을 감동적으로 그리고 정열적으로 그는 해냈던 것이다. 그의 북미주 활동의 전모를 이 짧은 지면에 소개하기는 불가능하다. 그는 토론토, 밴쿠버, 에드먼튼, 오타와에서 워싱턴, 필라델피아, 뉴욕으로, 다시 로스앤젤레스, 샌프란시스코에서 달라스, 하와이, 도쿄까지, 때론 프랑크푸르트, 파리, 제네바까지 길고 먼 장거리 여행을 70대 후반에서 80대 초반에 걸친

노구를 이끌고 오로지 민주화와 자유, 평화, 조국 통일을 위해 마치 용광로의 불덩이처럼 지칠 줄 모르고 뛰어다녔다. 때론 강연하고 설교하고 회의를 이끌었는가 하면, 때로는 유엔 본부와 워싱턴 거리에서 데모를 벌이기도 하였다. 북미주에서 김재준의 삶의 기록은 다행히 그가 말년에 남긴 자서전 『범용기』에 일기체 형식으로 자세히 남아 있어서 그를 연구하는 사람들에게 중요한 원자료가 되고 있다.[17]

김재준의 북미주 활동 10년간 그의 충실한 안내자요 조언 상담자요 민주 동지이자 활동의 목격자는 김재준의 둘째사위 이상철 목사였다. 물론 그 이름을 다 열거할 수 없이 많은 한신대학 졸업 제자들, 동역자들, 헌신과 봉사를 아끼지 않은 신앙 동지들과 민주 동지들의 도움이 있었다. 북미주에서 김재준의 민주 회복 활동을 이 자리에서 자세히 언급할 수는 없지만, 김재준의 민주화 운동과 긴밀한 연관이 있는 '재북미주기독학자회', '한국민주회복통일촉진국민회의'(민통), 그리고 '민주주의국민연합 북미지부'와 관련된 활동에 관해서만 조금 언급할 필요가 있다.

김재준이 캐나다로 옮긴 지 한 달 만에 처음으로 민주화 운

---

17. 『범용기』(凡庸記) 초판은 6권으로 캐나다 칠성인쇄소(1981, 1982, 1983)에서 출판되었고, 그 전체가 『전집』 제13~16권에 실려 있다.

동과 관련하여 참여한 회의는 1974년 뉴욕에서 회집된 제8차 '재북미기독학자회의'였다. 이 모임의 주요 인사는 북미주에서 활동하는 백여 명 이상의 현직 교수 및 목회자 들과 북미주 한인 사회와 정부들에도 영향을 미치는 영향력 있는 중진 인사들이었다. 이상철 목사와 함께 이 회의에 참여한 김재준 목사는, 두 번에 걸친 경건회를 인도하면서 기독교 신앙의 입장에서 박정희 군사 정권의 우상성을 맹렬히 비판하였다.

그런데 이때 설교 내용이 어떻게 된 것인지 다 녹음되어 정보부와 청와대에 보고가 되었다. 김재준의 출국을 도운 김연준 한양대 총장과 막내아들 김관용이 서울의 정보부에 끌려가 김재준을 '당장 귀국' 시키라는 명령을 받게 되었다.[18] 당시 북미주에서까지도 한국 중앙정보부원들의 정보 활동이 얼마나 활발하고 치밀했던가를 입증하는 사건이었다. 그러나 김재준은 그후에도 꾸준히 '재북미주기독학자회'에 참여하면서 민주화 운동을 독려하기를 멈추지 않았다.

북미주에 거주하던 10년 민주화 활동 중 김재준이 마음 고생을 가장 많이 하고 두 번씩이나 떠밀리다시피 하여 회장직이라

---

18. 『전집』 제14권, 170~172쪽.

는 중책을 맡지 않을 수 없었던 단체는 '민통'이라 약칭하는 '한국민주회복통일촉진국민회의'였다. 이 단체는 원래 김대중 씨가 도쿄 프린스호텔에서 납치당하기 전 미국 워싱턴에 머무르고 있을 때 조직한 것이었다. 일본 도쿄에도 그와 같은 조직을 만들려고 하다가 박 정권의 중앙정보부의 납치 만행으로 좌절된 단체였다. 그 명칭대로 한국의 민주 회복과 민족 통일을 위한 민간 단체였다.

1974년 11월 23일 늦가을, 김대중 씨 납치 이후 힘을 잃고 명맥을 이어가던 '민통'은 김대중이라는 개인 정치가의 정치 조직 기반이라는 인상을 씻고, 근본적으로 지향하는 목적이 같다면 보다 포용력이 넓고 운신의 폭도 넓은 '범민주 국민 운동 단체'로 도약·발전할 필요성을 절감하고 재건 총회를 열었다. 이 모임에서 '축사' 순서를 맡기로 하고 참석한 김재준은 본의 아니게 의장으로 추대되었다.

해외에서 민주화 운동과 조국 통일 운동을 펼친 인사들의 성향은 간단하지가 않았다. 따라서 우파, 좌파, 중간파 등 다양한 소리와 정치적 입지 차이를 대동적인 큰 팔로 끌어안고 '동이불화'(同而不和)가 아니라 '화이부동'(和而不同)의 대승적 입장에서 이들을 이끌어 갈 김재준 같은 인격과 지도력이 요청되었다.[19] 김대중은 명예의장으로 추대되었다. 사실은 1974년 3월 초, 김재준이 캐나다를 향해 출국하기 며칠 전, 가택 연금중인 김대중의 집을 방문하여 서로 깊은 대화를 나누었다. 대화 내용은 신앙적 신념과 민주화와 조국 통일에 헌신하려는 각오와 상호 격려였다.[20] 그 뒤 김재준은 두 번이나 '민통'의 의장직을 맡아 봉사하였다.

북미주에서 김재준이 민주화 통일 운동을 벌이는 동안 관련한 세 번째 조직은 1978년 뉴욕에서 결성된 '민주주의국민연합 북미지부' 상임집행위원장직을 맡아 김상돈, 차상달, 한승인, 선우학원, 이재현 등과 함께 이 모임을 이끌어 갔던 일이다. 김재준은 한국에 있는 윤보선과 직접 통화하여, 1977년에 결성된 '북미주한국민주건설연합운동'(United Movement for Democracy in Korea, 약칭 UM)이 '민주주의국민연합'의 북미주 지부의 일을 겸임하기로 양해를 구했다. 본국의 '민주주의국민연합'은 윤보선, 문익환, 문동환 등 민주 세력이 총집결하여 창립한 민주 운동 단체로서, 국내 민주 세력이 유신 체제하의 대통령 선거를 전면 부정하고 광범한 반독재 운동을 전개하기 위해 결성한 것이었다. 'UM'은 국내의 '민주주의국민연합'의 창립을 전폭 지지하는

---

19. 같은 책, 185~187쪽.
20. 같은 책, 440쪽.

동시에 북미주 민주 세력을 결집하여 이 대열에 참여한 것이다.

김재준이 관련하여 참여한, 민주 회복과 조국의 평화 통일을 위해 북미주에서 결성된 이상의 여러 단체와 모임에는 동지들 가운데 묘한 견해 차이들이 흐르고 있었다. 선(先)민주화 후(後)통일론자들과 선통일 후민주화론자들 사이에 견해 차이가 노정되기도 했다. 그것은 친남한 민주 인사들과 친북한 민주 인사들과의 견해 차이기도 했다. 해외에서 조국 한반도의 민주화와 통일을 염원하는 궁극의 목적은 같으나, 그 과정과 방법·전략·전술 면에서 다양한 차이를 드러내는 사람들을 대승적 입장에서 하나로 이끌어 간다는 것은 결코 쉬운 일이 아니었다. 민주주의 가치들에 대한 신념을 갖고 있어야 할 뿐만 아니라 마음을 비우되 신뢰할 수 있는 고매한 인격을 갖추고 다양한 동지들의 견해와 인간 관계를 조정하고 화해시키며 설득시킬 수 있는 지도력이 요청되는 상황이었다. 김재준은 이런 상황에서 부름받고 쓰임받아 봉사하게 된 것이다.

북미주와 독일을 중심으로 한 유럽에서 김재준이 민주화 운동과 조국의 평화 통일을 지향하는 운동에 몸바쳐 일할 때에, 문재린, 이상철, 김상돈, 이승만, 차상달, 강영채, 홍동근, 선우학원, 지명관, 홍성국, 한승인, 김응창, 안병국, 강석원, 양준철, 이창식, 이근팔, 김운하, 홍성빈, 장성남, 구희영, 전규홍, 이성호,

이재현, 정상균, 나행렬, 홍근수, 노별수, 신현정, 박상증, 손규태, 오재식, 손명걸, 이삼열, 장성환, 박명철 등 수많은 민주 동지들이 함께 일했다. 시노트 신부, 오걸 목사, 슈나이더 목사, 그레고리 핸더슨, 프레이저 의원 등도 잊을 수 없는 협력자였다. 여기 거명된 사람들은 김재준의 『범용기』속에 등장하는 구름같이 많은 민주 동지들 가운데 필자의 눈에 띈 명사들의 이름을 적어놓은 것뿐이다. 그들의 이름을 모두 거명하려면 몇 쪽의 지면이 더 필요할 것이다.

북미주에서 김재준이 '민통' 의장으로 일하면서 조국의 민주화를 위해 일하던 모습의 한 사례를, 미국 워싱턴 의사당에서 프레이저 상원의원의 미국 국회 증언을 중심으로 들어본다. 1976년 한국에서의 '3·1 민주구국선언 사건'은 국내외에 많은 충격을 던졌다. 이는 한국 군사 정권에 대한 미국 의회와 정치인들의 태도 변화에 일대 전기를 야기한 사건이었다. 그 무렵까지만 해도 박정희의 반공·친일·친미 정책을 한껏 이용해야 한다는 미국의 국익을 우선적으로 생각하는 미국 정부 당국의 외교 정책, 그리고 미국 내에서 활동하는 군사 정권에 의해 포섭된 친정부 인사들과 정보 활동 때문에, 북미주 인사들의 힘을 다한 민주화 운동에 대하여 미국의 중요 신문 방송에 보도되는 일은 거의 없었다.

김재준을 중심으로 한 '민통' 임원진은 「3·1 민주구국선언문」을 곧바로 영역하여 성명서를 낸 뒤 이상철 목사와 함께 워싱턴으로 날아가 프레이저 의원을 면담하고 미국 국회의 반응을 촉구했다. 미국 국회 청문회에서 프레이저 상원의원의 발제 연설이 붙은 「3·1 민주구국선언문」이 미국 국회 의사록에 기록되게 되었다. 일이 이쯤 되자 『뉴욕타임즈』와 『워싱턴포스트』 등 미국의 중요 언론 기관에서 이 문제를 크게 보도하게 되었다. 박 정권에 대한 미국의 여론이 이 시점을 계기로 획기적으로 반전되었다.[21]

다양한 견해를 가진 사람들과 '화이부동'의 정신으로 민주화 운동을 이끌어 갈 당시, 김재준은 몇 가지 지도 원리를 마음속에 지니고 있었다. 첫째는, 민족 대단결의 원칙이다. 민주화 운동과 인권 운동이 주변 강대국의 이해나 남북한 정권 당국자들의 '안보 논리'에 제약되고 방해받아서는 안 된다는 원리다. '7·4 남북 공동 성명'은 남북한 당국자들의 어떤 정치적 의도가 있었든지 간에 반드시 지켜야 할 정신임을 강조한다. 둘째는, 인간 존엄성의 원리이다. 어떤 정치 체제나 운동도 결국 인간의 존엄

---

21. 같은 책, 239~242쪽.

성과 침범할 수 없는 인간의 자유를 담보하고 고양하는 것이라야 한다. 그것만이 사회주의와 자본주의 체제를 묶는 공동 터전이다. 셋째는, 화해의 원리이다. 정치 현실에다가 숭고한 종교적 정신을 접맥시킨다는 것이 어려운 일이지만, 남북한 사회의 평화 통일과 갈등하는 이익 단체들의 충돌은 서로 사랑하는 화해 정신으로써만 함께 승리할 수 있다는 신념이다. 넷째, 실존적 책임성의 결단의 원리이다. 사건과 상황은 항상 움직이고 변한다. 그 시점 그 상황에서 최선의 종합 판단을 한 후 결행하는 실천 행동이 그것이다.

북미주에서 쉬지 않고 일하는 10년 동안 내내 김재준의 마음은, 고난받고 있는 조국에 돌아가 고국의 민주 동지들, 신앙 동지들과 생사고락을 함께할 것인가, 아니면 해외에 남아서 민주 운동과 조국의 평화 통일 운동, 교회 갱신 운동을 지속할 것인가 하는 갈등 속에 시달렸다. 특히 1976년 '3·1 민주구국선언 사건' 이후 윤보선, 함석헌, 김대중, 문익환, 이문영, 문동환, 윤반웅, 이우정, 정일형, 서남동, 안병무, 김관석, 이해동 등 신앙 동지들과 제자들이 투옥되거나 연행되었다는 소식을 들었을 때, 그리고 1980년 5·18 광주민주항쟁의 처절한 민주 투쟁의 소식을 들었을 때, 김재준도 감정을 가진 사람인지라 당장 귀국하고픈 충동에 견딜 수가 없었다. 그럴 때마다 주위에 있던 이승만,

이상철, 강원룡, 오재식 등의 종합 판단 조언자들이 해외에서 지금처럼 일하는 것이 고국에 돌아와 일하는 것보다 아직은 더 유익하다며 그를 붙들었다.

그러던 중 1979년에 윤보선, 함석헌, 김대중 세 사람의 연서로 귀국을 요청하는 서한이 왔다.[22] 1979년 10월 26일 박정희가 암살당하고, 12·12 사태를 거쳐 전두환이 '국가보위비상대책위원회' 상임위원장 자리에 앉더니만 이내 대통령 권력을 거머쥐기에 이르렀다. 1980년에 들어서면서 김재준은 귀국하기로 마음의 준비를 하기 시작했다. 마침내 1983년 9월, 그는 그리던 고국에 다시 돌아오게 되었다. 김재준을 북미주 10년 민주화 운동 기간 내내 그림자처럼 동행하며 그의 몸과 마음의 바닥 미동까지도 느낄 수 있었던 이상철 목사는 "그가 귀국을 결심한 것은 '조국에 와서 묻혀야 한다'는 논리 때문이라기보다는, 고난받는 후배들의 '목사님이 옆에 계시기를 원합니다'라는 호소가 그의 마음을 아프게 하고, 가서 함께 고난받자는 동지 의식을 더 많이 작용했다"[23]고 증언한다.

---

22. 같은 책, 415쪽.

23. 『세계와 선교』 제144호 (한신대학교 신학대학원 발행, 1994), 12쪽.

전 우주적 사랑의 공동체를 꿈꾸며
고토를 걷다

1984~1987

생애 말년에 접어든 김재준은 시간과 역사의 범주를 넘
어서는 더 크고 넓은 우주적 실재의 차원에 대하여 묵상
하면서 '대승적 기독교'의 상을 펼쳐 보인다.

인간의 신비와 하나님의 형상

　　　　김재준은 1983년 9월, 10년간 북미주를 중심으로 조국의 민주화와 평화 통일 운동에 진력하다가 그리던 고국으로 돌아왔다. 그리고 1987년 1월 27일 소천할 때까지, 약 4년 남짓하는 기간 동안 고령에도 불구하고 조국의 산하와 불교 사찰, 정약용의 유배지인 강진의 다산초당과 강화도 참성단 등을 탐방하면서 조국의 산하를 어루만지듯 "고토를 거닐었다." 귀국 후 그가 광주의 강신석 목사를 통하여 "광주에 가고 싶다"는 심정을 토로하고 광주를 찾은 것은 '5·18 광주민주화운동' 당시 캐나다에서 애절하게 통곡했던 '마음의 빚' 때문이었다.

　　그러나 국내의 정치적 상황은 아직 민주화하고는 거리가 있었다. 김재준은 시국의 중대 문제가 노정될 때마다, 함석헌 등과 함께 '재야 원로 간담회'에 참여하여 나랏일을 걱정하였다. 민주화 운동의 절정에서 박종철 군이 고문 살해당하자 '고 박종철 군 국민추도회 발기인'으로 참여하고, 소천하던 해인 1987년 1월 벽두엔 함석헌과 함께 「새해 머리에 국민에게 드리는 글」을 유언처럼 남기기도 하였다.

　　그러한 정치 사회적 책임 의식과 역사 의식에 끝까지 투철하면서도, 김재준은 이제 생애 말년에 '시간과 역사의 범주'를 넘어서는 더 크고 넓은 우주적 실재의 차원에 대하여 생각하고 묵상하였다. 그의 그러한 종교적 명상의 총괄적 표현이 '전 우주적 사랑의 공동체'라는 것이요, 그 감성적 표현을 보다 학문적으로 표현하면 '대승적 기독교론'이 되는 것이다. 그 핵심적 총괄 주제를 마지막으로 논하기 전에, 그 주제를 바르게 이해하기 위해서 김재준의 인간 이해, 성속(聖俗)의 관계성 이해, 기독교와 한국 종교 문화와의 관계성 이해 등을 간단하게라도 차례로 살펴볼 필요가 있다.

한 사람의 사상은 그 사람이 어떻게 인간을 이해하고 있는가에 따라 결정적으로 좌우된다. 정치 사상이든 경제 이론, 문명 사관, 문학과 예술론이든, 심지어 자연과학적 패러다임에 이르기까지 그것을 연구하는 학자의 인간 이해는 '해석학적 전이해'로서 그의 사상 형성과 이론 전개 속에 암묵적으로 작동하기 때문이다. 칼 마르크스의 『자본론』과 유물사관의 밑바탕에도 역시 그의 인간 이해가 깔려 있으며, 프로이트의 『꿈의 해석』의 이론 밑바탕도 그의 기계론적·생물학적 인간 이해가 전제되어 있다. 히틀러가 유태인을 600만 명이나 학살할 때도 그의 인간 이해가 문제가 되는 것이며, 라인홀드 니버의 윤리학 명저 『도덕적 인간과 비도덕적 사회』나 후쿠야마의 『역사의 종말』 속에도 그들의 인간 이해가 전제되어 있게 마련이다. 하물며 종교 사상, 신학적 이해 등은 더 말할 것도 없다. 그러면 김재준은 인간을 어떻게 이해했던가?

김재준의 사상에 있어서 놀라운 점은, 적어도 그가 학문적 수학을 다 마치고 스스로 사상적으로 섰던 그의 나이 30~40대의 사상이 70~80대 노인이 되었을 때도 그 폭과 높이와 깊이에 있어서 근본적으로 크게 변한 것이 없을 만큼 장년기에 이미 최고 성숙 단계에 도달해 있다는 점이다. 그의 나이 48세 때(1948년) 쓴 「인간성의 한계와 복음」이라는 짧은 글 속에서 그는 이렇게 말하고 있다.

우선 인간은 자존자가 아니고 의존자라는 것, 창조주가 아니고 피조물이라는 것을 솔직하게 인정해야 합니다. 여기서 자기 교만은 꺾입니다. 겸손한 인간은 피조물임을 자인하고 창조주와의 정상 관계를 모색하게 되는 것입니다. 동시에 인간은 단순한 피조물이 아니라 하나님의 형상으로 지어진 피조물이라는 데 문제가 있습니다. 인간은 창조해 가는 피조물입니다. 폐쇄 완료된 제작품이 아니라 미완성의 '오픈 엔드'(open end)를 가진 자유하는 인격입니다. '하나님의 형상'인 인간은 하나님과 통하는 '종교'를 원합니다. 인간의 모든 사위(事為)는 하나님 관계에서 평가되어야 한다고 결론 짓습니다.……

우리는 그리스도 안에서 다른 모든 종교인들을 사랑하고 존경합니다. 우리는 그리스도 안에서 최후의 원수인 죽음의 권세를 이기고 부활의 영원한 생명을 체험합니다. 하나님의 사랑은 무량애(無量愛)입니다. 이 무량의 사랑 안에서 우리도 범우주적 사랑의 공동체를 이룹니다. 여기서 우리 인간성이 좁디좁은 한계선은 철거되고, 하늘과 땅 어디서도 구애됨 없는 무애(無涯)의 자유인이 됩니다.[1]

위 인용문 속에 사실은 김재준이 말하려는 그의 신학적 인간학, 그리스도교적인 인간 이해의 본질적 핵심이 다 들어 있다. 그는 인간을 피조물이라는 자기 의식 속에서 파악한다. 인간이 창조주가 아니라 피조물이라는 이 피조물 의식은 기독교적 인간 이해의 특징을 이룬다. 인간의 '피조물 의식'은 「창세기」 1~2장에 나오는 창조 설화를 문자적으로 이해하여, 지금부터 몇천 년 또는 몇만 년 전에 전능한 조물주가 흙을 재료로 삼아 인간을 빚어 만들었다는 신화적 인간학을 믿는다는 말이 아니다.

---

1. 『전집』 제1권, 318쪽.

「창세기」창조 설화가 말하려는 진리는, 생물학적 교과서로서의 인간이라는 종(種)의 발생학적 기원이 아니라, 인간성의 신성한 비밀과 그 존재론적 근원을 말하려는 것이다. 인간은 그의 존재 능력과 존재 사실을 은총의 선물로 받아들이고 창조주와의 바른 관계 속에 있을 때만이 자유하고 사랑하는 인격체로서 '영물'로서 세상 속에 바르게 선다.

'하나님의 형상'론에 대한 다양한 해석이 있지만 김재준은 복잡하게 이해하지 않는다. 하나님이 자유하시고 사랑하시는 영으로서 창조하시는 하나님이신 것처럼, 인간의 본질은 자유하고 사랑하는 가운데서 자기를 미래 지향적으로 창조해 가는 응답적 자유 인격체로서 '영적 존재'라고 파악한다. 인간은 부활하신 그리스도 안에서 그의 창조적 본래 생명태인 '영원한 생명'을 체험하면서 '범우주적 사랑의 공동체'를 이루어 가는 과정중에 있다고 보는 것이다. 그러나 '범우주적 사랑의 공동체'라는 사상이 김재준의 말년 후기 사상이 아니고, 이미 1948년에 품은 사상이라는 점에 주목할 필요가 있다.

그런데 김재준은 자연인 인간성 그대로를 낙관하는 낭만주의자도 아니고, 맹자의 성선설(性善說)을 받아들여 자연이 품수(稟受)해 준 '인의예지'(仁義禮知) 네 가지 단초를 갈고 닦으면 누구나 모두 성인이 되거나 성불한다는 유교와 불교의 인간 이해와

도 다른 경험을 했다. 그는 인간성 그 자체의 왜곡이 극심하다는 사실을 이론이 아닌 인생 체험으로 알았고, 인간성을 근본적으로 개혁하는 데는 인간 이상의 어떤 '영적 혁명'을 일으키는 창조적 힘과 계기가 요청된다고 본 것이다.

여기에서 우리는 김재준이 한국의 보수적 기독교계가 그를 비방하는 대로 '자유주의 신학 전통'이 아니라 철저히 바울 – 어거스틴 – 루터와 캘빈 – 칼 바르트로 이어오는 정통적인 신학적 인간학을 받아들이고 있음을 알 수 있다. 곧 혈육적 인간은 "위로부터 거듭나야 한다"(「요」 3 : 3)는 말이다.

새 사람이라는 것은 만들어지는 것이 아닙니다. 이것은 사회 구조의 산물이 아니라 영적으로 다시 난 인간입니다. 이것은 하늘이 하는 일이요 사람이 할 수 있는 일이 아닙니다. '새 사회'도 그러합니다. 하늘나라가 땅에 임하는 때에만 가능한 것입니다. 사회 구조 자체가 하나님의 영광이 머무는 장막이어야 하겠기 때문입니다. 제3의 차원이 필요합니다. 역사적 혁명은 이것을 가져오지 못합니다. 운명적으로 제2차원밖에 갖고 있지 않기 때문입니다. 성령으로 거듭난 인간, 위로부터 다시 난 인간에게 있어서는 옛 사람은 십자가에 못 박혀 죽고, 그리스도의 부활과 함께 새 사람이 그리스도와 함께 탄생하는 것이라 하겠습니다.[2]

여기에서 우리는 잠시 "옛 사람은 십자가에 못 박혀 죽고, 그리스도의 부활과 함께 새 사람이 그리스도와 함께 탄생한다"(「롬」 6: 2, 「갈」 2: 20, 「고전」 10: 16, 「골」 3: 3, 「롬」 8: 10~11)는 사도 바울의 기독교 신학적 인간학의 참뜻과 관련하여, 김재준의 신학적 인간학 관점에서 몇 가지 분명히 해둘 문제가 있다. 그 첫째 문제는 그리스도의 부활을 어떻게 이해하는가 하는 문제이고, 둘째는 십자가 안에서 대속적(代贖的) 속량 신앙을 어떻게 이해하는가 하는 문제이다.

김재준은 기독교 신앙의 사활 문제가 되는 '그리스도의 부활' 문제와 관련하여 이미 1935년에 상당히 심도 깊은 신학적 논문에서 자신의 견해를 분명히 피력하고 있다.[3] 이 논문은 부활 사건의 사실성과 그 역사적 사실성이 지닌 초역사적 신비성을 동시에 붙잡는 매우 역설적인 논문이다. 그는 그리스도의 몸의 부활을 믿는다는 점에서 불트만 신학류의 실존론적 부활론이나 정신적 부활론을 받아들이지 않는다. 그렇다고 해서 부활 생명을 마치 육체의 소생 문제처럼 생각하는 문자주의적인 실증적 생물학적 부활론도 거부한다.

---

2. 같은 책, 326~327쪽.
3. 「그리스도의 부활에 대한 연구」, 같은 책, 70~81쪽.

그러면 생리적 존재이었던 혈육을 가진 몸이 어떻게 그 동일성을 잃지 않고 영체(靈體)로 화(化)하는가 하는 것은 다른 모든 생명의 움직임과 창조가 신비임과 동양(同樣)으로 신비 불가해의 것이다. 이는 하나님이 전지전능에의 행사요 인간의 알 바가 아니요 알 수 있는 것이 아니다. 부활하신 그리스도의 몸은 (그러면) 그의 육체적 존재를 하나도 잃지 않는 동시에 그의 영적 생명을 표현하기에 가장 적응된 표현 기관인 몸, 즉 영화(榮化) 영원화(永遠化)한 몸이었던 것이다. 철이 그 동일성을 잃지 않으면서도 그 내외(內外)가 아울러 변하여 영광과 열을 발함과 비할 것이다.[4]

이 같은 그리스도의 부활에 관한 이해와, 그 '영화 영원화한 몸'을 닮은 그리스도인의 사후 생명에 대한 비전은, 그의 생애 말년에 가서도 본질적으로 바뀌지 않는다.[5] 그리스도의 대속적 속죄 신앙을 진정한 의미에서 올바로 받아들인 사람은, 그 대속

---

4.   같은 책, 78쪽.

5.   1960년 봄, 한국신학대학 개학 강연에서 행한 「변모 설화의 신학적 고찰」이 이를 증언한다. 『전집』 제5권, 27~36쪽 참조. 장공은 미국에서 사랑하는 조카 하용 내외, 큰딸 정자를 먼저 보내는 아픔을 겪을 때도, 이 신앙에 변함이 없었다. 『전집』 제15권, 413~415쪽.

교리를 객관적인 법정 대리 사건으로 이해하지 않고, 그 신자의 주체적 실존의 인격적 참여가 동반되는 사건이므로 '의인'(義認)은 자연히 '성화'(聖化)의 결실을 동반하는 것이라야 한다고 보았다.

김재준이 귀국한 지 2년 후인 1985년 7월 27일, 함석헌이 인도하는 한국 퀘이커대회 여름 모임이 한국신학대학 강의실과 강당과 학생 기숙사를 빌려 개최된 적이 있었다. 이 여름 모임에서 김재준은 주제 강연 강사로 초빙되었는데, 그는 "역사의 원점을 찾아서"라는 역사적 강연에서 인간 문제에 관해 다음과 같이 말했다.

성경의 창조 설화에 보면 하나님의 첫 창조, 즉 '원점'에서의 첫 전개는 '시간'이었다.…… 그런데 문제의 초점은 '인간'이었다. 하나님의 형상으로 지어진 인간은 자유하는 주체적인 존재자였기 때문이다. 창세기의 창조 설화에 의하면, 인간은 하나님 자신의 형상대로 지었다고 했다. 그런데 하나님은 '영'이시므로 인간도 영적 존재자일 것이며, 하나님은 시간 공간에 구애되지 않으시는 분이시기 때문에, 인간도 시공간에서 자유하는 존재자였을 것이다. '몸'도 영적 질서에 속한 영의 몸이었을 것이다. 하나님은 생명의 주이시며, 생명 자체이기 때문에 그에게는

'죽음'이 없다. 영원한 삶이 있을 뿐이다. 인간도 하나님의 형상이기 때문에 본래적으로는 죽을 자로 지어진 것이 아니다. 생명이 정상이요 죽음은 변태라 하겠다.…… 우리가 소위 '하관식'을 할 때, "육신은 흙으로, 영혼은 하늘로"라는 선언을 한다. 그러나 그렇게 분리된 존재로서의 인간은 '인간'일 수가 없다. '산 몸'이 아니기 때문이다. 그러나 '영'으로서의 인간, 영체로서의 '몸', 생명의 주이신 하나님 날개 안에 품긴 인간의 작은 생명인 경우에는, 인간 생명의 영성과 영생, 그 몸의 영화(榮化) 등을 기대할 수 있다.…… 우리는 이 점에 있어서 그리스도의 경우를 생각한다. 그리스도 신자는 그리스도의 십자가에서 속죄의 죽음을 보고 그리스도의 부활에서 영원한 생명의 영광스런 '영체'(靈體)를 본다.[6]

좀 길게 인용했지만, 기독교를 포함하여 모든 종교의 궁극적 문제는 인간의 구원에 있으며, '구원' 개념을 다양한 패러다임으로 이해할 수는 있지만, 참 종교인은 생사의 두려움을 초월하고 사랑과 자비행을 실천하게 된다. 김재준은 헬라 철학적인 영

---

6. 『전집』 제18권, 79~80쪽.

혼과 육체로 인간을 이원적으로 보는 견해를 히브리적 사유로 바로잡고, 플라톤적인 '영혼의 불멸'이 아니라 그리스도의 부활에서 예표를 본, 신령한 몸으로 변화받은 '영체의 불사'를 믿었다.

오늘날 유전공학과 분자생물학 이론을 갖춘 현대인들이 인간 생명의 신비를 보지 못하고 '생화학적·전자기적 현상으로서의 생물학적 존재'로서만 자기를 이해하는 상황에서, 김재준의 '인간 이해'는 경청할 만한 진리 증언이요 신앙 고백이라고 말하지 않을 수 없다.

성속의 변증법과 기이한 꿈 이야기들

종교의 영원한 화두는, 성스러운 것과 세속적인 것의 상호 관계를 어떻게 정립하고 파악하느냐의 문제이다. 종교의 세계는 '성스러움'을 경험하는 정신적 삶의 체험이며, '성스러운 실재'에 대한 경험과 그 심원한 영역을 잃어버릴 때 종교 세계는 지적인 형이상학의 탐구로서 종교 철학 체계, 도덕적 윤리 체계 또는 이상 심리나 병리적 심리 현상을 치유하는 상담학 이론으로 전락해 버린다. 종교 세계의 독특한 특성이라고 말해야 할 성(聖)은 진선미를 그 안에 내포하고 관통하면서도 진선미의 차원을 넘어서고 그 모든 것을 통전적으로 완성하는 그 무엇이다.

20세기 기독교 사상계 영역에서 종교의 '성스러움'에 대한 각성과 그 중요성을 재발견하고 학문적으로 심화시킨 대학자로서는 루마니아 태생의 종교학자 멀치아 엘리아데, 마르부르그 대학의 종교학자이자 신학자였던 루돌프 오토, 그리고 20세기 신학 거성 폴 틸리히가 머리에 떠오른다. 폴 틸리히는 "종교란 정신적 삶의 깊이의 차원이고 존재의 지반이며 문화의 실체"라고 했다. 그의 유명한 문화 신학의 명제 "종교는 문화의 실체이고, 문화는 종교의 형식이다"[7]라는 명제를 우리 동양 정신 문화의 용어로 한마디로 표현하면 '성속일여'(聖俗一如)라는 말로 압축할 있다.

성(聖)이라는 말을 우리는 초월자, 영원 세계, 절대 진리 세계, 초자연계, 본질계, 종교 등을 상징하기로 하자. 속(俗)이라는 말을 우리는 유한자, 시공간계, 상대 진리 세계, 자연계, 현상계, 문화계, 시장 노동 세계라고 생각하자. 성속 관계 설정 모델에는 몇 가지 입장이 다른 모델 또는 패러다임이 있다.

---

7. Paul Tillich, *Theology of Culture* (New York: Oxford Press, 1959), p. 42.

그 첫째 패러다임은 '성'이 '속'을 완전히 지배하거나 그 위에 군림하는 패러다임이다. 이 경우는 '속'의 세계가 완전히 그 실재성을 부정당하고 가치론적으로 천대받으면서, 세상의 자율성과 문화 노동 이성의 활동이 위축된다. 삶이 신정 정치화되면서 신화적 세계만이 남게 된다. 사제 계급만이 존경받으면서 일체의 땅의 가치들이 부정되거나 평가절하된다. 오도된 기독교 문화 속에서, 교회 용어로 말하자면, 죽음 넘어 들어가는 초자연적 천국만이 추구할 가치 있는 세계이고, 이 세상의 삶은 지나가 버려야 할 임시 정거장일 뿐이거나 악한 세계인 듯이 잘못 이해하게 된다. 결국 이런 첫째 모델로서 성속 관계를 파악하는 신앙인들은 몰역사적이거나 타계 지향적 신앙 생활을 하게 된다.

성속 관계의 둘째 패러다임은 첫째 모델의 정반대 입장이다. '속'이 '성' 위에 군림하거나, 아예 '성'의 실재성은 미신적인 것, 계몽되기 이전의 유아기적 환상, 사회 병리적인 잔재물로 치부되고 부정되기까지 한다. 종교 세계란 계몽되기 이전의 인류의 유아기적 미성숙 상태에서의 문화적 잔재물이므로 청산되고 극복되어야 할 대상으로 본다. 현세적이고 물질적이고 실증적이고 감각적인 실재만이 인정되고 이성의 법정에서 통과되는 것만이 인정받고 찬양된다. 그 결과 세상의 삶은 편리성·유용성·실용성·능률성만 추구하여 잘살게 되는데, 왠지 삶이 공허해지고 문화는 상업주의와 모방주의와 감각주의만 판을 친다. 궁극적인 것, 숭고한 것, 절대적인 것, 영원한 것 등을 잃어버리고 삶 전반이 상대화되고 허무주의나 무규범주의에 빠질 위험을 겪는다. 현대의 세계 사조 주류를 이루고 있는 것이 이러한 세계관이다.

성속 관계의 세 번째 패러다임은 일종의 역할 분담과 충돌 회피책으로서 성속 평행주의이며 상호 불간섭주의이다. 하나로 통일된 하나뿐인 현실적 생명 실재를 인위적으로 가상적으로 이분화한다. 종교적인 성스런 세계는 사제들이 주관하면서 인간의 영적 차원, 내면의 종교적 세계만을 관할하기로 한다. 구체적 현실 세계, 곧 정치·경제·사회·문화 세계는 이 세상을 지배하는 실력자들, 정치가·실업인·과학자 등이 책임지기로 한다. 가급적 상호 불간섭주의를 지키기로 약조한다.

이 셋째 모델은 그럴듯하지만 현실적으로 여러 가지 문제를 야기한다. 예를 들면 히틀러 치하 때 유태인을 600만 명이나 죽이는 정치적 만행을 벌여도 종교계는 손놓고 바라볼 수밖에 없으며, 제3세계 독재자들이 국민을 도탄에 빠뜨려도 종교계는 오불관언이다. 반대로 사이비 종교가 창궐하여 사람을 정신적으로 파탄에 빠뜨려도 사회적으로 타인에게 경제적 사기를 행하거나 위해를 가하는 일이 아니라면 '종교 자유'라는 치외법권적 문제로 치부하여 방관한다. 그 결과 '사이비 종교'와 '이단 종교'의 구별이 모호해지면서 사회는 건강한 문화를 지탱하지 못하고 병들어 가게 된다.

김재준은 이상의 세 가지 모델이 다 잘못된 것으로 본다. 그가 추구하는 네 번째 모델은 성속의 차원이나 실재는 서로 혼동되지 않도록 '구별' 할 필요성은 있지만 절대로 '분리' 될 수 없는 것이고, 더 나아가서 '성' 이 '속' 의 형태 속에서, 속의 양태를 띠면서 '성속일여' 의 상태가 되는 '신율적 문화' 가 이뤄져야 한다고 본다.

그보다 한 걸음 더 나아가, 김재준은 우리가 이미 그의 '문화변혁설' 에서 살펴본 대로, '성' (종교)은 '속' (현실 역사 문화 세계)에 깊이와 높이와 넓이를 부여하면서, 삶 전반을 창조적이고 역동적이며 자유로운 생명 공동체가 되도록 '거룩한 존재의 힘' 을 늘 충전시킨다.

이 네 번째 패러다임은 하늘과 땅이라는 말로 상징하는 두 차원의 궁극적 실재가 현실 속에서는 불가분리적으로 하나가 됨으로써 '현실적 생명' 으로 꽃핀다는 신념이다. 한 송이 국화꽃은 땅에 뿌리박고 있지만, 창공의 햇빛이 하늘로부터 내리쬐어 국화꽃 안에서 하나 되지 않으면 국화꽃은 필 수 없다. '가능태' 또는 '잠세태' 로서 하늘은 푸른 창공 저 너머 태양처럼 떨어져 있지만, '현실태' 로서의 하늘은 땅에 임한 하늘이라야 한다. 인간은 바로 하늘과 땅이 하나로 만나면서 자유와 사랑과 영물로 꽃 피어난 '로고스의 성육체'이다. 그리스도교의 성육신 신앙은 그 진리를 보여주고 고백하는 신앙이다.

우리는 위에서 성속의 변증법이라는 좀 딱딱한 이야기를 한 셈이다. 이제 우리는 가벼운 마음으로 김재준이 그의 자서전적 인 비망록 속에다 드문드문 남겨 놓고 있는 기이한 꿈 이야기를 함께 들어보면서, 생명과 우주와 삶의 신비를 생각해 보기로 하 겠다. 대체로 김재준은 유교적 가정 배경에서 성장했기 때문에 유교의 높은 도덕적 합리주의 정신 유산을 물려받고 있다. 그러 나 그의 지성과 이성은 차갑거나 메마른 합리주의가 아니며, 초 월의 차원에 문이 닫혀 있는 마음이 아니다. 그는 생의 위기마다, 생의 순례길에서, 의미심장한 꿈을 많이 꾸었다. 몇 가지 그의 꿈 이야기를 들어본다.

첫 번째 꿈은 김재준이 일본 유학을 앞두고 웅기 항구 여관 방에서 심리적으로 '광야의 시험' 같은 고민에 빠져 있을 때 꾼 꿈이다. 고향에 늙으신 부모와 몸 약한 형님을 남겨 두고 거기에 아내까지 맡겨 둔 채 아무 대책 없이 현해탄을 건너 일본 유학 길 을 떠난다는 불안감과, 새로운 세계를 향해 고향 집을 떠나야 한 다는 어떤 내적인 부름 사이에서 갈등하던 때였다. 김재준은 그 때 꿈을 이렇게 기억하고 이어 해몽도 하고 있다.

그런데 하루는 꿈도 생시도 아닌 일종의 비전(vision) 상태에서 이상한 경험을 했다. 큰 호랑이가 내 뒤에서 앞발을 내 어깨에 걸고 나를 뒤로 잡아당기는 것이었다. 그러나 소리가 들려 왔다. "아니다. 네 떠나는 것은 하나님의 뜻이다!" 그 순간 호랑이는 어디론가 물러가고 나는 '비전'에서 깨어났다. 곰곰이 생각해 봤다. 아버님 함자가 범 호(虎)자, 빛날 병(炳)자 씨니까 '범'은 아버님이었다고 해몽해 봤다. 막내아들을 뺏기고 싶지 않은 아버님의 집념이 이 '비전'에서 인상화(印象化)했던 것이 아닐까? 아버님 관계에서 내 심층 심리가 이런 '사인'으로 부각됐는지도 모른다. 그 순간부터 내 마음은 장마비 개듯 맑았다. 더 우물쭈물할 것도 없다. 하나님이 보내시는 대로 간다는 신념이 생겼다.[8]

두 번째 꿈 이야기는 일제 말기, 김재준이 제자 이춘우의 배려로 서울시 외곽 지역 경기도 양주군 도농에서 지낼 때 꾼 기이한 꿈이었다. 일본이 태평양전쟁을 일으켜 놓고 전전긍긍 발악하던 시기였다. 김재준은 그때 꿈을 다음과 같이 기억하여 들려

---

8. 『전집』 제13권, 77쪽.

준다.

꿈에 나는 내가 산 1,500평 감자밭 가운데 호미 놓고 서 있었다. 갑작스레 일본 천황[昭和]과 독일의 히틀러가 나 있는 고장에 오더니 나를 부둥켜안고 운다. "우리와 우리 나라는 이제 어쩐란 말이오!" 하며 통곡한다. 나는 그들을 껴안고 등을 두들기며 말했다. "일본도 독일도 그리 낙심하지 마시오⋯⋯" 격려해 보냈다. '소화'는 나와 나이가 동갑이고, '히틀러'는 훨씬 아래다.[9]

세 번째 꿈은 매우 인상 깊은 일종의 '예언적 꿈'이다. 스위스의 정신과 의사 칼 구스타프 융이 유럽에 세계대전이 일어나기 전에 꾸었던 꿈이 세계대전을 '예표'로서 알려 주는 꿈이었듯이, 김재준이 꾼 꿈은 일차적으로는 6·25 동란이 일어날 것을 보여주는 꿈이었으며, 이 전쟁으로 인한 한국 사회의 비참함과 그후 서울 탈환 등 한국사의 장래를 예언적으로 일러 주는 꿈이었다고 생각된다. 김재준 자신도 그렇게 해몽하면서 그가 몸바쳐 헌신하는 기독교 복음과 신학 교육의 '사명'을 새삼 느끼게

---

9. 『전집』 제15권, 142쪽.

되었다고 6·25 동란 이후 술회한다. 그 기이한 꿈의 내용은 이러했다.

나는 전농동 어느 언덕바지 높은 곳에 서 있었다. 서울 시내를 바라봤다. 갑작스레 밀려든 시뻘건 진탕물이 서울을 흙탕물 호수로 만들었다. 남산 꼭대기가 약간 머리를 치밀었을 뿐이다. 그런데 얼마 서 있는 동안에 흙탕물은 빠져나가기 시작한다. 곤두박질하며 빠져 간다. 길이 나타나고 논 밭 집도 물 속에서 얼굴 들고 나온다. 나는 나타난 길을 걸어 서울에 들어간다. 목이 마른다. 간 데마다 흙탕물이니 물은 한량 없이 많다. 그러나 마실 물은 없다. 더러운 '죽음의 시즙(屍汁)'이다. 마실 수 있는 '물'은 역시 남산 약수터 바위틈에서 한 방울씩 졸졸 흘러내리는 맑고 단 약수다. 그것이 '생명샘'이다.[10]

네 번째 꿈 이야기는, 수유리 캠퍼스에 새로운 한국신학대학 건물을 짓고 아직 교수 사택을 짓지 못해서 캠퍼스 안의 한 빈농이 살던 초가집에 임시로 김재준 가족이 기거하고 있을 때였다.

---

10. 같은 책, 같은 쪽.

6·25 전쟁 이후 신학 교육의 재건에 밤낮을 가리지 않고 잘 먹지도 못한 채 너무 무리하는 바람에 김재준은 고질병인 '악성 이질'에 걸려 있었다. 위장의 통증이 극심하여 조카 김하용 박사가 내과 과장으로 있던 서울적십자병원에 급히 입원했다. 지금 안희국 교수 부인인 김해순 여사가 수석간호사로 적십자병원에 근무하던 때여서 간호에 지극 정성을 쏟았다.

의사들의 종합 진단과 엑스레이 검사 결과 '위암' 증세가 있는 것으로 잠정 판단된 상태였다. 경동교회 강형룡 의사가 주동이 되어 서울 시내 유명한 외과 의사들을 긴급 초청하여 재확인하고 수술을 하기로 했다. 김재준의 '위암' 중병 소식이 전해지자, 가족과 일가 친지 교인들은 철야 기도 릴레이에 들어갔다. 그렇게 '위암' 수술 준비를 하면서 긴장이 감돌던 어느 날 김재준은 '비전' 같은 낮꿈을 꾼다.

집 앞 행길 복판에 거지상여 같은 사람 키 절반만큼 높이의 담가(擔架)가 놓여 있고 그 위에 내가 누워 있었다. 그런데 어떤 여인이 내 옆을 지나 골짜기 절로 간다. 그의 낯은 아주 무표정이고, 시체같이 검푸르다. 그는 내 얼굴에 지극히 '의례적'인 '키스'를 하고서는 나를 떠나 제 갈 데로 갔다. 나는 "아 저것이 죽음의 사신이구나!" 하고 직감했다. "죽음의 여신이 '작별 키스'

를 하고 갔으니 나는 그의 포로가 아니다. 그의 길동무도 아니다." 하고 혼자 생각했다.[11]

위의 꿈 이야기는 김재준의 수필집 속에서 「꿈 같은 이야기」라는 제목으로 수필 문학적으로 다소 다르게 묘사되었다. '죽음의 사신'이 다가와 '작별의 키스'를 하고 간 것은 거지 상여 담가 위에서가 아니라 병실 침대 위였다. 그러나 꿈 내용의 핵심 이야기는 같다. 어찌 됐든 그 꿈을 꾼 후, 의사 팀이 수술 부위를 다시 한 번 정확히 파악하기 위해 엑스레이 촬영을 한 결과 놀랍게도 '혹 같은 종양'은 온데간데 없어졌다.

과학자인 의사들은 그 전까지의 진단을 '오진'했던 것으로 처리했지만, 김재준은 '기이한 꿈'을 그의 치유를 알려 주는 초자연적 '예표'로 받아들이고 마음속에 간직하고 있었다. 김재준은 말년에 그리스도가 그와 평생 동행했노라고 고백했다. 수호천사가 그를 옹위하면서 때론 꿈으로 때론 지혜로 그를 돕고 인도했다고 김재준 본인과 그를 존경하고 사랑하는 제자들과 신도들은 믿는다.

---

11. 같은 책, 143쪽.

동양 종교와 기독교의 만남의 문제

김재준은 본래 유가 가풍에서 20대까지 자라 사서삼경을 비롯하여 한문으로 씌어 있는 동아시아 고등 종교에 대한 소양이 매우 깊었다. 그럼에도 불구하고 그는 예수 그리스도를 만나 회심을 경험하고 새 사람이 된 후, 신구약 성경이 증언하고 역대 교회의 순교자들이 생명을 걸고 증언하는 사도적 복음 진리에 대한 확고한 믿음이 있었다. 1960년대 이후 지구촌 문명의 실현과 함께 특히 기독교계에 불어닥친 '종교간의 대화 문제'와 다종교 문화 속에서 이웃 종교와 기독교의 올바른 관계 설정 문제가 시급한 선교 신학의 과제가 되었다.

이 신학적·선교적 과제에 대하여 로마 가톨릭 교회는 제2차 바티칸공의회(1962~1965)를 계기로 매우 전향적이고 포용적인 입장을 천명한 바 있다. 개신교는 보수와 진보 계열이 크게 달라서 보수 교단들은 다른 이웃 종교들에 대하여 배타적·정복적 입장을 견지하고 있으며, 세계교회협의회에 속한 진보적 교단들은 1970대부터 포용주의적 입장을 견지하게 되었다.

김재준이 이 문제를 어떻게 생각하고 있는가를 살펴보는 것은 매우 중요한 일이다. 왜냐하면 흔히 기독교 진리의 절대성을 신앙하고 주장하는 기독교 신학자·목사·신도의 경우, 동아시아의 높고 심원한 종교들(유교, 불교, 도교, 천도교 등 민족 종교)에 대하여 깊이 아는 바가 없이 독단적·주관적 진리 주장에 빠질 위험이 크기 때문이다. 다른 한편으로는 이웃 종교에 대한 관용성과 개방성을 가진 해박한 학자나 신도의 경우에, 기독교 복음 진리에 부딪혀 그의 전 존재가 변화받은 중생의 경험, 예수 그리스도의 영과의 인격적 만남의 체험 등이 결여되어 기독교 신앙의 '고유성'(Uniqueness)에 대하여 진지하지 못하기 때문이다. 김재준은 그 양 요소, 곧 동아시아 세계 종교들과 기독교 신앙 세계를 모두 깊이 알고 경험한 사람인 만큼 동양 종교와 기독교의 만남과 협동의 문제에 대한 그의 견해를 경청하는 것은 매우 의미 있는 일이다.

기독교가 이웃 종교들에 대하여 갖는 태도에 대하여 연구한 학자들의 연구 결과를 보면 대체로 세 가지 큰 입장 차이가 나타나는 것으로 범주화할 수 있는데, 배타주의적 입장, 포용주의적 입장, 다원주의적 입장이 그것이다.[12]

배타주의적 입장이라 함은 글자 그대로 기독교 이외의 다른

---

12. Alan Race, *Christians and Religious Pluralism: Patterns in the Christian Theology of Religions* (Maryknoll, New York: Orbis Books, 1982)

종교들에 대하여 배타적 입장을 취하는 태도를 말한다. 이 입장을 견지하는 사람들에게는 기독교만이 참 진리의 종교이고 다른 종교들은 비진리 종교요 심지어 우상 종교이기 때문에 대화나 협동이란 있을 수 없다. 공격적이거나 정복적 태도를 견지하면서 오로지 기독교 이외의 모든 종교인들을 심판하고 개종시키는 길만이 옳다고 확신하므로, 종교간 충돌과 종교 문명간 전쟁의 불씨를 제공할 위험을 안고 있다.

포용주의적 입장이라 함은 개인적으로 기독교를 가장 우월한 영적 종교라고 확신하면서도, 다른 종교들도 하나님의 세계 인류 경륜 속에서 자기 몫과 역할을 견지해 온 것이라고 판단하여 일단 이웃 종교들의 종교적 전통과 윤리적·미적·영적 열매를 존중한다. 더 높고 가장 좋은 종교인 기독교가 타종교를 이해하고 포용하면서 배울 것이 있는 경우 배우는 태도도 주저하지 않는다는 입장이다. 그러나 포용주의적 입장은 예수 그리스도의 십자가와 부활 사건을 통해 우리에게 드러난 '생명의 복음'이 모든 사람을 구원에 이르게 하는 능력과 의미를 지닌 보다 온전한 종교라고 믿고 고백하는 데 주저하지 않는다. 비록 역사적 종교로서의 기독교는 상대적이기도 하고 역사적 범죄와 실패를 범했던 적도 많지만, 기독교를 탄생시킨 '예수 그리스도의 복음' 그자체는 세계 인류의 다양한 종교들의 규범이 된다고 확신하는 입장이다.

다원주의적 태도라 함은, 세계 속에 존재하는 다양한 종교들, 특히 고등 종교들은 인류가 구체적으로 처해 살고 있는 지질·기후·풍토와 역사적·사회적 환경과 언어 문화적 전통 속에서 '진리 그 자체'가 다양하게 형태를 띠고 나타난 결과라고 보는 입장이다. 마치 지표 위에 아름다운 꽃들이 자연 환경에 따라 다양하게 피어나듯이, 종교의 다양성도 정신적 토양 속에서 피어난 인류의 다양한 꽃들이라는 것이다. 그러므로 성급한 우열 판단은 자기가 속한 종교의 판단 기준과 관점에서의 주관적 판단일 가능성이 크므로, 우열을 논하기보다는 각각 종교의 위대성을 인정하고 서로 배우고 협동하여 인간이 처한 구체적 문제 해결에 협동하자는 입장이다. 흔히 종교 다원주의는 "등잔의 모양과 문양은 다르지만 그 안에서 비춰 나오는 불빛은 같다"라는 말로 표현되기도 하고, 무지개의 일곱 가지 색깔은 각각 빛의 파장이 다르면서도 같은 빛의 분광이라는 은유를 사용하기도 한다.

김재준은 위에서 말한 세 가지 입장 중에서 포용주의적 입장에 선 분이었다. 물론 한 인간의 종교와 신앙적 입장을 위에서 말한 세 범주 중에서 어느 한 가지로 그렇게 단순히 구분해 버릴 수만은 없는, 심원하고 복잡한 중간 입장들과 서로 겹치는 입장들도 있다. 그러나 유형적 분류법이 빠질 수 있는 단순 논리의 위험을 우리가 충분히 감안하기만 한다면, 크게 보아 김재준의 입장이 '포용주의적 입장'이라고 말해도 큰 과오는 없을 것이다. 그는 1965년 월간 『기독교사상』지에 기고한 「비기독교적 종교에 대한 이해」라는 논문 속에서 이렇게 말했다.

요컨대 우리 한국인은 원시 종교인 무교는 논외로 하고, 유교 불교 등 기독교 아닌 타종교를 받아들인 이후만 하더라도 약 1,500년의 긴 역사를 이룩해 온 것이다. 좋든 궂든 이것이 한국인의 체질을 형성하고 있으며 한국 사회 생활의 전형(典型)을 조성하고 있는 것만은 사실이다.…… 우리 나라에 온 초대 선교사들은 이 점에서 너무 고자세였다고 생각된다. 그들은 한국인과 한국 문화를 하나의 공백(空白)과 같이 다루고 있었다. 무엇이 있었다 해도 그것은 일고의 가치도 없는 악의의 소산이라 하여 일망타진을 기도했던 것이다. 불당의 불상이나 유교의 제사를 단순한 우상 숭배로 치부하여 그 박멸을 기도했다. 유교 윤리의 초석인 '효'가 '제사'에서 추원감모(追遠感慕)의 정(情)을 표현한 것임을 미처 생각하려 들지 않았다. 이런 것들이 '거침돌'이 되어 한국인의 복음 이해에 막대한 지장을 가져왔던 것이다.[13]

1885년 제물포에 들어올 당시의 정식 개신교 선교사들은 언더우드나 아펜젤러가 모두 20대 후반의 청년 선교사들이요, 그 뒤 1900년대 전후로 한국에 들어온 선교사들도 동아시아 종교 문화의 높은 수준과 그 도덕적·종교적 업적을 이해할 수 없었다. 최고 수준의 사상들이 모두 한자로 기록되어 있어서 언어 장벽이 있었고, 일부 한문으로 기록된 문헌 자료들이 예수회 선교사들의 선구적 노력이나 철인들에 의해 번역되었지만 지극히 제한적인 것이었다. 그리고 그들이 받았던 신학 교육 자체가 서구 기독교 문화 이외에는 미신이거나 저급한 이교 문화라고 교리적으로 교육받았던 선교사 세대들이었다.

김재준은 그들이 한국에 기독교를 전할 무렵 동아시아 문화 전통 유산 일체를 공백이거나 고려할 만한 가치가 없는 것이라고 단정하고 박멸을 기도한 것은 선교 정책면에서도 큰 잘못이었다고 보았다. 특히 김재준은 '프로테스탄트 원리'라고 말하는 정신, 곧 "하나님만이 절대자이시고 그 이외 어떤 것일지라도 절대화할 수 없다"는 정신을 견지한다.

---

13. 『전집』 제7권, 341쪽.

종교란 것은 절대자 또는 절대 관계에서 성립된 것이 상례이니 만치 절대자 자신 이외의 모든 것은 상대적이라는 명제에 겸허하게 순복하기가 심히 어려울 것이다. 그래서 수다한 '거짓 절대'를 만들어 그것을 우상화하는 폐단이 있다. 가령 기독교에서 말한다면 하나님 자신만이 절대일 것이므로, 경전 신조 교리 교직 등 소위 신성하다는 모든 것은 비록 그것이 하나님과 관련되어 있다 할지라도, 그 자체들이 절대일 수는 없다는 것을 진지하게 시인하려 하지 않는 일이 많다는 것이다. 그런 점에서 기독교 윤리학자 리처드 니버가 '극단적 유일신론'(Radical Mono-theism) 또는 '일관된 유일신론'(Consistent Monotheism)을 특별히 주장한 것은 주목할 만한 일이었다. 하나님이 절대이시기 때문에 '기독교'라는 종교도 '절대'라고 믿는 데서 기독교가 다른 모든 종교들과의 '대화'를 거부해 온 것이었다고 본다.[14]

위의 인용문은 매우 중요한 사상을 내포하고 있다. 리처드 니버가 말하는 철저한 유일신 신앙을 소지한 사람은, 성경을 지극히 사랑하고 성경이 그 안에 하나님의 구원 계시가 필요 충분하

---

14. 「기독교와 불교의 대화는 가능한가?」, 같은 책, 154쪽.

게 계시되어 있는 '계시적 경전'이라는 것을 받아들이면서도, '성경 절대 지상주의'라는 '성경 책 종교'에 유폐당하지 않는 '복음의 자유'를 지닌다. 그리고 타종교와 타종교의 경전을 통해서도 '진리'가 드러나고 있다는 사실에 대하여 열린 마음으로 환영한다.

한국 개신교가 그동안 성장한 저력의 동기는, 세계 어느 나라 크리스천들보다도 한국 기독교인들이 성경을 사랑하고 성경 안에 증언되는 복음에 의해 감동받아 그 위에 신앙을 정립하고 있기 때문이다. 그러나 매우 아이러니컬하게도 한국 개신교의 신앙 행태가 교회의 양적 성장 단계를 거쳐 질적 성숙 단계로 진입하지 못하는 큰 이유 중의 하나가 성경을 절대화하는 '성경 지상주의' 때문이라고 말하면 지나친 말일까?

성경을 신성불가침한 계시적 경전으로 존경하는 마음들이 지나쳐, 성경을 '우상화'할 만큼 '성경 문자 무오설'에 빠지게 되었던 것이다. 그렇게 해석학적 이해의 눈이 경직화되고 나면, 타종교나 타종교의 경전도 진리를 가르치며 인간을 해방시키는 힘을 지닌 고귀한 경전이라고 이해하는 포용적 태도는 설자리가 없게 된다. 그 결과 타종교의 가치와 그 존재 의미를 부정하게 되고 배타주의적 정복 멘탈리티를 갖게 되어 한국 개신교는 타종교들과 문화 갈등을 겪게 된 것이다.

김재준은 '철저 유일신 신앙론'의 관철로서 타종교와 한국 전통 종교 문화 유산에 대하여 포용적 태도를 취할 것을 주장했다. 유교·불교·도교·천도교·원불교 같은 현대의 고등 종교만이 아니라, "가장 오랜 한족(韓族) 종교인 환단(桓檀) 시대의 고신도(古神道)에도 삼일신관(三一神觀)이라든지 높은 윤리와 그 수련 과정이라든지에 배울 것이 많다고 본다"[15]고 그는 말한다.

특히 환단 사상의 기본틀인 '하나'와 '만물'의 관계에 대한 이해에 주목한다. "하나를 잡으면 셋이 포함되고, 셋이 모이면 하나로 돌아간다"(執一而含三 會三而歸一)는 삼일구조(三一構造)가 기독교의 창조 신앙의 원리와 충분히 대화할 수 있고 서로 통한다고 보았다. 왜냐하면 삼일구조에서 말하는 '하나'는 단순한 하나가 아니라 기독교의 '한 분이신 창조주 하나님'에 대응하고, '셋'은 단순한 셋이 아니라 하늘과 땅과 그 수렴자인 인간을 포함한 피조 세계 전체에 대응하기 때문이다. 그리고 그 '하나'와 '셋'의 관계는 서로 떨어져 있는 것이 아니라 '하나'는 '셋'을 초월하면서도 '셋' 안에 내재하고, '셋'을 통하여 '셋'과 함께 일하고 있기 때문이다.(「엡」4: 6) 김재준은 한국 기독교 선교 2세기

---

15. 『전집』 제18권, 98쪽.

를 맞아 추구해 가야 할 신학 과제를 "한국사의 토양에 뿌리박은 한국 기독교를 발견 육성하는 일"이라고 보았다.

위와 같이 김재준이 한민족의 종교 전통에서 고백해 온 하느님 신앙에 대하여 열린 마음, 포용적 태도를 가진다고 해서 값싼 '혼합주의'라고 비방을 해서는 안 된다. 김재준은 85세 된 말년에 그가 믿는 하나님에 대하여 이렇게 고백하고 있다.

살아계신 참 하나님이 선민 이스라엘을 통하여 자신을 열어 보이시고 때가 오자 그 외아들 그리스도를 보내어 인간이 되어 인간에게서 죄와 죽음을 대속하시고 새 인간성을 창조하셔서 새 인류의 시조가 되게 하셨다. 나는 그에게서 하나님을 만났다. 삼위일체 하나님이심을 믿게 됐다. 그것은 나의 신앙 경험이 나의 신관을 그렇게 정립시킨 것이었다. 내 신앙 경험대로 고백한다면 내가 예수를 믿노라 할 때에 하나님을 믿는 것으로 되었고, 내가 믿게 됐다는 그 자체가 성령의 내주(內住)를 말하는 것이었다. 어느 한 분이 나를 부르고 사랑하신다면 동시에 세 분이 나에게 인지(認知)되는 것이었다. 그분들은 '죽은 신'이 아니었다. 살아서 나에게 응답하시고 나의 기도를 들어 주시고 나와 함께 사시는 하나님이시었다. 나는 성령의 내주를 경험했다. 맨 처음 믿기로 작정한 때에 폭포처럼 쏟아져 들어오는 성령의 하늘 위로와 기쁨, 그리고 복음 증거 때문에 사람 없는 외딴 집 독방에서 핍박자의 쇄도를 기다리던 깊은 자정(밤 12시)에 내 생명 속에 화산처럼 솟구쳐 오르던 그 형언할 수 없는 영의 기쁨이었다. 그후 오늘에 이르기까지 나는 성령 안에서 고요히 살고 있다. 오히려 살려 주심을 받고 있다. "내가 사는 것이 아니라 그리스도가 내 안에 있어서 내가 산다"는 바울의 체험처럼 비슷한 것이 내게도 조금 있다는 말이다. 한마디로 말해서 내 하나님은 살아 계신 삼위일체 하나님이란 한마디 말로 요약할 수 있겠다.[16]

김재준은 기독교인으로서 인간과 역사의 원점이자 완성점은 예수 그리스도의 부활체 안에서 보여지고 현재도 진행 중인 '하나님의 나라'라고 말한다.[17] 유동식은 김재준의 신학과 그 영성 해설의 연구 논문에서, 1980년대를 전후한 김재준의 말년의 사상에서 그 이전의 역사 참여 신학으로 특징 지어지는 그의 예언자 신학과는 사뭇 다른 차원의 모습을 주목하여 본다.[18]

말하자면 그의 신학의 폭과 관심 영역은 단순한 '역사적 시

---

16. 김재준, 『하느님의 의와 인간의 삶』 (삼민사, 1985), 279~280쪽.
17. 같은 책, 101쪽.
18. 유동식, 『풍류도와 한국의 종교 사상』, 260~270쪽.

간' 단계에서 '우주적 시간' 차원으로 넓어지고, '역사'라는 범주에 '우주 자연'이라는 범주를 융합시켰으며, 죽음 이전 차안의 삶과 죽음 이후 피안의 삶을 '전 우주적 사랑의 공동체'라는 말 속에 통전시킨 것이다. 이 같은 신학적 지평의 확대?심화는 그의 기독교 이해가 '대승적 기독교'가 되게 하는 원인이요 결과이기도 하다. 유동식은 김재준의 말년의 신학 사상의 성격을 이렇게 말한다.

그러나 80 고개를 넘어선 80년대의 장공 신학은 '장공'(長空) 본래의 성품을 따라 광대무변한 신학의 날개를 펴기 시작했다. 그는 한국 정신의 원점을 반만년 전의 환단 문화(桓檀文化)에서 찾았고, 기독교 정신이 오메가를 '전 우주적 사랑의 공동체'에서 보았다. 그리하여 80년대의 그의 설교와 강연은 언제나 환단 문화론과 전 우주적 사랑의 공동체와의 유기적 연계와 조화를 강조하는 데에 집중하였다.[19]

이제 우리는 김재준의 신앙 순례의 마지막 관심사였던 '전

---

19. 같은 책, 265쪽.

우주적 사랑의 공동체'에 대하여 이야기할 차례가 되었다.

전 우주적 사랑의 공동체와 대승 기독교론

김재준의 말년 강의와 설교 속에 자주 나오는 어휘가 '전 우주적 사랑의 공동체'인 것을 봐서도, 그 주제가 김재준의 신앙과 신학의 결승점인 것을 짐작할 수 있다. 그러나 김재준 사상의 특징은 변하면서도 변하지 않는다는 데 있다. '전 우주적 사랑의 공동체'라는 신학적 총괄 비전이 그의 생애 순례 기간중 마지막 단계인 80세 고령에 이르러서야 도달한 비전이 아니라는 말이다. 놀랍게도 '전 우주적 사랑의 공동체'라는 단어 자체와 그 전체적 입체상이 이미 그의 나이 40대 후반에 정립되고 있었던 것이다.

그 구체적 예증으로서 두 군데서 그의 말을 다시 한 번 인용해 본다. 첫째 사례는 1945년에 강의한 「기독교의 건국 이념」 서두의 말이요, 둘째 사례는 1948년 「인간성의 한계와 복음」이라는 글의 마지막 결론의 말이다.

기독교인의 최고 사상은 하나님 나라가 인간 사회에 여실(如實)

히 건설되는 그것이다. 그러나 이 '하나님나라' 라는 것을 초세 간적(超世間的) 내세적인 소위 천당이라는 말로서 그 전부를 의미한 것인 줄 알아서는 안 된다. 하나님의 뜻이 인간의 전 생활에 군림하여 성령의 감화가 생활의 전 부문을 지배하는 때, 그에게는 하나님 나라가 임한 것이며, 이것이 사회에 침투되며 사선(死線)을 넘어 미래 세계까지 생생발전(生生發展)하여 우주적 대극(大極)의 대낙원의 날을 기다리는 것이 곧 하나님 나라의 전모인 것이다.[20]

우리는 그리스도 안에서 남과 여의 사랑을 순화합니다. 그리스도 사랑 안에서 민족 사랑, 인류 사랑을 구현합니다. 우리는 그리스도 안에서 다른 모든 종교인들을 사랑하고 존경합니다. 우리는 그리스도 안에서 최후의 원수인 죽음의 권세를 이기고 부활의 영원한 생명을 체험합니다. 하나님의 사랑은 무량애(無量愛)입니다. 이 무량의 사랑 안에서 우리도 범우주적 사랑의 공동체를 이룹니다. 여기서 우리 인간성의 좁디좁은 한계선은 철거되고 하늘과 땅 어디서도 구애됨 없는 무애(無涯)의 자유인이 됩니다.[21]

---

20. 『전집』 제1권, 159쪽.
21. 같은 책, 318쪽.

'전 우주적 사랑의 공동체'라는 김재준 신앙과 신학의 결승점이자 총괄 개념은 이미 그의 나이 40대에 형성되었다. 다만 그 생각이 90 평생 가까이 살아가면서 그의 삶의 시련과 체험과 독서와 명상을 통해 더욱 구체적으로 확대·심화되었을 뿐만 아니라, 김재준에게 있어서는 그 '실재'가 단순한 추상적 관념이나 이론으로서가 아니라 아주 생생하게 감지되고 몸으로 즉증(卽證)되며 보다 또렷하게 파악되었던 것이다. 유동식은 이러한 김재준의 '전 우주적 사랑의 공동체' 사상의 확대 심화 요인으로 세 가지를 지적하는데, 테이야르 샤르뎅(Teilhard de Chardin)의 '우주적 그리스도론' 사상과의 조우, 한민족의 고대 종교 사상인 환단 문화론과의 조우, 그리고 마지막으로 한국인의 영성의 원형이요 뿌리인 '풍류도'의 체득이라고 보고 있다.[22]

유동식의 해석엔 일리가 있다. 다만 우리는 김재준의 '전 우주적 사랑의 공동체'라는 사상이 유동식이 말하는 세 가지 사상과의 만남의 결과라기보다 처음부터 그의 사상 속에 배아처럼 있던 것이 자라나서 말년에 거대한 우주목처럼 그 모습을 나타낸 것이라고 이해하고자 한다.

---

22. 유동식, 『풍류도와 한국의 종교 사상』, 273~275쪽.

'전 우주적 사랑의 공동체'는 위에서 인용한 문장 내용에서 파악할 수 있듯이 '하나님의 나라'에 대한 김재준의 다른 표현이다. '하나님의 나라'는 전체 신구약 성경의 중심 주제이며, 특히 복음서가 증언하는 바대로 예수의 복음 운동의 '핵심 주제'였다. 주님이 가르치신 기도문(주기도문)의 중심 주제도 '하나님의 나라'이다. 예수는 그의 전체 활동 목적과 하늘로부터 받은 사명과 그의 영성의 핵심이 '하나님 나라'라고 확신하고 있다.

나라가 임하옵소서. 뜻이 하늘에서 이뤄진 것같이 땅에서도 이뤄지이다.(「마」 6: 10)

위의 기도가 성서 신앙의 중심 화두이다. 그런데 전통적으로 예수의 복음이 헬라 정신 문화 속으로 퍼져 들어가면서 신구약 성경이 말하는 '하나님의 나라' 개념에 서서히 변질이 왔다. 마침내 '하나님의 나라'는 초자연적 '하늘 나라' 또는 '천당'이나 '천국'이라는 말로 대치되면서 현실적 삶을 떠난 초자연계, 신령한 영계, 죽음 이후에 들어가는 세계, 정치·경제·사회·문화와는 상관없는 순수 정신적 세계, 기독교인들만 들어가는 특별 왕국 등등의 개념으로 변질되어 왔다. 김재준은 그러한 잘못된 '하나님 나라' 이해를 바로잡기 위해서도 새로운 표현, 좀더 구체적인 표현을 사용하고 싶었는데 그것이 '전 우주적 사랑의 공동체' 라는 어휘이다.

김재준이 이해하는 '하나님 나라', 곧 '전 우주적 사랑의 공동체' 사상은 자연계와 초자연계, 개인과 사회 집단, 남자와 여자, 기독교인과 타종교인, 현재와 미래와 과거, 사람과 천사와 영물들, 역사와 자연, 물질계, 생명계, 정신계, 영계가 모두 각각의 자기 질서와 고유한 실재 차원을 지니면서도 하나로 통하고 어우러져 생성?발전하는 '전 우주적 생명 공동체' 이다. 그리고 무엇보다도, 그러한 전 우주적 사랑의 공동체를 시작되게 하고 지탱하며 끊임없는 새로움과 창조적인 것으로 채워 가는 신비한 능력은 '우주의 내재적 자연 법칙' 이거나 스스로 자기를 구성해 가는 '자연의 선택' 이 아니라 '하나님의 무한한 사랑' 이라고 보는 것이다.

"하나님은 사랑이시다"(「요 1」 5: 8)라는 성경의 최종 고백을 김재준은 다시 한 번 실존적으로 고백하는 것이다. 하나님의 정의, 심판, 선민 편애, 연단, 칭치 그 모든 것도 하나님의 '무량애' 의 한 변형 형태에 불과한 것이다. 김재준은 1986년 10월, 그러니까 그의 나이 86세요 타계하기 3개월 전에 「우주적 사랑의 공동체」라는 제목의 짧은 글을 썼다.

나는 내가 말하는 줄거리, 또는 논하는 논조의 마무리로서 거의 예외가 없을 정도로 범우주적 사랑의 공동체를 들었습니다마는, 자세한 풀이를 한 일은 없습니다. 풀이가 없어도 말 자체가 상식적으로 풀이를 내포하고 있기 때문입니다.…… 그리스도의 사랑은 위로부터 오는 성령의 생명이 신자의 심장 속에서 치솟는 생명샘입니다. 샘터가 자기 속에 있으니 다시는 목마르지 않습니다. 그것이 도덕적이니 거기에 죄악이 없습니다. 공의가 바다에 물 덮이듯 합니다.…… 우리가 세계적 사랑의 공동체, 더 나아가서는 범우주적 사랑의 공동체를 구현하기 위해서 우리의 모든 것을 바친다면 결코 부끄러움을 당하지 않을 것이며, 그 공동체 안에서 함께 영생할 것입니다. 다만 그것이 일조일석에 될 것이 아니므로 장기전을 피할 수 없을 것입니다. 중도에서 탈락한다면 싱보나는 경멸이 주어질 것입니다. "내가 누구다" 하는 사람은 위험합니다. 그는 그 생각 때문에 "아무 것도 아니다"가 되기 때문입니다. 다만 "하나님의 영광을 위하여"가 우리의 좌우명입니다.[23]

23. 『전집』제18권, 528~532쪽.

김재준은, 위에서 말한 대로 '전 우주적 사랑의 공동체' 라는 주제가 그의 전 논설의 줄거리요 마무리라는 것을 스스로 밝히고, 그 사상이 결코 어려운 신학적 사변 체계가 아님을 강조한다. 「요한복음」 제4장 14절의 수가성 샘터에서 사마리아 여인에게 처음으로 말씀한 예수의 저 유명한 말, "내가 주는 물을 마시는 자는 영원히 목마르지 아니하리니 내가 주는 물은 그 속에서 영생하도록 솟아나는 샘물이 되리라" 는 말씀을 간접 인용한다. 사마리아 수가 샘터에서 예수께서 하신 "그 안에서 영원히 솟아나는 샘물" 이라는 말씀을 특별히 간접 인용하는 이유는 '전 우주적 사랑의 공동체' 는 특권 사제들과 제도적 교회의 권위가 주도하는 율법적 세계도 아니요, 최후 심판이 무서워 억지로 계명을 지키는 타율적 도덕주의 세계가 아니기 때문이다.

'전 우주적 사랑의 공동체' 에 참여하는 자들의 사회는, 하나님의 사랑의 힘 안에서 '거듭난 사람들' 의 자율적인 봉사와 협동, 정의와 사랑이 입맞추는 신율적 공동체이기 때문이다. 이 우주적 사랑의 공동체 구현을 위해서 바치는 모든 노력과 땀은 하나도 잃어지지 않고 다 그 열매를 거두며, 이 우주적 사랑의 공동체의 영원한 생명과 함께, 그 나라의 형성에 동참하는 모든 사람도 죽지 않고 영원히 산다.

'전 우주적 사랑의 공동체' 로 표현되는 김재준의 '하나님 나라' 이해는 전통적인 보수적 기독교 사상가들의 복음 이해 또는 하나님 나라 이해와 큰 차이가 있음을 알 수 있다. 전자를 구별 상 '소승적 기독교'라 부르고, 후자 곧 김재준의 기독교 이해를 '대승적 기독교'라고 구별하여 대조하고자 한다.

소승적 기독교는 구원받을 사람이 숫자상 제한되고 선택받은 무리들뿐이라고 보는 데 반하여, 대승적 기독교는 전 우주 만물과 모든 사람들이 궁극적으로는 구원받는다는 신념을 갖는다. 소승적 기독교는 초자연계와 자연계를 엄밀하게 분리시키고, 종교는 초자연계, 곧 '성'의 세계에만 전적으로 관심을 둔다고 보는 데 반하여, 대승적 기독교는 성속일여(聖俗一如)를 궁극적 구원의 실현이라고 본다. 소승적 기독교는 현실적 역사 세계는 순례자가 임시로 거하는 정거장 정도로 보지만, 대승적 기독교는 역사적 현실 세계는 하나님의 나라로 변질시켜 가야 할 소재라고 본다. 소승적 기독교는 피조 세계를 태초에 단 한 번 완성된 것으로 보지만, 대승적 기독교는 하나님의 뜻이 그 안에서 성육해 가는 창조적 과정이라고 본다.

소승적 기독교는 구원이란 개인 영혼의 구원이라고 보는 데 반하여, 대승적 기독교는 몸으로서의 전인적 구원이요 개인 구원과 사회 구원은 분리할 수 없다고 본다. 소승적 기독교는 구원을 '역사로부터의 구원' 개념으로 이해하지만, 대승적 기독교는

'역사의 구원'을 궁극적으로 추구한다. 소승적 기독교는 종말에 현존하는 우주 대자연이 파국으로 끝날 것이라고 믿지만, 대승적 기독교는 영광스럽게 변화할 것으로 믿는다. 소승적 기독교는 타종교와 한국 전통 문화가 하나님과 관련 없는 이교적인 것이라고 배타하지만, 대승적 기독교는 그것들이 모두 하나님의 경륜과 손 안에서 일어난 것이라고 포용한다.

위와 같은 김재준의 대승적 기독교 이해는, 20세기의 세계적 대신학자 칼 바르트, 폴 틸리히, 라인홀드 니버 형제, 본회퍼(Bonhöffer), 과정신학자 존 캅(John Cobb jr.), 그리고 예수회 신부 테이야르 샤르뎅의 기독교 이해 입장과 큰 틀에서 견해를 같이 한다.[24]

---

24. Karl Barth, *Church Dogmatics*, III/2 (Edinbour, T.&T. Clark,1960); Paul Tillich, *Systematic Theology*, 3 vols. (University of Chicago, 1953); Teilhard de Chardin, *Christianity and Evolution* (New York: Harper & Row, 1965); John Cobb, Jr., God and the World (The Westminster Press, 1974).

에필로그: 김재준 목사의 초상화들

지금까지 우리는 김재준 목사의 입체상을 그 시대별로 간추려 파악해 보려고 노력했다. 그러나 그 자신이 말한 대로 인간 그 자체가 가장 심원한 의미에서 신비요 우주 자체이기 때문에, 한 인간 영혼의 지성소를 들여다본다는 것은 불가능하다. 예술 작품의 이해란 결국 감상하는 자의 이해의 능력만큼만 작품의 위대성이 드러나 보일 뿐이다. 아무리 위대한 예술 작품일지라도 그것을 감상할 미학적 능력이나 감수성이 약한 사람에게는 그 전모가 다 이해될 리 없다.

마찬가지로 예술가의 예술 작품보다 더 신비한 하나님의 작품, 김재준 목사라고 하는 위대한 한 인격의 전모를 총체적으로 완전히 파악한다는 것은 필자의 능력 한계 때문만이 아니라 인격 세계를 이해하는 해석학적 원리상 불가능하기에, 그 결과는 언제나 부분적이고 제한적이고 주관적이고 간접적이다. 한 인물에 대한 '평전'이란, 비유하건대 화가가 한 인물에 대한 초상화를 그리는 일과 유사한 일이라 할 수 있다.

인물화 중에서도 초상화는, 화가의 눈에 비친 대상 인물의 내면적 정신 세계를 어느 일정한 앵글에서 잡아 화폭 속에 그려 내는 일이다. 사실 그대로 영상 처리되는 증명 사진과 초상화가 전혀 다른 이유가 거기에 있다. 다시 말하면 한 인물에 대한 초상화는 화가에 따라서 여럿일 수 있다. 각각 다른 특징을 지닌 초상화들은 모두 특색이 있으나, 그 모두는 그 한 인물을 묘사하고 있다.

마지막으로, 미술가의 초상화는 아니지만, 각각의 앵글에서 아주 인격적으로 가깝게 김재준 목사를 대면해서 만나고 경험했던 여러 사람들의 짧은 인상적 진술들을 모아서 '모자이크' 같은 초상화를 한 장 그려 보려 한다.

김재준 목사가 "진정한 내 형제"라고 부르는 만수 김정준 박사는 한국신학대학이 가장 어려웠던 시절 학장으로서 학교를 지켜 냈던 경건한 학자요 "신학적으로 한신의 건학 정신을 끝까지 주장하고 지키고 후배에게 전하려고 최후의 일각까지 충성한",[1] 김재준의 후배 동역자였다. 김정준 박사는 그가 한국신학대학 학장으로 봉직하던 시절(1970~1975) 다섯 권으로 펴낸 『장공전집』서문에서 김재준을 이렇게 묘사하였다.

듣는 순간만의 감명보다 줄기찬 감격으로 우리를 고혹시켜, 읽고 또 읽고 더 읽게만 하도록 글을 쓰는 사람. 문장이 아름답고

---

1. 『전집』 제15권, 458쪽.

매끈해서가 아니라, 낡은 것의 허점을 찌르고 잘못된 것을 '뽑으며 파괴하며 넘어뜨리는' 폭발력을 가진 글을 써 온 사람. 항상 역사의 수평선 저 너머 영원에다 눈길과 손길을 잇대어 장차 올 새로운 아침을 기대하고 그것을 기다리도록 70 평생을 끊임없이 글을 쓰고 있는 사람. 보수와 진보 어느 하나에도 자기 발을 붙이지 않는 진보적 보수주의, 보수적인 진보주의 사상을 글귀마다 펴 나가는 폭넓은 진리의 탐구자. 신앙과 윤리, 교회와 사회, 신학과 철학, 전통과 혁신의 테두리를 자유스럽게 넘나드는 자유의 탐구자. 이런 진리와 자유에서도 높고 깊고 폭넓은 대화를 주고받을 수 있는 사람. 그의 생활과 사상이 높고 넓고 푸르고 긴 창공 같아, 사람들이 그를 장공(長空) 선생이라 부른다.[2]

김재준의 뛰어난 문필력과 예언자적 교사로서의 사명을 잘 묘사하고 있으며, 특히 그를 "진보적 보수주의, 보수적 진보주의 사상을 글귀마다 펴 나가는 폭넓은 진리의 탐구자"라고 표현한 대목이 인상 깊다.

한국 신약학계의 원로인 일찍이 신약학으로 박사 학위를 받

---

2. 김정준, 『장공김재준목사전집』서문 (한국신학대학 출판부, 1975)

은 바 있던 전경연 박사의 이야기를 들어보자. 그는 연세대학교 교수로 청빙될 기회가 주어졌을 당시 김재준 목사의 삼고초려의 정성을 받아들여 당시 교수 대우가 연세대보다 형편없던 한국신학대학 교수 초빙을 수락하여 김재준과 함께 평생 한국신학대학 신학 교육을 위해 헌신한 학자였다.[3] 그 누구보다도 신학자로서의 김재준의 진면목을 곁에서 가장 정확히 지켜볼 수 있었던 분이 전경연 박사인데, 그는 지금까지 김재준에 대한 연구 논문 중 가장 무게 있는 업적을 남긴 학자이기도 하다.

그의 신학의 순례는 칼빈, 와필드, 하지, 바르트, 브루너, 라인홀드 니버, 리처드 니버, 벨자에프, 베닛, 틸리히, 하크니스와 많은 실존주의 사상가 등 그가 영향을 받지 않은 현대의 사상가들이 적지만, 그 어느 하나에 낙착하여 거기에 큰 체계의 건축을 시도하지 않고, 변천하는 시대와 함께 걸어가며 그 가운데서 시대의 문제들을 해결하고 그 시대가 필요로 하는 증언을 한 데 지나지 않는다.…… 그것은 기독교의 가장 근본적인 것을 확실히 보유하면서 자유하는 복음을 천명한다. 그 근본적인 것과 시대

---

3. 『전집』제13권, 319쪽.

적인 것, 계시와 문화와의 분간을 혼동하지 않고, 언제나 시대에 앞서면서 시대를 포섭하는 그리스도의 마음을 이해하고, 성서를 다시 보자는 노력 ─ 무슨 그 비슷한 방향이었다.……

그는 무슨 개론, 무슨 원론 같은 것을 쓰지 않았다. 오직 단신 빛의 붓끝으로 우러나오는 정직한 고백을 적어서 내던짐으로써 어둠의 물결을 막아 내는 사명을 다하였다. '영원한 신학'을 찬란하게 세우려고 하지 않았다. '길'의 사람으로서 비판하고, 증언하고, 항의하고, 재해석을 내렸을 뿐이다.[4]

전경연은 "학문이란 지식의 축적이 아니라 결단이요 진실의 추구"라고 강조하는데, 이러한 진실한 학(學)의 추구를 위하여 필수불가결한 자유의 확보를 위해 김재준은 한 시대의 아들로서 역사적 현실에서 "결연하게 결단을 내린 분"으로 소개한다. 특히 신학을 '학문 체계화' 하지 않고 "신학의 순례에 있어서 학의 체계화란 것을 두려워하고 반항했던 분"[5]으로 기억하는 점이 매우 인상적이다. 왜냐하면 한국 기독교계 보수 신학 진영이나 진보 신학 계열이나, 영원히 역동적이어야 할 신학을 '정통주의 신학

---

4. 주재용 엮음, 『김재준의 생애와 신학』 (서울: 풍만출판사, 1986), 40~41쪽, 47쪽.
5. 같은 책, 40쪽.

체계' 또는 '신정통주의 신학 체계'로 고정화시켜 안정을 취하려는 유혹을 오늘도 끊임없이 받고 있기 때문이다.

한국의 감리교 신학자요 대표적 문화 신학자로서 수많은 명저를 남긴 유동식 박사는, 문화 신학이라는 시각에서 김재준의 심정과 사상을 가장 잘 이해하고 있는 분 중의 하나라고 정평이 나 있다. 유동식은 1930년대에 이미 초석이 놓여진 한국 신학의 세 갈래 흐름을 박형룡을 대표적 상징 인물로 삼을 수 있는 '근본주의적 교리적 신학', 김재준을 대표로 하는 '진보주의적 역사적 신학', 그리고 감리교계의 정경옥을 상징 인물로 하는 '자유주의적 실존적 신학' 흐름으로 나눈 바 있다.[6] 유동식은 김재준을 "복음에 의한 민족 선교 또는 민족 목회자"라고 평한다.

일제 치하로부터 해방된 한국은 다시 6·25 동란의 비극을 겪고, 계속되는 독재 정권 밑에서 국민의 인권이 억압되는 비운의 역사를 살아왔다. 이러한 격동기에 처해 있는 한민족을 향해 기독교의 선교는 마땅히 구원의 손길을 펴야 하는 것이다. 복음에 의한 민족 선교 또는 민족 목회를 담당해야 하는 것이 교회이다.

---

6. 유동식, 『한국 신학의 광맥』 개정판 (다산글방), 165~176쪽.

이러한 자각을 가진 전형적인 신학자요 목회자는 장공 김재준이었다. 장공의 삶과 사상의 전개는 세 시기로 구분하여 볼 수 있다. 첫째는 복음의 자유를 위해 투쟁하고, 교회의 자립을 위해 신학 교육에 전념하던 해방 전후의 시기이다. 둘째는 박정희 정권을 전후한 독재 정권 밑에서의 민주화 투쟁을 통해 민족을 목회한 시기이다. 셋째는 민족의 뿌리를 찾고, 우주적 사랑의 공동체를 바라보며 그의 행보를 옮기던 만년의 삶이다.[7]

유동식의 김재준 해석에 있어서 특유한 점은, 그를 '민족의 목회자'라고 감히 부르기를 주저하지 않는다는 것과, 그의 사상이 공헌한 점을 장로교 계통에서 드물게도 기독교 사상과 한국 사상의 창조적 접목을 시도하려 했던 학자로 높이 평가한 것이다. 개혁파 신학 전통에서 보면 '신학적 이탈'이라고 부를 만한 행보를 서슴지 않고 민족과 민족 문화를 복음의 큰 품으로 껴안으려 했던 '민족의 큰 목회자'로 본다는 점이 주목할 만하다. 구체적인 개교회를 통해 목회할 수도 있지만, 한국 전체를 자기의 교구라고 생각하고 백 년 후의 미래 수확을 바라보면서 선교의

---

7.   같은 책. 231~232쪽.

'큰 그물'을 던지는 신학자도 목회자일 수 있다는 점을 지적하는 말이다.

한신대학에서 평생 동안 교회사를 가르치고 은퇴한 김재준의 두 제자 이장식과 주재용은 김재준을 한국의 보수주의자들이 잘못 이해했다고 진단하였다. 이장식 교수는 한국 신학 교육 과정에서 어차피 한번 홍역처럼 거쳐야 할 진통을 김재준이 감당한 것이라고 보며, 주재용 교수는 한국의 보수 신학계가 '자유주의 신학'과 '신정통주의 신학'을 혼동하거나 같은 범주로 곡해했다고 보았다. 두 사람의 짧은 평을 순서대로 들어본다.

장공의 신학 교육의 생애가 이렇게 험준하였던 까닭은 한국 교회 신학계가 아직 미개척 상태였기 때문이며, 종교의 경전에 대한 재래적인 형식적 존경과 유교적 권위주의가 기독교 안에 옮겨졌기 때문이었다. 한번은 겪어야 할 돌풍인데 누구보다도 장공이 이 돌풍에 대치해 나갈 수 있는 가장 큰 거목이었고, 그래서 그 거목은 결국 한 번 꺾였다. 후배로서 우리는 존경과 감사를 그에게 드려야 한다.[8]

---

8. 이장식, 「신학 교육에 나타난 김재준의 사상」, 주재용 엮음, 『김재준의 생애와 사상』(풍만출판사, 1986), 284쪽.

한국 기독교 신학사에 있어서 그의 위치는 분명히 보수 정통주의 신학에 대한 도전에서 찾아지는 것이다. 그러나 그는 한국 보수주의 신학자들이 지금까지 계속해서 평하듯 '자유주의 신학자'는 아니다. 그는 분명히 자유주의 신학의 한계점을 인식했으며, 동시에 보수 정통주의 신학이 막다른 골목에 이른 것도 인식하고 있었다. 그는 한국 교회에서의 신학 논쟁이 "정통주의 대 자유주의가 아니라 정통주의 대 신정통주의"였다고 말하면서 한국의 정통주의 신학자들은 신정통주의 신학과 대결하면서도 자기들의 상대방이 '자유주의 신학'인 줄로 잘못 알고 "돈키호테식의 용기"를 부렸다고 지적하고 있다.[9]

김재준의 제자이며 소장 신학자인 손규태는 김재준이 북미주에서 민주화 운동을 펼칠 때 독일을 중심으로 한 민주화 운동의 고리 역할을 하면서 김재준을 가깝게 모신 제자요, 강신석 목사는 '5·18 광주사태' 현장에서 김재준의 제자로서 신앙적 증언의 삶을 살았고, 김재준이 캐나다에서 귀국한 직후 김재준의 특별한 요청으로 '광주의 민주 투쟁 현장'을 안내했던 목사이다.

---

9. 주재용, 「한국 기독교사에 있어서 김재준의 사상적 위치」, 『김재준의 생애와 사상』, 205쪽.

그들은 각각 이렇게 김재준을 말한다.

우선 장공 김재준은 인간적으로 강직하고 청렴결백한 성품의 소유자였다. 그것은 그가 청년 시절에 읽은 독서의 방향과 거기에서 내린 결단들에서도 잘 반영된다.…… 따라서 어떤 지위나 권력이나 금력을 얻기 위해서 일한 적이 없었다. 둘째, 장공은 자유 정신의 신봉자였다. 그는 이미 일본 청산학원 유학 시절을 회상하면서 거기에서 경험한 자유 정신을 잊지 않고 있었을 뿐만 아니라 그것을 일생 동안 삶의 가치로 알고 살아왔다. 셋째, 그는 열렬한 진리의 증언자였다. 그는 장로교 안에서 전개되던 추악한 교권 싸움과 한신대 내부의 싸움에서도 권력과 금력과 관련된 문제들에서는 몸을 뒤로 뺐지만, 진실을 밝히고 말하는 일에서는 한 치의 양보도 하지 않았다. 그런 의미에서 그는 진리의 증언자였다. 넷째, 장공 김재준은 진리의 증언자였을 뿐만 아니라 진리의 탐구자이기도 했다.[10]

그는 성서의 재발견을 통하여 성서 문자 무오설에 매여 있던 말

---

10. 손규태, 『개신교 윤리사상사』 (대한기독교서회, 1998), 347쪽.

씀의 새로운 의미를 깨닫게 해 주었으며, 그러한 작업을 통해 그 말씀의 기초 위에 서야 하는 교회의 본질과 갱신의 근거를 제시함으로써 한국 교회의 교권주의, 개교회주의, 물량주의를 극복할 수 있게 해 주었으며, 마지막으로 그 교회가 발을 딛고 말씀을 선포해야 하는 이 세상의 의미를 신학적으로 새롭게 인식함으로써, 이 세상 속에서의 기독교의 역할과 사명을 한국 교회가 감당하고 나가야 한다는 것을 일깨워 주었다.[11]

김재준의 인간됨을 입체적으로 이해하려 할 때, 그가 남긴 학문적·사상적 업적 못지않게 어쩌면 더욱 중요한 면이 그의 인격에 직접 부딪친 사람들의 인상기일 것이다. 비유하건대 김재준이라는 인간의 초상화에서 사상면은 붓으로 터치한 선(線)이라고 한다면, 개인의 인상기는 초상화의 색채라고 할 수 있다. 아래에서 그런 다양한 초상화의 색채들을 감상해 보기로 한다.

먼저 은진중학교에서 사제지간의 관계를 맺은 후 경동교회와 기독교장로회 그리고 세계교회협의회와 크리스찬아카데미 등을 통하여 가장 가까운 불가분리적 인간 관계를 맺고 살았던

---

11. 강신석, 「한국 교회사의 맥락에서 본 김재준의 사상」, 『김재준의 생애와 사상』, 177~178쪽.

강원룡은 스승을 회고하면서 은진중학교 시절의 김재준을 이렇게 회상한다.

그 당시 그는 순교자에 대해 집중적인 연구를 하고 있었는데, 그를 통해서 만나게 된 기독교는 그때까지 내가 알고 있던 것과는 아주 다른 것이었다. 그는 성경을 해석하면서도 그것을 씌어진 그대로 받아들이는 것이 아니라, 어떤 배경에서 이런 입장이 들어왔다든가, 이런 것은 결코 기독교 신앙의 본질이 아니라 당시의 상황에 의한 것이라는 등 합리적이고 자유로운 견해를 보였다. 김재준 선생님은 또 성빈생활(聖貧生活)을 몸소 실천하고 계셨다. 당시 그는 한 달에 70원의 봉급을 받았는데, 그 중 22원만 쓰고 나머지는 모두 고학하는 학생들의 뒤를 보살피는 데 쓰고 있었다. 그가 다 떨어진 옷을 꿰매 입고 다니던 모습은 지금도 생생히 기억난다.…… 나는 그를 이해하고 받아들이면서 「마태복음」 11장 25절에 나오는 "무거운 짐 진 자들아 다 내게로 오라. 내가 너희를 쉬게 하리라"는 구절처럼 내가 그동안 지고 있던 무거운 짐이 나로부터 떨어져 나가는 듯한 해방감을 느꼈다. 돌멩이처럼 굳어 있던 나의 보수적 신앙이 깨지기 시작한 것이다. 내 중학 시절에 있어서 김재준 선생님과의 만남은 사상적으로 가장 중대한 사건이었다.[12]

강원룡 목사와 더불어 김재준을 가깝게 모신 제자들이 많지만, 그 중에서도 아마 가장 가까이서 가장 오랜 세월 모시며 대화하며 함께 고민하고 울고 웃은 이가 있다면 이상철 목사일 것이다. 이상철 목사는 김재준의 제자일 뿐 아니라 둘째딸 김신자를 아내로 맞아 사위가 된 이요, 한국인으로서 캐나다 연합교회 총회장이 된 분으로, 김재준이 북미주에 10년 거주하면서 민주화 통일 운동을 할 때 늘 김재준과 함께하던 분이기 때문이다. 이상철 목사가 김재준을 스승으로서 장인으로서 민족의 어른으로서 진리 탐구의 사표로서 다음과 같이 그의 인상을 말하는 것은 매우 귀담아 들을 만한 증언이다.

어느 학생이 김재준 목사에게 "김 목사님의 강의는 쉽고 명백하게 알아들을 수 있는데 왜 다른 어느 신학자의 강연은 산만하기만 하고 알아들을 수가 없습니까?" 하고 얘기했더니 김 목사님이 재미있는 대답을 해주셨다. "사물을 보는 사람의 자세에 두가지가 있다. 어떤 사람은 세상을 작은 창구멍을 통해 보고, 다른 사람은 발코니에 올라가서 활짝 열린 세계를 내려다본다"는

---

12. 강원룡, 『빈들에서(1)』, 63~64쪽.

것이었다. 김재준 목사님을 오래 접촉해 보면서 그분은 분명히 세계를 발코니 위에서 바라다보는 시야를 가지고 있었다고 실감하게 되었다. 기독교에 대한 그분의 이해도 어느 한 신학자의 렌즈를 통해 보는 것이 아니고, 다양한 신학적 입장들을 비판 수용하면서 자신의 신학적 입장을 정립하는 지혜를 가지고 있는 분이었다. 특히 장공 옹은 그의 삶 속에 짙게 아로새겨진 유교나 도교의 깨달음을 버리지 않고 기독교를 모든 진리와 문화를 축복하는 창조주의 넓은 품같이 받아들이는 분이라고 느껴지곤 했다. 그의 이와 같은 신학적 입장은 앞으로 두고두고 파헤쳐서 정리해 볼 만하다고 생각이 든다. 그러나 그의 미묘한 샬롬의 세계는 그가 남긴 신학적 서술이나 글을 통해서도 어느 정도 정리가 될 수 있겠지만, 그보다는 그의 구체적인 삶의 이 구석 저 구석을 살펴보면서 그의 향취와, 조용하면서도 격동하고 있는 그의 생명의 호흡을 느껴 보는 접근 방법을 통해 더 짙게 이해가 될 수 있을 것 같다.[13]

한국 기독교계 원로 목사 중 한 분이고 초동교회를 목회하다

---

13. 이상철, 「온 세계를 마음에 품고 사신 분 — 장공 회상(24)」, 『세계와 선교』 제144호 (한신대학교, 1994), 11쪽.

가 모교의 학장으로 부름받아 한국신학대학 학장(1976~1980)직에
도 봉사하였던 조향록 목사도 김재준의 애제자이다. 그도 김재
준과의 일평생 사제 관계의 인연을 이렇게 술회한다.

김재준 목사로부터 배운 성서 입문 교육은 내 신앙 이해의 재출
발이 되었다. 그리고 내 신학 이해의 새 출발이 되었다. 그러므
로 내 신학과 신앙의 스승은 김재준 목사 한 분이라고 해도 틀
린 말이 아닐 것이다. 신학원 졸업 후 나와 김 목사님의 사제 관
계는 변함없이 이어졌다. 그렇다고 김 목사님이 내 취직의 길을
찾아 주었거나 내 삶을 보살펴 주었거나 가르침을 준 것은 아니
었다. 그분이 내 개인의 인생길에 꼭 한 번 관여했던 일은 신부
감을 소개해 준 일이었다. 그러나 그것도 성공하지 못했다. 그
러나 김 목사님은 신앙 이해의 재출발, 신학 이해의 첫 출발을
눈뜨게 해 준 것뿐만 아니라, 인생에서도 언제나 스승이었다. 나
는 그분을 인생 전반의 스승으로 모시게 된 것을 과분한 축복으
로 생각하며 늘 감사 드린다.[14]

---

14. 조향록, 『八十自述, 上』(신지성사, 2000), 102~103쪽.

1970년대에 한국의 민중 신학을 일으켜 세계 신학계에 큰 반응을 일으키고, 그 자신 한국의 민주화 운동 과정중 교수직에서 해직당하고 감옥 생활을 해야 했던 안병무 박사는 김재준의 은진중학 제자이기도 하다. 그는 또 다른 측면에서 김재준의 가장 깊은 마음을 읽고 있는 학자이다. 안병무는 한신대학교 신약학 교수로서 공헌했고 '한국신학연구소'를 창설하여 한국 신학계의 학문적 진전에 큰 이정표를 만들었다. 안병무는 김재준에 대한 회상 속에서 이런 말을 남기고 있다.

해방 전에는 한두 번 일본에 오가는 길에 그를 찾았을 뿐 긴 단절이 있었다. 해방과 더불어 상경한 나는 먼저 장공을 찾았다. 그는 나를 '어른'으로 깍듯이 대해 주어 대담다운 대화가 가능했다. 나는 그때 시작하다 만 철학을 계속할 생각이 없고 사회과학에 관심하면서 경제학과 사회학 사이에서 망설이고 있었다. 말 없이 수염 없는 턱만 한참 쓰다듬던 그분은 이렇게 응수했다. "내가 이제부터 새롭게 공부를 시작할 수 있다면 역사 내지 역사 철학을 하겠오." 이것이 약간 나를 의아하게 했다. 그래서 "신학 하신 것을 후회하신단 말씀인가요?"라고 했더니 그는 "신학을 한 덕으로 이런 결론에 도달했는지 몰라.…… 그러나 신학 자체는 결국 도그마에 부딪히거나 그것에 거점을 두는 것

이기에 나는 그것이 싫다"라고 솔직한 심정을 털어놓았다. 그때 그는 토인비를 탐독하고 있었다.[15]

위의 이야기 중에 특히 평생 신학자로서 신학을 했고 신학 교육에 평생 헌신한 김재준 자신의 "신학 자체는 결국 도그마에 부딪히거나 그것에 거점을 두는 것이기에 나는 그것이 싫다"라는 심경 토로는 깊이 음미하지 않으면 크게 오해하기 쉬운 말이다. 김재준은 살아계신 하나님과 예수 그리스도의 무한 사랑의 역동성을 신학 이론 체계나 도그마에 고착시키려 한다든지 제한하려 드는 신학의 경향성을 저항하고 비판한 것일 뿐, 그가 귀의한 기독교 신앙 자체가 참된 의미에서의 '교의'(Dogma)를 이미 내포하고 있기 때문이다.

이우정 교수는 김재준의 사랑받던 애제자로, 한국신학대학 시절 신약학 교수로서 봉직했으며 1970~1980년대 민주화 운동 과정에서 많은 고생을 했고, 한국 여성 사회의 대표적 지도자 중 한 사람으로서 세인의 존경과 사랑을 받는 분이다. 이우정은 「선생님이 남기신 인상」이라는 회고담 속에서 이렇게 말하고 있다.

---

15. 안병무, 「장공 선생」, 『세계와 선교』 제124·125호 합본호(1991), 10쪽.

장공 김재준 목사님은 자연과 더불어 사신 분이라는 인상을 강렬하게 풍기신 분이다. 흔히들 자연을 객관화하고 관상의 대상이나, 착취의 대상으로 여기는데 장공 선생님은 자연의 일부가 되어, 자연이 곧 자신이 삶의 일부인 것처럼 자연에 대한 친밀감, 사랑, 때로는 두렵고 경건한 마음을 가지시기도 했다.……장공 선생님은 그 자연 속의 한 그루 거목과 같으신 분이라고 나는 생각한다. 가지 잎이 무성하여 사람들이 편안한 마음으로 그 그늘에서 쉬고 갈 수 있게 해 주신 분이시다. 그분의 외모는 별로 위풍당당한 데가 없다. 오히려 초라한 편이다. 물질적으로 별로 여유 있는 생활을 못하신 그분은 옷차림도 초라한 편에 속하는 셈이다. 그러나 그분의 인품과 마음은 항상 넉넉한 여유를 가지고 계셨다. 오는 사람 막지 않고, 가는 사람 억지로 붙잡지 않는 유연함이 있으셨다.[16]

박형규 목사의 다음과 같은 증언은 김재준이 늘 피동적인 사람인 것이 아니라, 어떤 때는 적극적으로 행동하는 지성인이었음을 잘 보여준다. 박형규 목사는 1973년 4월 '남산 부활절 연

---

16. 이우정, 「선생님이 남기신 인상」, 『세계와 선교』 제123호(1990), 9쪽.

합 예배' 사건의 중심 인물이요 군부 독재와 투쟁하던 재야의 지도적 인물 중 한 분임을 세상이 다 알고 있다. 그는 한국기독교장로회 총회장직을 역임하기도 했는데, 그가 50대 초반 시절인 1967년 박정희 정권은 3선 개헌을 추진하려고 여론을 부추기고 있었다.

그때 나는 『기독교사상』의 주간으로 있었다. 많은 지식인들이 이 문제(3선 개헌 문제)에 대해 입을 열려고 하지 않을 때였다. 하루는 장공이 내 사무실로 찾아왔다. 김 목사님이 직접 사무실로 찾아오는 것은 흔한 일이 아니었기에 나는 약간 당황했다. 장공은 "박정희가 아무래도 3선 개헌을 해서 영구 집권을 도모하는 것 같다. 지금 이를 저지하지 않으면 우리는 얼마나 오래 군부 독재하에서 살아야 할는지 모른다"고 하시면서 나더러 잡지를 통해 개헌 반대를 하라는 것이었다. 그리고 푸념 비슷한 말씀을 하셨다. 오랫동안 제자를 길렀는데 막상 이런 위기 상황에 처해서는 자기의 뜻을 따르는 사람이 없더라는 것이었다. 나는 묵묵히 듣기만 하다가 어딘가 비애가 감도는 장공의 얼굴을 바라보았다. "내 알겠습니다. 힘 자라는 대로 해 보겠습니다"고 대답하는 내 말을 듣고 장공은 입가에 그분 특유의 잔잔한 미소를 지으시면서 자리에서 일어나셨다.[17]

좀더 인간적인 김재준의 면모를 전하는 강신정 목사와 서도섭 목사의 증언을 들어보면, 진리 증언에 있어서는 '예'와 '아니오'를 분명하게 하시는 분이지만, 대인 관계에 있어서는 가급적 화해를 추구하고 마음에 서운함이나 악감정을 오래 간직하지 않고 다 풀어 버리고 살아가셨던 면모를 읽을 수 있다. 다음에 인용한 앞부분은 기독교장로회 총회장을 지냈던 강신정 목사의 증언이고, 뒷부분은 서도섭 목사의 증언이다. 강신정 목사의 증언은 1959년 전후 한국신학대학에서 발생한 소위 '애자 사건'과 관련된 이야기고, 서도섭 목사의 증언은 1970년대 전후 늘 정보원이나 북부경찰서 감시를 받던 시절의 이야기이다.

장공이 적십자병원에 입원해 있으면서 김정준, 조선출을 불러 "그때 내가 너무 소심하고 옹졸해서 도의적인 책임을 지고 나서지 못해서 더 큰 고통을 겪게 한 것을 많이 후회했소. 도리어 자기 변명의 해명서 내기에 급급했으니 부끄럽기 한이 없소. 마음에 두지 말고 용서해 주기를 바라오"라는 뜻의 말씀을 하셨다는 말을 듣고, 나는 역시 장공은 목사 중의 목사란 생각을 했다.[18]

---

17. 박형규, 「장공과의 만남: 그 회상」, 『세계와 선교』 제127호(1991), 12쪽.
18. 강신정, 「장공과 나, 에피소드 몇 가지」, 『세계와 선교』 제135호(1992), 12쪽.

그 어르신은 기관원을 따돌리려고 하지 않고 품에 안고 다니셨다. 버스를 타고 귀가하실 때 오히려 기관원에게 "고충이 많지? 지혜롭게 처신해!" 하셨다 한다. 귀가하신 것을 확인하고 돌아가려는 기관원에게 "들어와 차 마시고 가라" 하시며 사모님에게 차를 끓여 오도록 하셨다. 때로는 신문사에 보낼 원고의 교정을 부탁하여 결과적으로는 그 말단 기관원의 보고 자료를 얻게 해 주시기도 했다.[19]

한국 구세군 부령을 지낸 장형일 목사는 한국 구약학계의 중진 학자 한신대 장일선 교수와 배재대 장춘식 교수 두 아들을 구약학자로 키워 내고, 본인도 말년에 이르기까지 학구열을 보인 학구파 원로 목사이다. 그는 본래 구세군사관학교를 졸업하고 1943년 목사 안수를 받아 평생 구세군 지도자로서 많은 공헌을 한 분이다. 1946년 장형일 목사는 다시 향학열에 불타 조선신학교의 송창근, 김재준 목사의 문하에서 새로운 학풍의 신학 공부를 하게 되어 김재준 목사와 사제 관계를 맺게 된다. 그는 은사 김재준 목사에 대하여 이렇게 말하고 있다.

---

19. 서도섭, 「가운이 필요치 않은 분」, 『세계와 선교』 제 137호(1993), 10쪽.

나의 오늘날 나됨은 그에게 의지한 바 크다. 나는 『사상계』의 영구 독자로서 전부 다 보관했는데 함석헌의 영향도 컸다. 김 목사님은 "작은 것은 큰 것에 견주어서 생각하라" 하셨다. 나의 분수를 깨우쳐 주신 것이다. 그가 미국에서 고학중 식당 요리 여자의 신경질을 받아 주면서 냄비를 팽개치면 다시 주워다 주면 다음 번에는 그녀가 사과했단다. 그녀의 주장은 언제나 "Everything is always its own place. 사물은 언제나 늘 제 자리에 있어야 한다"고 했다. 그는 그런 심정으로 사신 것이다.……구세군은 푸른, 붉은, 노란색의 군기를 쓴다. 푸른 것은 하나님의 성결, 붉은 것은 그리스도의 보혈, 황은 성령의 감화를 상징한다. 김 교수는 전신전령(全身全靈)이 하나님의 성결과 그리스도의 보혈과 성령의 능력에 힘입어 온전히 거룩하여 거룩한 삶을 살았기에 그런 창작적 생명력을 보는 이의 심혼을 변개시키는 역사로 활용되었을 것이다. 그는 나의 일부가 아니라 전부이다. 새해 머리에 「국민에게 드리는 글」이 유언이었다.[20]

김재준 목사를 늘 가까이 모시고 한국신학대학에서 평생을

---

20. 장형일, 「나이 분수를 깨우쳐 주신 스승」, 『세계와 선교』 제132호(1992), 11쪽.

후진 양성으로 보낸 안희국 교수와 박봉랑 교수의 김재준에 대한 소감을 듣지 않고 지나갈 수는 없다. 한두 해가 아니라 오랜 기간 동안 한 인간의 삶을 주목하며 살았던 두 분의 소감을 그저 좋아하는 분에 대한 예의적인 말이라고는 결코 할 수 없을 것이다.

장공 박사님의 내면 세계는 내게 있어서는 흡사 깊은 바닷물 같아서 그 수심을 나의 자로는 잴 수 없다는 것이 솔직한 고백이다. 나는 바닷가 태생이기에 바다를 어느 정도 알고 있다. 바다는 표면으로 보아서는 그 속을 알 수 없다. 그러나 바다 속은 쉴새없이 흐름 때문에 만 가지 어족들이 그 흐름을 따라 교류할 뿐만 아니고 바다 밑에 있는 온갖 정물들도 그 쉴새 없는 물갈이 때문에, 그것들에 부착된 때깔들이 말끔히 씻기어져서 본색대로 빛나고 있는 것이다. 나는 장공 박사님의 심성은 부단 없이 생동하는 바닷물과도 같아서 정체하지 않는 분이라고 보았다. 인간들이 만들어 낸 어떤 교리나 전통이나 제도나 의식 따위는 그것에 생명이 없는 한, 썩고 말기에 그분은 결사코 도전했던 것이 아닌가 한다.[21]

---

21. 안희국, 「장공 김재준 박사와 나」, 『세계와 선교』 제131호(1992), 12쪽.

그의 신학은 자유의 신학이라 할 수 있을 것이다. 이것은 다만 그의 인간됨의 소질만이 아니라 '말씀의 자유'를 말한다. 그의 신학의 주제는 하나님 말씀의 자유며, 여기서 응답의 자유와 자유 안에서의 책임이 따랐다. 그의 자유는 그가 즐겨 쓴 대로 '예수 그리스도'의 속박 속에 있는 자유이다. 그러나 그의 신학은 겸허하다. 그는 예수 그리스도 이외에 어떠한 신학 체계도 절대화하는 것을 견딜 수 없다. "신학은 변한다"고 했다고 해서 시비가 있었지만, 오늘에 와서 생각하면 그의 말은 옳았다. 이것은 그의 겸허한 신학의 성격을 말한다. 이 땅 위에 하나님의 말씀 이외에 '절대'는 있을 수 없기 때문이다. 다만 인간이 할 수 있는 마지막 말은 "인간은 믿음으로 은혜로만 하나님 앞에서 의를 얻는다"는 고백뿐이다. 그는 자기 자신의 신학을 포함하여 모든 신학을 예수 그리스도에게 복종시키는 겸허한 신학자이다.[22]

김재준 목사는 조선신학교 교수로서 가르칠 때나 그 뒤 한국신학대학 초기에는 본래 전공인 구약성서 신학만이 아니라 다방

---

22. 박봉랑, 「김재준 박사님과 나」, 『세계와 선교』 제128호(1991), 10쪽.

면의 강의를 담당하였다. 그중에서도 졸업반 학생들에게 꼭 필수적인 목회학 강의 시간엔 이론보다 생의 경험에 기초한 '산 말씀'이 목사 후보생들에게 더 긴요했다. 제자 중 일생을 성공적인 목회를 하고 은퇴한 박봉양 목사와 홍성봉 목사의 증언을 들어본다.

졸업반이 되어 가면서 선생님의 냄새는 점점 다감해져 가는 것 같았다. "너희가 졸업 후에는 필경은 농촌 교회로 가게 될 것이다. 그런데 두 가지 유념하여야 할 일이 있다. 첫째는 금전 거래가 분명하여야 한다. 어떠한 경우에도 반드시 영수증으로 거래하도록 하고, 둘째 이성 문제에 있어서 이성을 잃지 않도록 하라.⋯⋯" 여하간에 졸업할 학생을 가르치는 그의 모습은 애정이 넘치는, 딸을 시집 보내는 어머니의 모습과 같았다.[23]

내가 졸업하던 학급은 20여 명의 학생들이었고 졸업을 앞둔 목회학 마지막 수업 시간에 "목회에서 성공하려면 어떻게 해야 됩니까?"라는 질문에 김재준 목사님은 "목회의 성공자?" 하고 잠

---

23. 박봉양, 「장공 선생님」, 『세계와 선교』 제141호(1993), 10쪽.

시 반문하시더니 "목회의 성공자는 돈과 여자에 대해 실수하지 않는 사람이 성공자이지!" 하시던 말씀이 생각난다. 그때 우리는 '와' 하고 웃었지만, 목회자로 일생을 보내 버리고 늙어진 오늘 새삼 은사의 말씀이 얼마나 옳고 옳은 말씀이었던가를 생각한다.[24]

흔히 김재준은 신학자요 명문장가로서 글을 보면 감동하지만 설교자로서는 별 볼일 없는 목사였다고 말하는 사람들이 적지 않다. 그런 세평에는 일리가 없지 않아 있다. 설교도 하나의 커뮤니케이션일 터인데 설교 내용을 듣는 교인들에게 좀더 효과 있게 전하고 감동적으로 전하는 기법에서 그는 기교가 없는 사람임에 틀림없다. 그러나 설교의 본질은 웅변도 아니고 대중 강연도 아니기 때문에, 일시적인 감동보다는 오래오래 여운처럼 듣는 이의 마음에 남아 생명의 양식이 되는 설교가 더 훌륭한 설교라고 아니 할 수 없다.

참된 설교는 없고 인간을 감정적으로 일시 감동시키거나 종교적으로 흥분시키는 사이비 목사들이 범람하는 요즘, 오히려

---

24. 홍성봉, 「스승의 실패작」, 『세계와 선교』 제139호(1993), 7쪽.

김재준의 설교 같은 진솔한 설교가 그립다. 김재준 선생의 제자들 중에는 김재준 목사님이 '위대한 설교자'라고 생각하는 이들이 많다. 김재준의 제자 조형균 기술사, 신종선 목사, 김은희 장로의 증언을 순서대로 들어본다.

다 모인 교우는 남녀 합해야 약 20명이나 됐을까? 강원룡 목사님의 둘째 계씨 강이룡(姜利龍, 당시 신학생) 님이 그 파편에 작고 하고 없었다. 쓸쓸함과 비통함이 감돌았다. 원래가 조용하신 장공의 목소리가 열려 고요히 예배가 시작되었다. 이제 순서에 따라 목자로서의 목회 기도 시간이 왔다. 교탁 설교대 위에 두 손을 모으신 목사님의 음성이 열렸다. 그런데 그 기도는 "아버지 하나님, 북에서 온 젊은이나 남쪽의 젊은이들이나 다 똑같이 이렇게 하는 것이 가장 나라를 사랑하는 길인 줄 알고 저들의 고귀한 피를 흘리고 목숨을 바쳤습니다. 그러나 저들을 측은히 여기시고 긍휼히 보시사 저들을 용서하시고 그 영혼을 거두어 주십소사. 그리고 저들의 나라 사랑의 소원을 들어 주십소사.……" 하시는 것이 아닌가. 거기 모인 20여 명 남짓한 교우들이 제각기 어떤 생각을 하면서 이 기도 소리를 들었는지 나는 모른다. 그러나 나로서는 평생을 두고 잊지 못하는, 참 목자의 눈물겨운 '중보의 기도' 귀감으로 마음속 깊이 간직하고 있다.[25]

목사님께선 설교하시러 세상에 오신 것 같기도 했다. 경동교회는 그때 교육관도 짓기 전 목조 건물 이층의 좁은 방이어서 늦게 온 사람들은 계단에 혹은 계단 아래서 예배를 드렸다. 학생들을 위한 설교, 전국 각지에서 열리는 청년 대회, 신도 대회, 노회, 총회, 모든 모임에 거의 목사님이 설교하셨다고 기억한다. 어려운 시절에 그 어른의 설교는 그리스도의 메시지로 대지에 전해지고, 혈기를 감추며 욕심을 줄이고 예수의 마음으로 세상을 살도록 변화시켰다.[26]

그의 설교는 늘 조리정연하였고 시종여일하였다. 그러면서도 마지막에 가서 사람들의 마음을 크게 흔들어 일깨워 주는 것이었다. 그분은 부흥사처럼 폭포수가 내리쏟는 것같이 사람들의 마음을 매도하거나 웅변가처럼 바위를 깨뜨리는 것같이 외치는 사자후의 설교는 하지 아니하였다. 그의 설교는 대하(大河)같이 유유히 흐르다가 마침내 사람의 영혼을 진리의 대해(大海)로 인도하곤 하였다.[27]

---

25. 조형균, 「장공 선생님을 생각함」, 『세계와 선교』 제120호(1990), 17쪽.
26. 김은희, 「목사님, 우리 목사님!」, 『세계와 선교』 제121호(1990), 9쪽.
27. 신종선, 「은사님을 추모하며」, 『세계와 선교』 제122호(1990), 11쪽.

위대한 인간의 인격과 보통 사람들의 인격의 차이 중 하나는, 전자는 서로 모순되거나 상충되는 듯이 보이는 두 가지 일이나 취향을 동시에 한 몸 안에 갖추고 산다는 점이다. 예를 들면 매우 합리적이고 수학적 두뇌를 가진 슈바이처가 바흐 음악 등 파이프오르간의 대가가 된다든지, 매우 남성적인 거친 성격의 소유자가 감성적으로는 내면에 매우 섬세한 성격을 지닌다든가 하는 것이다. 김재준에게도 그런 면이 있다.

김재준 선생은 나라와 역사와 우주를 생각하는 스케일이 큰 사람이면서도, 제자들의 수많은 성탄 카드 한 장 한 장에 친히 답장을 써서 보내는가 하면, 북미주 민주화 운동 과정에서 바쁜 일정에 쫓기면서도 가정의 자녀들, 특히 손자손녀들 각각에 가장 알맞은 작은 선물을 마련하여 조손(祖孫)의 애정을 소홀히 하지 않은 분이었다. 이러한 김재준의 품격은, 어떤 때는 동중정(動中靜)의 사람으로, 어떤 때는 정중동(靜中動)의 사람으로 바라보게 한다. 그러한 김재준 선생의 대조되는 측면을 보게 하는 예는, 그의 제자로서 종교학자가 된 유재신 목사와 기장 총무를 지낸 김상근 목사의 다음과 같은 짧은 증언을 통해 감지할 수 있다.

목사님을 찾아뵐 때마다 김 목사님은 항상 책을 읽고 계셨는데 심지어 식사하시면서도 책을 읽고 계셨다. 잊을 수 없는 것 중의 하나는 졸업식장에서의 말씀이다. "여러분 대학을 졸업하는 것은 공부의 끝이 아니라 시작이나 마찬가지입니다. 언제나 책을 읽으십시오. 교역자가 가난해서 책 살 돈이 없으면 며칠 굶어서라도 그 돈으로 책을 사서 읽어야 합니다. 읽을 뿐만 아니라 책을 몸에 지니고 다니십시오." 책을 열심히 읽어야 한다는 이 말씀이 저에게는 깊은 인상을 주었고 그후로 저는 필요한 책은 목사님 말씀처럼 굶어서라도 사서 읽는 습관을 갖게 되었고 책을 끼고 다니는 습관도 지니게 되었다.[28]

장공은 수업도 중요하게 여기셨겠지만 바르게 행동하는 것도 못지 않게 중하게 여기셨다. 어쩌면 한 시간의 수업을 더 하는 것보다 행동을 위한 결강이 값질 때가 있다고 생각하셨던 것 같다. 정상적인 것이 좋다. 그러나 어떤 때에는 비정상이 본질적 정상을 가져올 수 있다는 것을 우리는 지금도 배우고 있다.…… 수많은 사건이 연속되었다. 장공은 길고 험한 민주화 운동의 좌수격(座首格)이셨다. 언제나 조용하고 느리셨다. 말수가 거의 없으셨다. 누구를 설득하려 하시지도 않았다. 그런데도 그는 운동

---

28. 유재신, 「마음의 스승 김재준 선생님」, 『세계와 선교』 제147호(1994), 8쪽.

의 핵이요 기둥이요 상징이셨다. 우리는 그분이 계시다는 것만으로도 힘을 얻고 용기를 가질 수 있었다. 물론 함석헌 선생님이 같은 몫으로 서로 손을 잡고 민족을 이끄셨다.[29]

지금까지 우리는 장공 김재준 목사라고 하는 한 인간 거목을 놓고 모자이크식으로 그 입체적 초상화를 그려 보고자 여러 사람들의 짧은 증언의 목소리를 들어보았다. 김재준이 길러 낸 제자들이 수천 명이요, 그분을 존경하는 사회 저명 인사들과 교인들이 수천 명이니 김재준이라는 분의 초상화를 바르게 그리려면 그 모든 사람들의 증언을 모두 듣는 것이 중요할 것이다. 매우 이상한 것은, 김재준은 과묵하여 표나게 특정 제자를 편애하는 모습을 나타낸 적이 없는 선생이었는데, 그의 가르침을 받은 모든 제자들은 스스로 마음속으로 생각하고 확신하기를 자기는 김재준 선생님의 특별한 사랑을 받았다고 생각한다는 점이다. 그러나 제한된 지면에서 그 모든 사람들의 증언을 다 듣기는 불가능할 것이다.

어차피 김재준이라는 인물을 총체적으로 이해해 보기 위해

---

29. 김상근, 「인격으로 인격을 배웠다」, 『세계와 선교』 제126호(1991), 11쪽.

서 '모자이크'나 '초상화'라는 예술적 은유를 가지고 이 책의 에 필로그를 시작하였으니, 김재준론을 예술적 시론으로 표현한 서 울대 미학과 교수 김문환이 김재준을 그리는 시 한 편으로 각자 의 마음속에 장공을 그려 보기로 하자. 아래의 시는 김문환 교수 가 독일에 유학하던 1981년 9월쯤, 북미주에서 한민족의 민주화 와 평화 통일을 위해 동분서주하는 김재준 목사를 존경하여 지 어 올린 시이다.[30]

훨씬 커 보고 싶었는지 모른다.

하늘만큼 솟아

공연한 일로 죽이고 다툼질하다

이윽고 흙덩이로 쓰러져 가는

그 모습을 내려다보고 싶었는지 모른다.

훨씬 알차고 싶었는지 모른다.

하늘만큼 참아

억울한 일로 꿇리고 당근질 받다

---

30. 「긴 하늘에 한줄기 빛이 흐르는 밤에 — 장공론」, 『전집』 제15권, 460~461쪽.

이윽고 씨알로 영글어 가는
그 보람을 맺고 싶었는지 모른다.

훨씬 너르고 싶었는지 모른다.
하늘만큼 비워
어둠에 묻힌 씨알들이 이윽고 눈을 떠
끝간데 없이 퍼져나갈
그 자리를 마련하고 싶었는지 모른다.

제법 깊은 여울 앞에서 망설이는 아낙네를
등에 엎어 건네다 주고 인사도 듣는 둥 마는 둥
내쳐 걷는데 같이 가던 돌중이 아낙의 몸을
만졌다고 시비하면 "나는 벌써 잊었는데
자네는 아직도 그 아낙 생각을 하는가!" 대답하는
그런 허허로움으로 모든 잘난 것들을 허깨비로
만든, 영원을 향한 기나긴 비움.
"유일한 하늘 빛에의 창구".

긴 하늘에 한 줄기 빛이 흐르는 밤이면
빛나는 당송(唐宋)의 노래들 노장(老莊)과 읊으며

"하늘에 통하는 길을 찾아 올라가는"

키 작은 신선(神仙)이 내 손을 잡는다.

　

이로써 나의 장공 이야기도 마무리할 때가 된 것 같다. 위 시에서 김문환이 인용한 구절 "유일한 하늘 빛에의 창구"라는 표현은 김재준 목사가 『제3일』지에 쓴 글 속에서 '그리스도'를 그렇게 은유적으로 표현한 적이 있었는데,[31] 김문환 교수는 김재준 선생이 바로 그리스도를 몸으로 체(體)받아 산 '구체화'라고 생각한 것이다. 시인이 말한 대로 김재준 목사는 우리 시대를 살고 간 '신선'이요 '작은 예수'였다. 나에게 그 누군가가 김재준 목사라는 분이 누구냐고 묻는다면 나는 이렇게 말하고 싶다.

그분은 예수 그리스도의 복음을 접하여 구만 리 창공을 날아오른 자유인이 되고, 하늘 씨앗을 땅 속에 심는 성육신적 영성으로 영글어져, 한국에 그리스도교가 전래된 지 200년 만에 대승적 기독교 시대를 연 선구자라고.

---

31. 『제3일』 통권 104호.

부록

장공과 신천옹의 삶과 사상의 상호 조명

[1] 들어가는 말:
장공(長空)과 신천옹(信天翁)의 동시 조명 필요성

장공 김재준(1901~1987)과 신천옹 함석헌 (1901~1989)의 삶과 사상을 동시에 조명함으로써, 두 분의 삶과 사상의 화이부동(和而不同)한 특징과 차이를 살피고 21세기 첫 세대를 살아가는 우리들에게 갖는 의미를 성찰하려고 한다. 장공과 신천옹, 그 두 사람은 특히 20세기 후반 시대에 한국 기독교계를 대표하는 지성인으로서만이 아니라, 정치사회적으로 격동하던 가치관의 혼란기에 한국 사회의 정신적 '어른'으로서 우리 사회의 나아갈 방향을 분명하게 제시한 시대의 양심이었다.

두 분이 타계한 후, 두 분의 삶과 사상을 이어나가려는 기념사업회와 후학들이 각각 두 인물에 대한 삶과 사상을 연구, 계승해오고 있지만, 두 분을 동시 조명하는 일은 많지 않았다. 두 지성인을 동시에 조명할 필요성을 다음 세 가지로 압축할 수 있을 것이다.

첫째, 그 필요성은 한국 기독교 교회사의 맥락에서 연유한다. 장공과 신천옹 두 지성인은, 같은 해(1901)에 태어나서 거의 90년을 살아오면서 20세기 한국 기독교의 보수화된 비주체적 신

앙 행태에 대하여 예언자적 비판을 통하여 기독교 변혁에 많은
노력을 해온 인물들이다. 그런데, 두 사람은 한국 기독교계의 보
수적 풍토 속에서 항상 이단시 당해온 기피인물이었으며, '한기
총'의 이름 아래 집결된 다수의 보수계 기독교 집단은 '불편한
진실'을 말해왔던 개혁적 두 사상가를 공론화하는 것을 두려워
해왔다. 그들의 개혁적 사상과 주체적 기독교 이해를 비주류적
기독교 변두리 인물로서 단죄하거나, 세속적 정치사회 문제에
연루된 일탈적 기독교 행동인이었다고 비난해 왔다. 한국 기독
교계는 이제 마음 문을 열고 두 선각자의 '지성적이고 미래지향
적 영성'에 귀를 기울여야 오늘의 절대절명적 기독교 위기를 돌
파해 갈 수 있을 것이다.

둘째, 그 필요성은 오늘날 한국의 정치사회사의 올바른 방향
정립을 위해서, 1960~1980년대 한국 사회의 가치관의 혼란 시
기에, 시류에 휩쓸리지 않고 '행동하는 양심'으로서 살아온 두
사람의 '정치신학적 영성'이 과연 무엇이었는가를 연구할 가치
와 긴급성으로부터 온다.

지난 인류문명사 과정에서 세계 종교들이 신성한 것이라고
재가해준 세 가지 가치들, 즉 가정·소유·국가의 3대 신성성이
근본에서 재검토되어야 한다고까지 말한다. 더불어 삶의 기본적
인간성 함양의 교육기관인 가정의 신성성은 혈연중심주의와 피

부색으로 인간을 차별하려는 인종중심주의로 변질되었고, 소유의 신성성은 개인주의와 무노동의 금융자산 탐욕으로 변질되었고, 국가의 신성성은 합법적 전쟁 살상과 국가폭력의 권위로 변질되었기 때문이다. 그리고 이들 변질된 세 가지 신성한 사이비 가치들로 무장한 낡은 세계관은 하나뿐인 지구 생태계를 약육강식의 투쟁장과 반생명적 황폐화로 몰아가고 있기 때문이다. 국가권력에 기생 아부하는 기존의 호국종교들, 원죄설과 윤회설로 인간의 양심적 책임윤리를 말살하는 보수종교들, 자기 종교의 계시적 권위만 주장하는 독단독선적 종교들로서는 문명 치유가 불가능하다.

셋째, 장공과 신천옹을 동시에 조명해 볼 필요성은, 현재 지구촌 인류가 처한 문명사적 곤궁이 자못 심각하여, 삶의 가치관과 세계관의 일대 변혁을 요청하는 '문명전환기'이기 때문이다. 김재준과 함석헌을, 우리는 새로운 삶의 방식과 가치관을 회복하라고 들에서 외치는 세례자 요한, 혹은 생존 가능하고 지속 가능한 문명사회적 삶이 무엇인가를 제시하는 영성가적 멘토로서, 재해석해야 할 필요가 있다.

인류의 사고의 지평을 '범우주적 사랑의 공동체 의식'(장공) 혹은 '세계적 하나 의식'(신천옹)에로 의식 전환을 요청받고 있다. 두 분의 의식은 테이야르 샤르뎅이 예견한 생명진화곡선상의 임계점 곧 "3만 년 전에 시작한 인류의 공동사고(coreflection)의 진화가 비등점에 가까워지면서 한마음을 공유하는 초인류의 초사고(super-reflection toward Unanimisation)"에로 형태 변화를 촉구하는 선견자들의 공동의 목소리이다. 그리하여, 새 시대의 영성의 화두를 장공은 '생명, 평화, 정의'로 제시했고, 신천옹은 '자율, 상생, 비폭력평화'로 제시하고 있다. 전자는 삶의 외면적 관계와 구조적 측면이 강조되고 후자는 생명의 내면적 관계와 역동적 측면이 보다 강조되고 있다. 그래서 두 사람의 영성 화두는 동시에 조명될 필요가 있다.

[2] 두 사상가의 삶의 자리 특징과 실천적 삶의 공동지향성

1) 성장 환경의 차이점이 끼친 영향

인걸은 산천에서 나며 산하의 지질풍세는 인간의 기본 바탕과 성격, 그리고 수명에까지 영향을 끼친다는 것이 동양의 풍수사상이다. 자유의지를 지닌 인간이 자연환경에 의해 결정론적으로 그 운명이 결정된다는 것은 지나친 미신이지만, 인간도 우주와 지구 자연생태계의 하나인 이상 생명이 잉태되고 그 안에서 양육되는 자연의 영향을 받는다는 것은 지당한 말인 것이다. 1901년 동갑인 장공과 신천옹이 동시대에 살면서 두 사람이 큰 족적을 남겼지만 인품의 특성, 사고방식의 특징, 역사와 종교와 공동체의 제도조직 등에 대한 기본 관점에서 가치관의 공동지향성 못지않게 차이와 특성을 나타낸다. 그 가장 큰 이유는 두 사람이 탄생하고 사춘기 시대까지 청소년기를 지낸 그들의 자연환경과 그 자연환경을 둘러싸고 발생했던 정치사회적 조건의 영향을 받았기 때문이다.

장공은 함북 경흥군 상하면 오봉동에서 김호병 씨와 채성녀 씨를 부모로 하여 세상에 태어났다.(1901년 음력 9월 26일) 오봉동을 당시 마을 사람들은 '창꼴'이라 불렀는데 조선조 육진 개척시대 군량미 비축창고가 있었던 마을이었기 때문이다. 장공의 고향 회상을 들어보면 "둘레가 40마일쯤 되는 분지에 산맥이 둘러쌌으니 어디를 보나 '산'의 능선이 하늘을 만진다"는 두만강가의 평화롭고 조용한 산골마을이었다.[1] 장공은 '산의 사람'이다. 산처럼 무겁고 말이 없고 조용한 사람이다. 그의 직계조상이 함북 척박한 산지에 들어와 화전으로 밭을 이루어 1~3만 평을 개

---

1. 김재준, 『김재준 전집』, 제13권, 『범용기』, (1), 4~12쪽, "어릴 때 추억" 참조(한신대학교출판부. 1992)

간한 살림 수준까지 이르렀는데, 장공 또한 개척정신과 불퇴전의 인내력이 강하지만 산 속의 나무처럼 그 성격이 질박(質朴)하고 깊은 계곡의 고요한 충기(充氣)처럼 정중동(靜中動)의 영성 기질이다. 『논어』에도 "인자는 산을 좋아하고, 산처럼 고요하다"(仁者樂山,仁者靜)고 했다.[2]

장공의 아버지 김호병 씨는 한문에 조예가 깊어 시문에 능한 '글 하시는 분'이었고, 마을 서당 선생이었으며, 한때 산골마을에서 한약국을 차렸다. 어머니는 조선 실학파 거두 채향곡의 후손의 핏줄을 이은 채성녀 씨였는데, 어머니로부터 허례허식을 타파하고 실사구시하는 실학적 정신을 양육 과정에서 무의식적으로 섭취하였다. 그의 최초의 선생님은 서당의 훈장이셨던 아버님이셨으며, 소년기에 무릎 꿇고 암송하고 익혔던 유교경전 특히 『논어』의 인문주의와 「맹자」의 왕도정치사상은 장공의 지성의 밭에 가장 중요한 기름진 퇴비가 되었다. 장공은 깊은 산 속의 나무가 서서히 자라듯이, 동시대 동갑내기(1901년생)인 함석헌, 박헌영, 이상 등에 비하면 아주 늦은 대기만성(大器晚成)형 인물이었는데, 그 가장 큰 이유 중 하나가 장공 자신이 말했듯이

2.　子曰 '知者樂水仁者樂山 知者動仁者靜 知者樂仁者壽'(논어, 術而)

'두만강 국경지대 유폐된 산촌'에서 탄생하여 청소년기까지 그 지경을 벗어나지 않고 지냈기 때문이다.

신천옹은 평북 용천군 부라면 원성동에서 함형택과 김형도를 부모로 하여 세상에 태어났다.(1901년 양력 3월 13일) 원성동은 본래는 작은 섬 6개를 합하여 민중은 사자섬이라 불렀는데, 점차로 육지와 연결되어 실제로는 섬이 아니지만, 정말 섬 이름의 예언처럼 평북 용천군 압록강 끝자락에서 '한국의 사자'가 나온 것이다. 신천옹의 고향 회고를 직접 들어보면 "평북 용천, 용천에서도 맨 서쪽의 외진 바닷가였다. 땅은 살쪄 곡식은 풍부하고 고기잡이도 잘되나 교통이 불편하여 가난하고 하잘것없는 사람들이 모여 사는 곳이었다."[3] 신천옹은 바다의 사람이다. 바다에 나가 고기 잡고 무역을 해서가 아니라, 어릴 때 심성 형성기에 항상 출렁거리는 넓은 바다와 아스라이 먼 수평선을 보고 자란 것이다. 파도의 출렁거림은 만물의 변화와 약동을 가르쳤고, 뭇 강물과 빗물이 흘러 모아 결국 바다로 흘러들어가듯이 바다는 그에게 만물이 그리로 돌아가는 하나님의 상징이요(「롬」 11:36), 역

---

3. 함석헌, "씨 올의 소리로 동그라미를", 『나의 사상을 젊은 이들에게』, 13쪽(대우출판공사, 1985);『함석헌 전집』, 제4권,『죽을 때까지 이 걸음으로』, 313쪽, "동발목 이야기" 참조.(한길사, 1983)

사가 결국 거기에로 돌아가는 씨알의 상징이 된다.[4] 장공의 성품이 정중동(靜中動)이라면 신천옹의 성품은 동중정(動中靜)의 그것에 가깝다. 장공의 문체는 짧은 단문형의 수필적이라면, 신천옹의 그것은 어쩔 수 없이 시적이다. 그는 사실 존재와 역사와 씨알을 노래한 시인이었다.

신천옹 함석헌이 평북 하고도 용천군 바닷가 사자섬에서 태어났다는 것은 그의 사상 형성에 세 가지 중요한 의미를 지닌다. 첫째는 인간 평등적 서민의식이요, 둘째는 개화의 바람에 먼저 접할 수 있는 지정학적 위치 때문에 일찍이 기독교에 접하여 자유사상의 혼을 받음이요, 셋째는 앞서 말한 대로 바다에 연원한 출렁임과 수평선의 형상이 상징하는 것, 곧 만유일체는 변하는 것이요, 창조적 과정이며, 겨룸과 대듦이라는 생명의 엄숙한 원리인 것이다. 조선왕조시대에 평북, 함북, 전라, 제주는 정치적 유배지요, 중앙집권 군주 국가에서 보면 언제나 '이방의 갈릴리'였기에, 거기엔 저항의식과 반골의식과 평민의식이 살아 있는 곳이었다. 함석헌은 자신의 탄생지 용천이 서민성과 저항혼과 자유혼과 민족의식이 살아있는 고향임을 자랑스럽게 생각했다.

---

4. 함석헌 "씨올의 설움", 『함석헌 전집』(1983), 제4권, 66~67쪽.

신천옹의 조부모님은 글을 모르는 소작농이었으나 열심히 노동하여 사자섬 70호 집들 중에서는 서당을 빼놓고서는 유일하게 기와집을 가지고 적지 않은 농토를 가진 섬마을에서 부유한 집안을 이루었다. 함석헌의 조부는 농사짓는 이치와 사람 도리와 의리에는 밝은 사람이었다.[5] 함석헌의 아버지는 한의업을 한 의사였고, 함석헌이 일본 유학을 마치고 귀향할 무렵엔 고향 마을에 교회와 학교를 세워 전도와 교육에 힘쓴 장로였던 것이다.[6] 함석헌이 훗날 한국 교회의 교리적 도그마 신앙, 형식적 예배의식, 그리고 외형주의 신앙 형태에 비판적 인물이 되었지만, 그는 25살이 될 때까지 가족이 속한 장로교의 "청교도적인 엄격한 신조교육을 받은 것"을 고맙게 생각하였다.[7] 왜냐하면, 그러한 절제의 훈련과 영성수행이 밑받침 되지 않는 자유신앙은 희생을 모르는 자기방종에 흐르고, 내면적 신비체험은 광신주의나 감상주의에로 흐르고 말기 때문이다.

지금까지 장공과 신천옹이 태어나고 자란 고향의 자연환경과 역사지정학적 조건이 그 두사람의 성품 형성에 어떤 영향을

---

5. "하나님의 발길에 채여서", 『함석헌 전집』, 제4권, 206~207쪽.
6. 위와 같은 자료.
7. 위와 같음. 207쪽.

주었는지 일별하였다. 공통점은 두 사람이 모두 각각 함북과 평북의 변방의 가난한 평민들이 살던 땅에서 태어났다는 점이다. 비권위적이고 평등과 자유의 정신은 훗날 그 두 사람이 민주주의를 지켜나가는 데 기층 뿌리가 된다. 부모는 개척적이고 양심적이고 실학적 기질을 가진 유교적 배경이 있었으며, 아버지는 양자 모두 한의학에 조예가 있었고, 어머니는 인자한 성품으로 자녀의 천성을 고이 자라도록 길러준 위대한 교육자였던 것이다. 성품상 근본적 차이는 장공은 깊은 산마을에서 거목을 보면서 자란 정중동의 성품을 길렀고, 포효하는 바닷물과 수평선을 보면서 자란 신천옹은 동중정의 성품을 길렀다.

두 사람의 고향이 모두 조선의 '갈릴리 변방'이었으나, 함석헌은 개화의 길목에 위치한 평안도인 관계로 일찍부터 기독교와 개화사상에 접하여 정규 신식 교육과정을 밟을 수 있었지만, 김재준은 함경도 백두산맥 높은 영들에 막혀 민족 독립의식이나 제도적 현대 정규교육에 접할 수 없었다. 가정의 경제형편은 두 사람 모두, 빈곤하지는 않았지만 소작인을 부리는 지주계급이 아닌 자작중농 정도 집안으로, 함석헌 부모의 가정경제 형편은 아들을 일본에 유학시킬 정도의 경제적 능력이 있었다. 그러나, 장공은 무일푼의 고학생으로 경성에서 독학과 동경에서 '공사장의 흙짐을 지는 아르바이트'로 식비와 학비를 조달해야 하는 가난한 산골마을 출신의 청년이었다. 경흥군 산골마을에서 개간한 밭 1만 평은 대가족의 기본 의식주 생계는 해결하지만, 돈으로 바꾸면 동경의 1년 유학 비용도 못되는 것이었다. 이제 장공과 신천옹의 삶과 세계관에 영향을 끼친 사상가 및 책들을 통해서 어떤 영향을 받았는지 비교 관점에서 일별해보려 한다.

2) 사상가와 독서가 끼친 영향

『논어』에 "배우기만 하고 생각지 않으면 없어지고, 사색만 하고 배우지 않으면 위태하다"(學而不思則罔 思而不學則殆)는 공자의 말이 전해온다. 장공과 신천옹은 그 점에 있어서 전형적으로 배움과 생각함을, 독서와 사색을 평생 병행하며 지속해 간 전형적인 인물들이었다. 그러나, 앞서 말한 내로 징공은 젊은 시절 초등 중등 대학의 정규교육 과정의 혜택을 순조롭게 누리지 못한 '늦깎이 낭인적 학도'였고, 그에 비하여 신천옹은 대학 과정까지는 장공보다는 좋은 여건에서 공부한 '조숙한 사색적 학도'였다.

장공은 열 살이 될 때까지 신식 교육 제도기관에 들어가지 않았으며 아버지를 스승으로 모시고 서당에서 전통적 동양고전을 암송 통독하는 교육을 받았다. 유학의 사서(四書)인 『대학』, 『중용』, 『논어』, 『맹자』를 달달 암송할 정도로 통독했다. 개화 바람이 함경도 산골에도 불어 신교육제도의 학교가 하나 둘 들어섰으나 평안도나 경성지역과는 비교할 수 없이 약한 바람이었다. 장공은 11~13세 때 회령 지역의 탑동사립소학교와 고건원보통학교를 졸업했고, 요즘 중고등학교 수준에 해당하는 중등교육과정은 13~16세 무렵 회령간이농업학교를 졸업한 것이 전부다. 함석헌이 평안도 엘리트들이 다니던 평양고보와 3·1만세운동에 뛰어들던 그 시기, 즉 16세부터 20세까지, 장공은 회령군청 간접세과와 웅기 금융조합 말단 직원으로서 사회의 바닥 경험을 하고 있었다.

송창근 선배의 강력한 권유를 받고, 장공이 서울 한양에 공부하러 온 것은 3·1만세운동이 일어난 직후 1920년이었다. 우리 나이로 스물한 살의 '방랑청년'은 정규 중등교육 과정을 이수할 기회가 없었기에 경성 중동학교 속성 과정 고등과에 학적을 두고 기하 대수 등 신식교육 과정을 밟았고. 인문교양 과정은 중앙 YMCA '일요강좌'와 '잡지실'과 '영어전수과'에서 늦깎이 공부를 한 셈이다. 그 기간 장공은 세례를 받고 정식 그리스도인이 되었다. 그의 표현대로 "교실에서 탈락한 자연인이 교회에서 위로부터 난 영의 사람이 됐다."[8] 바로 이 무렵, 함석헌은

---

8. 『김재준 전집』, 제13권, 48쪽.

장래를 보장받는 평양고보를 '3.1만세운동' 적극 참여자로서 반성문 쓰기를 양심상 거절한 후 자퇴하고, 고향에 돌아가 "속을 썩일 대로 썩이다가", 남강 선생이 설립한 정주 땅 오산학교엘 편입하여 위대한 산 인격자 남강 이승훈과 다석 유영모를 만나 그의 삶에 전향을 가져오는 시기였다.

이 무렵, 그러니까 대학 교육 과정 전후, 두 사람의 독서를 통한 성숙 과정에서 우리는 두 인물의 관심과 품성적 특성의 단초를 읽을 수 있다. 20대 초반 비교적 양서 구입이 가능한 경제 여건을 갖춘 함석헌은 H. G. 웰스, 마치니, 앙리 베르그송, 톨스토이, 타고르, 간디, 윌리엄 블레이크, 로망롤라, 쉘리를 독서를 통하여 접하게 된다.[9] 그리고, 함석헌은 동경사범학교 유학시절 우찌무라 간조의 '성경연구반'에 참여하여, 무교회 신잉과 우치무라의 신앙적 인격을 배우게 된다. 적어도 함석헌은, 20세에서 28세 사이, 제2차 지성적 인격형성 시기에 이승훈, 유영모, 우치무라 간조, 이상 세 분의 선생을 만나는 복을 얻는다. 50세 이후엔 테이야르 샤르뎅과 조지 폭스와 마하트마 간디로부터 깊이 영향받는다.

---

9. 『함석헌 전집』, 제4권, 213~214쪽.

같은 시기, 장공 김재준은 그의 인격 형성에 직접적 영향을 끼치는, 말하자면 사부(師父)라 할 만한 인격체를 만나는 복을 누리지 못한다. 다만, 독서를 통해서 특히 청년기에 톨스토이와 성 프란시스의 청빈사상에 큰 감동을 받았고, 우치무라 간조의 지성적 신앙보다는 '보베빈민촌'에서 청빈한 봉사 실천 행동으로 가난한 자들 속에 들어가 사는 가가와 도요히코(賀川豊彦)에 더 맘이 끌렸던 것이다. 미국 유학 이후 신학계열에서는 칼 바르트, 리차드 니버, 라인홀드 니버, 아놀드 토인비의 영향을 받았고, 생애 말년엔 동학운동과 조선 상고사에 관심이 많았다.

거칠게 말하자면, 함석헌의 그리스도교적 영성엔 도미닉파 수도승 마이스터 엑하르트의 지성적 영성이 더 지배적이고, 장공의 그리스도교적 영성엔 프란시스코 수도회 창시자 성 프란시스의 실천적 청빈영성이 더 지배적이었다. 신천옹의 영성이 공관복음서보다는 요한복음서적에 더 기울어진다면, 장공의 영성은 공관복음서의 역사적 예수에 더 이끌리며 야고보적 경건(「얍」 1:27)이 헤브라이즘의 원뿌리라고 보는 셈이다. 그러나, 이 말은 함석헌의 종교적 심성이 귀족적이라거나 민중성이 결여되어 있다는 뜻이 결코 아니다. 함석헌의 삶과 사상의 원형은 그의 어린 시절 고백 속에 잘 나타나 있기 때문이다. 소학교를 졸업하고 중학교에 진급하던 무렵 가난한 친구는 농사꾼이 되었고 본인이 중학교에 입학하게 된 후 집에 돌아와 그 친구를 만났을 당시에 대한 회고를 보자.

"……중학교엘 가기로 되어 있던 나는 무슨 죄나 지은 듯 미안해 무슨 말을 해줘야 할 듯하면서도 하지도 못했던 때의 그 슬픈 기분이, 지금도 생각하면 끓는 솥뚜껑만 열면 훅하고 김이 치달아 오르듯이, 가슴 밑바닥에서 올라온다. 그는 그다음 아버지를 따라 농사를 했다. 학교엘 갔다 방학에 돌아오면 그 얼굴과 손이 점점 시커먼 농사꾼이 되어가는 것이 보였다. 그 손을 좀 만져보고 싶었지만 차마 못했고, 천연히 서로 얘기는 하면서도 혹 뽐낸다 할 듯해서 두렵던 생각, 될수록 공부나 내가 가 있는 도회지의 이야기는 피하려 했던 생각이 지금도 같이 있다."[10]

장공과 신천옹, 이 두 사람의 독서와 청년기와 유학시절 삶의 체험에서 여러 가지 차이에도 불구하고 몇 가지 공통지향성에 우리는 주목한다. 첫째, 두 사람은 개화기의 신교육을 받기 전에 한문으로 쓰인 동양고전, 특히 유교경전을 읽고 쓰는 데 불편

10. "씨올의 설움", 『함석헌 전집』, 제4권, 55쪽.

없을 정도로 한문(漢文) 정신문화가 그들의 정신세계 토양의 밑
바탕에 있다는 점이다. 이 사실은 훗날 두 사람이 본격적으로 그
리스도교를 통한 서구철학과 종교를 섭취하더라도 동양정신문
화의 가치를 올바르게 자리매김하는 성숙한 지성인이 될 수 있
게 하였다.

둘째, 두 사람은 사회구성원의 바닥계층들에 대한 깊은 체험
적 만남 경험을 통하여 항상 민중, 서민, 씨올 등으로 표현되는
사회의 기층민에 대한 근본적 배려심과 빚진 맘을 갖게 되었다.
장공은 훗날 술회하기를 역사적 종교로서 발전해왔던 그리스도
교는, 로마가톨릭교회는 말할 것도 없고 근대 시민사회 출현과
함께 발전해온 개신교마저도, 예수가 관심 가졌던 '오클로스'를
포용하는 교회사가 아니라 '중산계층'의 종교가 되어왔기에 맑
스–레닌의 종교비판적 유물론이 출현하게 되었음을 지적하였다.

셋째, 두 사람은 그들의 종교사상이 우주적 지평으로 넓어지
고 깊어짐에 따라서 과학과 종교의 대화와 상호보완을 추구하게
되는데, 예수회 신부요 고생물학자였던 테이야르 샤르뎅의 사상
은 두 사람에게 깊은 영감을 주었다.

넷째, 결국 두 사람은 '인간이란 무엇인가?'라는 근원 질문
에 대하여 항상 '역사란 무엇인가?'라는 질문을 연계시킴으로써
역사 과정 자체를 떠난 추상적인 신론(神論)이나 인간론을 배제

하게 되었다. '현실 역사' 한복판에서의 '초월 경험'을 강조하게 된 것이다. 이러한 그들의 공통점들은 이제 두 사람의 인생 지도 자로서 활동 시기에 더욱 뚜렷하게 나타나게 된다.

3) 교육자와 우상 타파의 예언자적 개혁가로서 활동

장공과 신천옹의 일생을 큰 눈으로 조감할 때 떠오르는 그들 삶의 공통적 이미지는 본래적 의미에서 교육자이며 동시에 우상 타파 정신을 가슴에 품은 예언자적 개혁가라는 점에서 일치한 다. 여기에서 말하는 교육자란 학교 교사로서의 좁은 의미만이 아니라 '시대의 교사'라는 의미에서 인생과 역사 의미를 동시대 사람들에게 말해줄 수 있는 통찰력을 갖춘 지성인이었고, 인간 혁명과 종교혁명과 사회혁명과 새나라 새문명 세우기 운동이 교 육을 통하여 이뤄지는 것이 가장 먼 길이면서도 가장 가까운 길 이라고 본 점에서 통한다.

함석헌이 당시 수재들이 공부하는 고등교육기관 동경사범학 교에서 '역사와 윤리' 분야를 전공으로 4년간 학교 공부를 마치 고 귀국한 직후, 일터에 몸을 던진 곳이 500명 정도 조선 학생이 공부하는 자신의 모교 오산중학교였다. 오산학교에서 함석헌은 10년간(1928~1938) 역사와 수신을 가르치면서 '가장 좋은 날'을 보냈다. 동시에 학교 밖에서는 이 기간에 『성서조선』 독자들을 위한 제2회 동계성서강습회에서 저 유명한「성서적 입장에서 본 조선역사」를 3일간 발표하였고(1933. 12. 30.~1934. 1. 5.) 그 내용을 22회에 걸쳐『성서조선』에 연재하였다. 제3회 동계성서강습회 (1934. 12. 30.~1935. 1. 4.) 때「성서적 입장에서 본 세계역사」를 발표하였고, 그 내용이 마찬가지로 22회에 걸쳐 같은 잡지에 연재되었다.[11]

함석헌이 사범학교를 졸업한 후(1928) 해방(1945)될 때까지 일제 식민통치하에서 갖은 고난을 겪었으나, 위의 두 책을 세상에 남김으로써 그 자신의 존재 의미를 드러냈고, 고난의 용광로 안에서 정금을 정련해내었다. 넓고 깊은 인격 형성도 되기 전에 남을 가르치고 설교하려는 직업교사 혹은 직업목사 되겠다고 나서는 젊은이들의 경박함을 경고하고, 그런 전문직업인을 양성해내는 사범학교와 신학교를 날카롭게 비판했던 함석헌이지만, '교육' 그 자체는 가장 중요한 일이라고 보았다.

넓고 깊은 의미에서 생각할 때 사람의 하는 일의 모든 일이 결국 교육입니다. 사람의 일만 아니라 생명의 전(全) 과정이 곧 교

---

11. 이치석,『씨울 함석헌 평전』, 함석헌 연보 참조, 649쪽 (시대의 창, 2005)

육입니다. 진화는 곧 생명의 자기 키움이요 자기 고쳐감입니다. 정신을 곧 생명의 저 돌아봄이란다면 하나님은 자기교육을 영원히 하시는 이라 할 수 있습니다. ……교육이야말로 하나님의 발길질입니다. 절대입니다. 하는 줄 알면서도 하고, 하는 줄 모르면서도 합니다.[12]

함석헌이 동경에서 사범학교를 다니고, 귀국하여 모교에서 10년간 오산학교에서 '선한 목자' 같은 심정으로 교사 일에 전념했을 동안, 김재준은 어디에서 무엇을 하고 있었던가? 『범용기』에 장공은 자신의 청년시대 생활상을 남 이야기하듯 덤덤하게 기록해 놓았다. '늦깎이 방랑청년' 김재준은 웅기항에서 배를 타고 하관(下寬)에 도착하여 기차를 타고 동경 역에 내렸다. 함석헌이 동경사범에 입학한 해(1924)보다 2년 늦은 해(1926) 봄이었다.

그의 주머니엔 오 원 오십 전이 남아 있었다. 당시 막노동 현장의 하루 품삯이 일 원이었다고 기록해 놓았다. 동경 청산학원(아오야마) 신학부에 재학 중인 송창근 학형을 찾아갔고 송창근은

12. 『함석헌 전집』, 제4권, 227쪽.

돌연 연락도 없이 찾아온 동향후배 김재준을 기숙사 규칙을 어기면서 자기 방에 며칠 잠재우다가 고학생 합숙소 '근우관'에 입소시키는 친절을 베풀었다. 장공은 '춥고 배고픈' 고학을 하면서 당시 자유로운 신학학풍이 넘치는 동경 청산학원 신학교에 '청강생'으로 시작해서 졸업생 명단에 끼게 되는 특별 학생대우를 받았다. 당시 청산학원대학엔 영문과 고등사범과 신학과 등이 있었는데, 신학과 교수들이 '늦깎이 조선청년'의 학구열과 진지한 성실성을 4년간 눈여겨 보아온 터라 교수들의 합의된 결정이었으리라. 김재준의 이 무렵 회고록에서 우리는 두 가지 중요한 속말을 듣는다. 한 가지는 가난한 노동자의 임금에 관한 속말이요, 다른 하나는 그의 교육에 대한 비전의 속말이다.

나는 다른 학생 하나와 짝하여 이 일을(건축공사장 지하실 흙 실어내는 일) 한다고 갔다. ……저녁 때 돈 일 원 갖고 숙소에 왔다. 녹초가 됐다. 돈 일 원이 핏값이었다. 나는 노동꾼의 임금은 영락없이 핏값이라고 느끼었다. 노임(勞貸)을 떼먹는 놈은 '식인귀'라고 단정했다. 지금도 나는 그렇게 생각한다. 무슨 일 시킬 때 내가 노임 깎는 법은 없다. 달라는 대로 주고도 더 줘야 덜 미안하다.[13]

장공의 제자들과 후배들이 1970년대에 민중신학을 시작하기 전, 장공은 1920년대 중반에 특히 노동하는 '민중'의 고달픔과 애환을 몸으로 체험하고 있었다. 장공은 청산학원 신학부에 들어갔지만, 그의 고백에 따르면 그때만 해도 목사가 되거나 장차 한국의 신학교 교수나 학장이 되어 신학교를 해볼 생각은 없었다고 고백한다. 그는 방학 땐 철학이나 신학서적보다도 『도스토예프스키 전집』 등 문학 책을 더 많이 읽었고, 관념적으로 정리되고 추상화된 인간론보다는 소설을 통해서 간접적으로나마 접촉하는 생동하는 인간실재에 더 관심이 있었다. 청년 김재준은 자신의 평생 일감을 교육에서 찾고 있었다.

신학에 들어온 것도 어쩔 수 없이 몰려서 그렇게 된 것이고 목사 할 생각은 처음부터 없었다. 교회에 충성할 용의도 없었다. 일제하 조선에서 할 수 있는 일이 무어냐? 그래도 교육밖에 없다는 결론이었다. 그게 비교적 자유로우면서도 후진에게 뭔가 '혼'을 넣어줄 접촉점이 된다고 믿겨졌기 때문이다. 나는 기독교 사상과 신앙을 주축으로 한, 유치원부터 소, 중고, 대학까지

---

13. 『김재준 전집』, 제13권, 80쪽.

의 교육왕국을 세워 본다고 맘먹었다.[14]

    장공은 "어쩔 수 없이 몰려서 그렇게 된 것"이라고 표현한 것을 신천옹은 "하나님의 발길에 채여서"라고 은유적 표현을 사용하여 인간 삶에 신비하게 관계하시는 하나님의 경륜의 손길을 고백했다. 함석헌이 일본 유학 후 귀국하여 모교 오산학교에 교사로 부임했듯이 김재준은 청산학원 신학부 졸업 후 미국에서 3년 동안 더 공부하고 귀국하여, 평양의 숭인상업중학교(5년제)에 교사 겸 교목으로 부임했다. 조만식 장로 등이 이사였고, 조만식 선생의 제자 김항복 씨가 교장이었다. 김재준으로서도 첫 직장이었다. 아내와 아이들을 함경도 창꼴에 남겨놓고 10여 년 간 유랑한 가장으로서 김재준은 오랜만에 안정된 '가정 맛'을 부인과 자녀들에게 선물할 수 있었다.

    그러나, 안정된 가족 울타리의 기쁨을 누리는 것도 잠깐이어서 숭인중학교 교사 3년 만에, 김재준은 학생들에게 민족의식을 불어넣지 말아달라는 것과 신사참배 때 행동을 같이 해달라는 것을 핵심 내용으로 한 학교장의 난처한 호소를 듣고 사표를 낸

---

14. 위와 같은 책, 84쪽.

다.[15] 그것은 함석헌이 오산학교 교사직 10년을 자진사퇴한 이유와 흡사하다.[16] 조선역사를 조선어로 가르치지 못하게 하며, 졸업식에서는 '황국신민서사'를 낭독하도록 한 조선총독부의 교육지침이 교사 함석헌의 양심을 옥죄었기 때문이다. 김재준은 숭인중학교에 사표를 내고 '순교자 열전'의 번역에 집중하면서 내적 위로와 용기를 얻고 있을 때, 캐나다 선교부가 개설한 간도 용정중학교 교사 겸 교목으로 부임해달라는 청빙을 받고 그곳에서 몇 년간 장차 한국 사회에서 한 몫을 담당할 '작은 사자새끼들'을 교육하는 일에 전념한다. 이때 학생들로 강원룡, 김영규, 전은진, 안병무, 김기주, 신영희, 그리고 카캐다 컬럼비아대학교 총장을 지낸 이상철이 있었다.

장공과 신천옹이 한국의 정치사회 현실에 본격적인 참여를 시작하고 삶의 한복판에서 그들의 종교와 철학사상을 펼치려 활동하던 시기는 1960년 4·19 이후부터이다. 물론, 함석헌은 1950년대 후반부터 장준하의 『사상계』 잡지를 통하여 "한국 기독교는 무얼 하고 있는가?"(1956) 또는 "생각하는 백성이라야 산다"(1958)를 발표하면서 현실에 깊이 개입하기 시작했다. 그러나, 크게 보

---

15. 위와 같은 책, 146쪽.
16. 이치석, 『씨올 함석헌 평전』, '마지막 역사시간' 참조. 198~205쪽.

아서 두 사람이 제도적 학교 교사로서의 활동을 접고 난 이후, 특별히 1940~1960년도까지는 '하늘이 그들을 크게 쓰시려고' 아주 심한 대내외적 고난의 시련을 겪게 하신 기간이다. 두 사람은 학문에서 배운 지식을 현실 속에서 새김질 하면서 '배워 들은 지식'을 '주체적 확신과 양식'으로서 변화시켜 간 시기이다.

구체적으로 몇 가지 중요 사건을 예로 든다면, 이 20년 동안 함석헌은 『성서조선』 잡지 사건으로 서대문형무소에서 1년간(1942) '인생대학'을 경험하면서 불경이나 노장 사상을 깊게 연구하게 되어 기독교 신앙 지평을 넓히고, 해방정국에서는 '신의주 학생사건' 주범으로 지목되어 소련군에 의해 50일간 신의주형무소에 투옥되고(1945), 남하를 결단하여 실행하고(1947), 만족상잔의 한국전쟁(1950)을 겪으면서 종교관과 국가관과 문명사관에 획기적 변화를 겪게 되고, 「흰손」(1952)과 「대선언」(1953) 같은 장편 극시를 발표함으로써 정통기독교는 물론이요 우치무라 간조의 무교회신앙 노선마저 넘어서서 스스로 '이단자'임을 선언한다. 그리고 다석에게서 '씨알'이라는 어휘의 중요성을 전수받고(1956) 주체적인 씨알사상 시대를 열어가기 시작한다.

같은 시기에 장공의 삶은 겉으로 보면 조선신학교 설립사업에 부름 받고(1940), 빈곤과 일제 감시 속에서 조선신학교를 지켜가며(1940~1944), 해방정국에서 최초로 "기독교의 건국이념" 강연을 하고(1945), 교권주의자들에게 시달리면서 장로교총회의 '이단재판' 피고석에 불림을 당하며(1951~1953), 교권에 의해 파문당하고 쫓겨난 그리스도인들에 의해 창립된 기독교장로회 창립에 관여하며(1953), 신신학자요 인본주의 신학자요 이단신학자라는 모함과 비판의 총탄세례를 받으면서 한국 신학계에 '성서의 비판적 학문연구와 신학연구에서 양심의 자유'를 확보하는데 진력하였다(1953~1959). 그가 제도적 신학교육기관의 개혁을 통하여 한국 기독교를 개혁하고, 교회의 개혁을 통해서 세상을 개혁하려는 웅대한 꿈을 갖고 기초적 준비를 갖추자마자, 5·16 쿠데타 세력은 60세 이상 된 자들의 퇴임규정을 만들어 한국신학대학 학장직에서 장공을 내쫓아 야인이 되게 했다(1961). 그 결과는 도리어 대학과 기독교계 울타리를 넘어 그가 평생 이념으로 추구하던 '세상 속에 말씀의 성육화'를 실천에 옮기는 역사변혁에 참여하는 투사가 되게 했다.

고난의 풀무불에 달구어진 장공과 신천옹의 일생을 총체적으로 조감해 볼 때, 구체적 삶의 자리가 달랐으나 그들을 추동하던 삶의 열정과 목적지향성에 놀라운 공통점이 있다는 것을 발견하게 된다. 그것을 단적으로 표현한다면 성경적 신앙의 척추라 할 수 있는 예언자적 신앙정신이다. 예언자적 정신은 반드시 3가지가 충족되어야 온전한 예언자적 정신이다. 첫째, 하나님만을 하나님으로서 예배할 것이며 결코 우상을 만들거나 우상 숭배하는 일체행위를 금한다. 둘째, 하나님의 신적 속성을 긍휼하심(자비, 사랑)과 공의로우심(정의, 공공성)으로 보며, 이 둘은 분리되어서는 안 된다. 셋째, 하나님의 보편적 사랑에도 불구하고 공동체 안에서 '가난하고 눌린 자들'의 인간다움의 복권을 위해 자유와 해방의 사회윤리적 책임을 사회구성원 모두의 공동책임으로서 강조한다.

첫째 공통점인 '우상 타파 정신'이라는 관점에서 장공과 신천옹은 일치한다.

장공은 제도적 기독교 교단을 떠나지 않고 일했으나, 그는 교권주의와 신학적 도그마로 압축된 기독교의 우상숭배적 행위에 대하여 철저하게 비판하고 수난당했다. 장공은 성서에 대한 비판적 연구의 자유를 한국 교계에 확보하기 위해 '이단적 신신학자'라는 종교 파문을 받았다. 김재준은 총회나 노회 등 교회의 조직적 협의체는 '그리스도의 권위'를 대행하는 권력기관이 아니라 엄밀하게 말하면 '사무 처리와 친교를 위한 것'이라고 보았고, 교권 행사나 교리쟁론이나 교리 재판 기능이 주된 임무처럼 될 땐 언제나 '은혜'를 희생시켰고 '진리' 자체도 상실했다고 경고한다.[17]

교권주의에 대한 비판은 장공의 프로테스탄트 정신을 잘 반영하고 있다. 줄여 말하면, 기독교 신앙이란 특히 개신교 정신이란 "하나님만이 존귀와 영광을 받으시기 합당하다"는 것이며, 그 때만이 역설적이게 인간이 그 어떤 권위나 제도 기구에 예속되지 않는 자유를 누리게 된다. 거룩하다는 성자(聖字) 돌림의 실재들, 성경(聖經), 성전(聖殿), 성회(聖會), 성직자(聖職者), 성신학(聖神學), 성전(聖戰), 성민(聖民), 성가(聖家) 등은 그 자체를 우상화하려는 경향 속에 항상 빠진다. 살아 계신 하나님을 성경이나 성전 속에 유폐시키고, 특정 신학 체계와 특정 정치이념을 절대화하여 믿는 형제를 단죄하며, 거룩한 전쟁 혹은 거룩한 국가라는 명분으로 살육을 정당시하며, 거룩한 성전을 짓고 성회를 단장하기 위하여 맘몬신과의 야합을 관대하게 용인하기도 한다. 장공의 생애 후기 민주주의 회복을 위한 투쟁도 그 깊은 동기에서 보면, 특정 인물이나 정권을 절대시하는 권력 및 특정 인간의 우상화에 대한 신앙적 저항의 동기가 더 강한 것이다.

신천옹에게 있어서 우상 타파 정신은 장공처럼 철저하였다. 신천옹의 비판적 표현력은 더 날카롭고 신랄한 것이다. 신천옹의 우상 타파 운동은 결국 국가주의 권력 비판과 시대에 뒤떨어

---

17. 『김재준 전집』, 제2권, 42쪽. 김경재, "장공의 교회론 무엇이 새로운가?", 숨밭아카이브(www.soombat.org), 논문번호. A155 참고.

진 채 과거의 영광에 도취해 있는 교회주의의 양심 마비와 그 허위의식에 집중된다. 신천옹은 1930년대 이후부터 줄곧 '국가주의'에 대한 비판의 목소리를 강화해 왔다. 1961년에 『뜻으로 본 한국 역사』라는 책의 개정판 서문에서 자신의 생각이 세 가지 점에서 특히 바뀌었음을 말하는데, 그중 하나가 문명사적으로 세계가 이미 한 울타리 한 생명 체계로 돌입한 이상 전통적인 "국가주의를 내쫓아야 한다는 것"이라고 말했다.[18] 여기에서 말하는 '국가주의'란 정부 형태가 전제군주제, 입헌군주제, 대의민주제, 입헌민주제 등 어떤 형식적 국가구성원리를 채택하더라도, 현실적으로 '국가'라는 절대적 권력이 인간의 양심, 자유, 평화, 교류, 협력을 제한하고 명령하며 생사여탈권을 행사하는 '정치권력'의 우상화를 말한다.[19]

기성의 제도적 종교가 우상화되어 있는 것에 대한 신천옹의 비판은 신랄하다. 지난 2500여 년 동안 인류 문명을 이끌어온 종교들이 위대하지만 '진리 자체'이신 하나님은 더 위대하기 때문에, 기성종교의 교리, 제도, 성전, 경전, 성직제도, 의례 등등을

---

18. 『뜻으로 본 한국 역사』(1983), 18쪽.
19. 김경재, '함석헌의 탈국가주의적 평화공동체' (서울대평화통일연구원주관 심포지엄, 2011), 숨밭아카이브, 논문번호. A193.

절대화하는 것은 우상숭배나 다름없고, 종교 전당을 높이 크게
짓는 것은 누에고치의 애벌레처럼 뽕잎을 먹고 자기 궁궐 속에
들어가 잠을 자는 '낡아 가는 종교의 증상'으로서 제 감옥과 제
묘혈을 파는 행위와 같다고 신랄하게 비판한다.[20] 종교는 온갖 귀
중한 보물을 간직한 궁궐 같은 것이 아니라 항상 새롭게 새순이
돋아나는 거목 같은 것이며, 하루하루 새롭게 영원자 앞에 서야
하는 행위요 자세인 것이다. 특히, 현대 기독교가 자본주의적 가
치관과 수량적 사고에 빠진 것은 종교와 문화의 야합 중에서도
'상피(相避) 붙는 야합'이라고 신랄하게 비판한다.[21]

　　장공과 신천옹의 예언자적 우상 타파 정신은, 정치권력이 경
제권력과 야합하여 국제질서나 한 국가 사회 안에서 '가난하고
힘없는 자들'을 멸시하는 '약육강식 적자생존'을 기본철학으로
하는 소위 19세기 말부터 20세기 초에 풍미했던 식민제국주의
적 '사회 진화론'(Social Darwinism) 가치관에 대하여 철저히 비판
하며 맞선 것이다. 다윈의 생물학적 '자연선택법칙' 혹은 생물
진화법칙을 인간 사회와 국제질서에 적용시킨 생물학적 사회진
화론은, 인간존재를 순전히 생물학적 존재로서만 보고 생존경쟁

---

20. 『함석헌 전집』, 제3권, 46쪽, 220~221쪽. 함석헌의 종교시 「대선언」과 「흰손」참조
21. 위와 같은 책, 219쪽.

을 통해 적자생존하는 법칙을 사회나 국가발전에 적용시키려는 것이다. 여기에서는 무제한적 경쟁, 자유방임적 자본주의, 기득권과 귀족주의를 옹호하는 정치적 보수주의, 인종차별주의, 정치패권주의, 부국강병주의, 식민지배등이 정당화되고 찬양 고무된다.

'사회진화론'의 근본철학적 오류는 '진화'를 촉매하고 촉진하는 동기와 승화가 무한경쟁과 약육강식에만 있다고 한쪽 측면만을 보는 점이다. 사회진화론자들은 자연 안에 생태적 공생질서, 상부상조 상생원리, 유기체적 '온 생명 시스템'이 엄존함을 보지 못한 것이다. 더욱이, 생물학적 인간론에만 치우쳐서, 공맹의 '인의지심'(仁義之心)이나 붓다의 '연기론적 동체대비심'(緣起論的 同體大悲心)이나, 예수의 '잃은 양 1마리를 찾는 목자의 심정'을 감상적 도덕주의자들의 가치판단 혹은 잘못 가르친 관념적 인간론으로서 비난 대상이 되고 만다.

포장지만 바뀌었을 뿐 본질은 '사회진화론적 세계관'을 추종하는 한국의 보수 군부 정치세력에 대하여 장공과 신천옹의 사회참여적 행동은 단호한 '아니!'(Nein!)라는 신앙 양심적 저항이요 증언이었다. 현실은 물질적 풍요와 부국강병을 가져오기 위해서 약자의 희생이 당연히 혹은 어쩔 수 없이 요청된다는 경제발전 지상주의와 군비강화 남북대결구조를 당연시했다. 21세기 세계를 뒤덮고 있는 '신자유주의'란 것도 그 혈통의 뿌리 속엔 19~20세기의 '사회진화론 철학'의 DNA가 다분히 흐르고 있는 것이다. 그 결과, 한국 사회도 양극화가 심화되고 기후 붕괴와 정치 붕괴, 교육 붕괴와 기독교 신뢰 붕괴가 일어난 것이다.

장공과 신천옹은 맹자철학을 깊이 체득한 동아시아의 지성 인으로서 맹자의 '인의철학'(仁義哲學)을 기독교 예언자들의 야훼신앙의 핵심과 연결시켜 지평 융합시켰다. 하나님의 속성은 '긍휼히 여기시며, 공의로우신 하나님'이기에 하나님의 인간에 대한 요청 역시 '인애(仁愛)와 공의(公義)'를 개인과 사회공동체 삶 속에 관철시키는 문제로 보았다. 그래서 두 사람은 '역사 현실'에 신실하고 책임적이려고 최선을 다한 삶을 살았다. 역사 현실에 책임적인 참여가 지성인의 도리라고 생각한 점에서 장공과 신천옹은 견해를 같이한다.

'불일불이'란 인식론에서 이분법적적 사고는 물론이요 심지어 단순한 변증법적 사유 단계마저 넘어서는 매우 역설적인 실재관이자 인식론적 태도를 표현하려는 불교적 표현어구다. 예를 들면 구원사(聖)와 세속사(俗), 진여계(眞如界)와 생멸계(生滅界), 하늘나라와 세상나라, 영원과 시간, 비움과 충만, 그리고 그 모든 것들의 총괄 표현으로서 하나님 사랑과 이웃 사랑이 '불일불이적 관계'의 예들이다. '불일불이론'은 분별지(分別智) 상태에서의 서로 대립적인 두 가지 실재가 사실은 '서로가 서로를 가로막고 차단하면서도 역설적이게도 서로를 비춘다'(雙遮雙照)는 것을 확철(確徹)하는 선불교적 진리론의 핵심이기도 하다.

장공과 신천옹은 하나님과 피조물을 동일시하거나 곧바로 일치시키지 않는다. 일단 '구별'한다는 점에서 철저히 '그리스도교적 사유'에 충실한 분들이다. 그러나, 동시에 두 사람은 그 양자를 '분리'하지 않는다는 점에서 통하고, 적극적으로 말하면 하나님과 피조물은 '쌍차쌍조' 관계라고 보는 셈이다. 칼빈 신학적으로 말하면, 하나님 지식은 인간 지식과 상호관계적이다. 인간이 무엇인가를 알려면 하나님이 누구이신가를 알아야 하고 그 반대도 그렇다. 하나님의 아픔과 민중의 아픔은 '불일불이론적 관계'이다. 민중의 고난을 외면한 채 하나님께 영광 돌린다는 예배는 가식이고 자기기만이며 신성모독이다. 그래서, 그 근원적 두 범주 실재가 만나고 함께 이뤄가는 고난의 '역사 현실' 혹은 '생명 현실'을 절대로 중요시한다는 점에서 장공과 신천옹은 같은 입장을 취한다.

장공과 신천옹의 삶과 사상 속에서 인간의 삶이 단순히 생물학적인 존재가 아니라 정신적 가치와 의미를 찾는 존재인 한, 특히 종교나 문화의 정신적 활동영역에서는 양(量)보다는 질(質)을 중시해야 한다는 것이다. 그리고, 오늘의 갈릴리 민중 속에 임하시는 그리스도의 현존과 하나님의 임재를 예민하게 감득해야 한다는 것을 강조했다. 『씨올의 소리』 복간호에 기고한 장공의 글에서 양보다 질의 강조, 그리고 「씨올의 설움」이라는 글 속에서 신천옹의 '하나님과 민중'의 불일불이론적 사고(不一不二論的 思考)의 핵심을 음미할 수 있다.

무릇 정신적인 것은 량(量)에 있는 것이 아니라 질(質)에 있는 것이다. 그 바탕이 참되고 아름답고 선하고 깨끗한 것이라면, 그것으로 천 배 만 배의 열매가 기대된다. 그 천이라 만이라 하는 것도 량산(量産)이라는 각도에서 하는 말이 아니다. 그것은 량(量)으로서의 부피가 아니라 질(質)로서의 부피를 말함이다. 「씨알」의 장래에 영광이 있기를 빈다.[22]

씨올로 감은 결국 하나님으로 감이다. 바다가 하늘 물의 내려온 것이듯이, 그리하여 바다의 길은 올라가는 데 있듯이, 씨올은 하늘 말씀의 내려온 것이요 씨올의 운동은 곧 하늘로 올라가는 운동이다. 그러므로 하늘이 언제나 바다의 품에 깃들어 있듯이 하

---

22. 김재준, 「씨알」은 죽지 않는다' -『씨올의 소리』 복간에 부쳐, 복간호, 1971. 8월호.

늘의 뜻은 언제나 씨올의 가슴에 내려와 있다.…… 씨올을 받듦이 하늘나라 섬김이요, 씨올을 노래함이 하나님을 찬양함이다.[23]

[3] 두 사상가의 미묘한 편차가 지닌 특징과 그 의미

위에서 지금까지 우리는 장공과 신천옹, 두 거목의 삶 속에 나타난 공통지향성을 살펴보았다. 그러나 공통지향성 못지않게 특징과 차이가 있음도 놓치지 말아야 하겠다. 특징과 차이는 옳고 그름의 문제이거나 우열의 문제가 아니고, 삶 속에 다양성과 새로움을 선물하시는 하나님의 선물을 바르게 향유함이다. 아래에서 세 가지 소주제를 가지고 두 선각자의 특징과 차이를 좀 더부연해서 살펴본다.

1) 과학과 종교, 이성과 신앙의 관계

장공과 신천옹의 사유세계에서 이성과 신앙 그리고 과학과 종교가 상호배타적이거나 갈등구조 속에 있지 않다고 본 점에서

---

23. 『함석헌 전집』, 제4권, 67쪽. '씨올의 설움'.

같은 입장을 취한다. 이성과 신앙이 모두 하나님의 선물이고, 과학과 종교가 모두 진리를 밝혀 참되고 복된 삶을 살아가기 위한 인간적 노력이라는 점에서, 비록 양자의 연구 대상이 다르고 연구 방법이 다를지라도 충돌할 필요가 없으며, 상호 경청하고 협동해야 한다고 본다.

그런 전제 아래서, 깊이 보면 신천옹과 장공의 입장엔 약간의 차이와 특징이 나타난다. 신천옹은 장공보다 인간의 이성의 기능과 과학의 역할에 훨씬 더 적극적인 평가와 기대를 갖는다. 신천옹은 세계주의와 과학주의에 더 많은 영향을 미래문명이 받는다는 것을 직시한다. 이성보다 더 높은 초월 차원에서부터 계시가 오지만, 그 계시가 인간의 마음에 받아지고 의미 있는 지혜와 영감으로서 가치를 가지려면 이성이라는 기능을 통과해야만 한다.[24] 그렇지 않으면 영감 받고 성령 받았다는 황홀경은 신들림의 빙의 현상, 광신적 열광주의, 감상적 집단최면에 빠진다. 과학과 종교가 인류 역사와 생명 현상 속에서 다투는 문제에서 신천옹은 과학의 말에 귀 기울여야 한다고 본다. 이성과 신앙 혹은 과학과 종교관계성에 대한 신천옹의 생각을 아래 인용문에서 압

---

24. 위와 같은 책, 제3권, 226쪽, '새 시대의 종교'

축하여 볼 수 있다.

이성적이라 함은 감정을 무시하잔 말도 아니요, 영적인 면을 몰라서 하는 것도 아니다. 감정이 중요한 일을 하는 고로 그것을 이성의 빛으로 비추어주어야 한다는 말이요, 영계(靈界)가 있는 것은 사실이므로 일은 감정으로 취해 감정의 고조된 것을 영으로 속단하는 그런 어리석음을 아니 하기 위해서 하는 말이다. 이성(理性)은 이(理)라는 글자가 표시하는 대로 개개의 현상을 초월하는 힘이다. 그러므로 인격적 힘이 발전하는 것은 이것으로 될 것이다.……이성이 갈 곳까지 간 연후에 신앙의 세계가 열린다.…… 지(知)는 신(信)이 아니지만, 신(信)에까지 이르게 한 것은 지(知)임을 알게 된다. 종교는 이성을 반대할 것이 아니요, 도리어 완전히 자라도록 자유의 분야를 주어야 한다.[25]

위의 인용문에서 보듯이 함석헌의 종교 이해가 소위 계몽주의 시대정신의 완성자라고 평가하는 임마누엘 칸트가 말하는 '이성의 한계 안에서 종교'를 추종하는 입장이 아님은 분명하다.

---

25. 「함석헌 전집」, 제3권, 231~232쪽, "새 시대의 종교"

함석헌은 영계나 영적 실재나 인간의 영성이나 계시적 체험을 인정한다. 그러나, 그는 초극된 이성주의자이다. 인간의 인격성을 이성적 능력에서 본다. 영성도 이성 없이는 소박한 감성 차원에 떨어진다고 본다. 그러한 신천옹의 새로운 종교 체험의 경지 혹은 새 종교의 특징을 "환히 뚫려 비치는 종교"[26]라고 그는 불렀다. 이것은 영과 육, 안과 밖, 지성과 영성, 과학과 종교가 서로 분열 대립되거나 막힘과 갈등관계에 있지 않고 통전(通全), 융화(融和), 상보(相補)관계에 들어간 경지를 말한다.

과학과 종교의 상호관계에 관한 기본적인 생각은 장공에 있어서도 신천옹과 거의 같다. 특히 한국 교회의 성령 운동에서 지성을 무시하고 감정적 흥분 상태만을 강조한 경향에 대하여 매우 비판적으로 경고했다. "요새 우리 교회의 일부에서는 성신의 역사라면 으레 '감정적' 흥분만을 예상하고 투철한 지성적 활동은 성신과는 무관한 것같이 여기는 일이 많다. ……지식이 수반되지 못한 감정이란 가장 위험한 것이다. 지식의 냉철함보다도 감정의 열광은 더욱 위험하고 저열하다"[27]고 종교에 있어서 지성의 중요성을 신천옹처럼 강조한다.

---

26. 위와 같은 책, 234~235쪽.
27. 「김재준 전집」, 제4권, 204-205쪽, "성신과 신비경험의 제상".

장공은 '진리' 혹은 '실재'에 대한 진리담론엔 차원을 달리하는 3가지 차원이 있음을 강조한다. 물질 세계를 탐구하는 감각적 지식 및 실험에 기초한 자연과학 영역, 논리적 수학적 명증성을 기초로 하는 이성 철학적 형이상학 영역, 그리고 하나님의 계시와 직관체험을 통한 영적인 진리 영역이 그것이다. 현대 과학주의가 물질론적 환원주의에 경도하여 과학이 말할 수 있는 실재 영역의 발언 범위를 넘어서, 형이상학적 담론과 종교적 담론의 진리의 타당성까지 판단하려는 월권적 '과학지성'을 향하여 보다 겸허할 것을 충고한다. 예를 들면 그리스도 예수의 '부활체'와 '부활의 역사적 사실성'을 자연과학적 법칙과 원리에 기초하여 그 가능성이나 진실성을 판단하려는 것은 잘못임을 명백히 한다.[28] 그러므로, 장공은 신천옹에 비하여 보다 '성서적 실재론자'라고 말할 수 있겠다. 장공의 입장과 비교할 때, 신천옹은 그리스도의 '부활체'나 '역사의 종말론적 성취'에 관하여 '여기·오늘'에 갖는 실존적 의미를 강조한다.

---

28. 위와 같은 책, 제1권, 75쪽 ; 숨밭아카이브, 논문번호. A, "장공의 성서적 실제론에서 부활체와 사후생 이해".

2) 종교 다원사회에서 기독교의 자기정체성 이해에 대하여

장공과 신천옹이 한국의 이웃종교들에 대하여 열린 태도를 취하고 있음은 다 아는 사실이다. 그런데, 그 두 분이 보편적 종교인으로서 평생을 살고 간 사람이 아니고 진솔한 그리스도인으로서 살았고, 기독교의 정체성을 삶과 사상에서 뚜렷이 드러낸 분이란 것도 사실이다. 그렇다면, 타종교에 대한 열린 태도를 가지면서 자신들은 그리스도인으로서의 자기정체성을 잃지 않고 평생을 살고 갔을 때, 타종교에 대한 개방성(openness)과 자신의 종교에 대한 성실성(commitment)을 동시적으로 살려나가는 태도와 입장에서 두 분은 미묘한 차이를 드러낸다. 먼저 함석헌의 삶에서 공개적으로 기독교를 세계종교 중 유일한 계시종교가 아니고 참진리를 드러내는 위대한 종교들 중 하나라는 인식은 옥중생활(1942~1943) 중 불경과 동양고전을 읽고, 한국동란(1950)을 거치면서 분명해졌지만, 공개적으로 뚜렷하게 말한 것은『뜻으로 본 한국 역사』로 책명을 바꾸면서 쓴 서문에서 나타난다.

고난의 역사라는 근본 생각은 변할 리가 없지만 내게는 이제는 기독교가 유일의 참종교도 아니요, 성경만 완전한 진리도 아니다. 모든 종교는 따지고 들어가면 결국 하나요, 역사철학은 성경에만 있는 것이 아니다. 나타나는 그 형식은 그 민족을 따라

그 시대를 따라 가지가지요, 그 밝히는 정도의 차이는 있으나, 그 알짬되는 참에 있어서는 다름이 없다는 것이다.[29]

위 인용문에서 "모든 종교는"이라는 말은 보편적 세계 6대 종교들(그리스도교, 불교, 이슬람교, 힌두교, 유교, 도교)은 물론이요 민족 종교이면서 보편성을 지닌 다른 종교들도 모두 포함한 말이다. 따지고 들어가면 그 알짬에서 하나이며 그 참에 있어서 다름없다는 입장이다. 그런데 왜 종교의 형식이 다르게 나타나는가? 두 가지 중요한 이유를 말한다. 첫째는 '진리'를 체험하고 표현하는 민족이 다르고 역사적 삶의 자리가 다르기 때문이라는 것이다. 전문적으로 말하면 '해석학적 이해의 패러다임을 구성하는 수용자의 영성특징이 문화와 역사경험'에 따라 다르므로 '진리'가 다양하게 언표되고 상징된다는 것이다. 둘째, 종교들의 알짬되는 참을 말한다면 다름이 없지만, '그 밝히는 정도에 있어서는 차이가 있다'는 것이다.

그렇다면 함석헌이 그리스도인이 되었고, 평생 그리스도인임을 자기 정체성으로서 고백하고 산 것은 결국 두 가지 때문이

---

29. 『함석헌 전집』, 제1권, 18쪽. 서문 '넷째판에 부치는 말'

다. 첫째는 개화기에 평북 지방에 살던 한 민중으로서 가정과 마을이 기독교를 일찍부터 받아들여 그 문화와 종교 분위기에 일찍 접촉한 '문화 역사적 우연성'이다. 둘째는 그가 경험한 삶의 모순과 문제가 무수하게 많지만, 그의 실존적 문제를 풀어주는 진리의 투명성과 온전성의 '밝히는 정도' 측면에서 '환하게 뚫려 비치는 진리의 말씀'을 예수의 생애와 말씀 속에서 찾았기 때문이다.

결론적으로 말하면 함석헌은 종교다원론의 입장을 분명히 취하되 개인 신앙은 실존이 문제제기하는 '궁극적 관심'의 문제 성격을 보다 명료하게 해명해주는 종교를 종교적 자기정체성의 근본으로 결단하게 된다는 입장이다. '궁극적 관심'의 문제 성격이 신천옹과 다른 법정스님은 '불교'에 귀의하게 된다는 말이다. 그렇다면, 함석헌이 불교도가 아니고 그리스도교인이라고 자기정체성을 고백할 때, 그의 궁극적 관심의 문제 성격은 무엇인가? 간단하게 말할 수 없지만, 불교보다도 그리스도교가 역사의 의미, 인격적 책임성, 사회 참여적 관심, 철학적 이성종교를 넘어서는 영의 종교로서 특성, 고난의 현실성을 무명(無明)의 해탈로서만 아니라 의지의 회개를 통하여 '돌파 승화'하려는 '십자가 못 박힘의 영성'(spirituality of crucifixtion)의 열정(compassion) 등이라고 열거해 볼 수 있을 것이다.

장공의 이웃종교에 대한 입장은 다원론과 성취론의 경계선 상에 서 있다고 보인다. 그 점에 있어서 장공의 타종교에 대한 태도는 신천옹의 그것과 호흡을 같이하면서도 미묘한 차이를 보인다. 우선 장공의 「비기독교적 종교에 대한 이해」(1965)라는 중요한 논문에서 그의 기본 입장을 들어보면 아래와 같다.

동양고전에도 '天生萬民, 作之君, 作之師'라 하여 어진 임금, 고명한 스승들이 다 하늘의 명을 받들어 만민을 교도하기 위하여 온 사람들이라 했다. 우리는 타종교가 악마의 소산이라는 것보다도 자유하시는 성령의 역사(役事)에 의한 하나님의 단편적인 말씀이라고 보는 것이 더 타당하다고 생각한다. 받는 인간의 정황(情況)이 어스름 달빛처럼 희미한 데서 그 나타남이 흐리고 또 단편적인 것으로 된 것이라 하겠다. 이것이 그리스도에게서 완전함을 이루었다.[30]

위 인용문이 내포된 논문의 집필 연대가 제2차 바티칸공의 회(1962~1965)가 끝나던 해였음을 주목할 필요가 있다. 또한 당시

---

30. 『김재준전집』, 제7권, 342쪽, '비기독교적 종교에 대한 이해'

한국 보수적 기독교의 타종교에 대한 일반적 입장은 '배타적 태도' 입장보다 훨씬 부정적 생각이어서 한국 전통종교 유산을 '비진리' 일 뿐 아니라 '우상 종교, 마귀 종교' 라고 폄훼하는 몰지식의 상태였음을 감안해야 할 때, 장공의 견해는 신학자로서 매우 파격적이었다.

장공의 타종교 이해는 종교신학에서 흔히 분류하는 다원론과 성취론의 경계선상에 있다고 앞에서 말했다. 타종교에 대하여 포월론(包越論)의 입장이라고도 표현할 수 있는데, 이웃종교의 훌륭한 점을 포용하면서도, 복음진리는 그것들을 초월하는 차원이 있음을 고백하는 입장이다. 장공의 포월론적 입장은 세계의 종교들이 "자유하게 하시는 성령의 역사에 의한 하나님의 단편적인 말씀"의 결실물이라고 보았기 때문이다. 힌두교, 이슬람교, 유교, 심지어 철학적 종교인 불교마저도 '자유하게 하시는 성령의 역사(役事)' 의 결과라고 보는 것은, 하나님의 보편적 계시를 인정함과 동시에 종교란 본질적으로 '인간이 만든 작위적 산물' 이 아니라 '초월적 진리와의 관계적 산물' 이라고 보는 입장을 나타낸다. 종교 간의 참을 드러내는 정도에 차이가 있음을 인정하는 점에서는 신천옹과 생각을 같이한다.

그러나, 신천옹과 차이점은 장공은 그리스도교의 '우월성' 을 교리적 논쟁이나 학문적 비교 연구를 통해 논증될 수 없는 성

질의 것임을 분명히 하면서도, 그는 고백적으로 세계종교사에서 드러난 진리들이 예수 그리스도의 '성육신적 삶과 죽음과 부활 실재성' 안에서 완전하게 성취되었다고 고백하는 '성취설'의 입장이다. 그럼에도 불구하고 장공은 타종교인을 개종시키려는 선교적 고자세(高姿勢)를 서구 문화제국주의적 우월의식이라고 비판하고, 그리스도교의 '우월성'은 오직 겸허, 봉사, 사랑, 자기 희생 등의 '생활신앙'을 통해서 삶으로서 실증되어야 한다고 강조한다.[31]

3) 비폭력적 저항의 윤리, 개체 씨올의 내면적 혁명, 그리고 공동체의 사회변혁에 대하여

장공과 신천옹은, 그들의 사유 지평이 넓고 깊고 높아서 흔히 전문 지식인들이 빠지는 일방적 경향성 혹은 편파성을 드러내지 않는다. 실재와 생명 현상을 이해할 때에도, 폴 틸리히가 분류하는 모든 존재하는 것들의 세 가지 '양극성적 통합'(兩極性的 統合), 즉 인간 존재 방식의 '개체성과 사회적 참여성', 생명 활동에서 '역동성과 형태성', 한계 상황에서 '자유와 운명적 제약성'

---

31. 위와 같은 책, 345쪽.

을 동시에 살려내는 사유구조와 삶의 행동을 살아왔다.[32] 그야말로 군자가 이루기 어렵다는 참된 '중도'(中道)와 불일불이(不一不二)적 실재관을 중심으로 살아왔다.

그럼에도 불구하고, 우리가 장공과 신천옹의 특징을 신중하고 면밀히 살펴볼 때 두 사람 사이에는 차이가 있다. 몇 가지 사회적 지도자로서, 정신적 지도자로서 우리들이 놓치지 말아야할 것은 그 차이의 강조점이다.

첫째, 신천옹 함석헌은 인간의 개인적 삶과 역사적 공동체 삶의 양면성 관계를 '나무'와 '숲'의 관계성을 유비로 말했다. "씨를 매기자는 것이 숲이요, 숲을 이루자는 것이 씨다."[33] 민족이라는 더 큰 생명의 모태 없이는 예수나 석가라는 위대한 인물도 쉽게 나타나지 않는다고 말한다. 그러나, 함석헌의 강조점은 "씨올이 안으로 영글어지는 것"이 일차적으로 중요하다고 보는 반면, 장공은 개인의 인간다움의 자기실현은 공동체가 자유, 정의, 사랑, 질서 등 건강한 요소를 갖추어야 한다고 강조한다. 신천옹은 퀘이커 신앙의 '내면의 빛'을 강조하고, 장공은 성령 안에서 거

---

32. Paul Tillich, *Systematic Theology*, vol.3. pp.30~99 (The University of Chicago Press, 1963)
33. 『뜻으로 본 한국 역사』, 28쪽.

듭난 인간들이 세상 속에 성육화하여 '역사 전체의 질적 변화'를 추구해야 한다고 강조한다. 신천옹에게 있어서 교회는 최소한의 형태조직을 선호하여 무교회신앙공동체나 퀘이커신앙공동체에 몸을 담았다. 그에 비하여, 장공은 종교집단체의 타락과 우상화를 끊임없이 탈바꿈하며 개혁해가면서 제도적 교회 형태와 교단의 형성에 몸을 담았다.

둘째, 신천옹은 역사의 발전에서 기독교의 종말론적 신앙을 철저히 비신화화하여 현재 역사가 '나선형적인 무한한 상승'을 무한히 계속함을 강조하였다. 하나님도 영원히 새로움으로 더해가시는 '창조적 과정적 하나님'이시고 "다 이루었다. 나는 알파와 오메가이다"라는 역사 완성 고백은 실존적 의미로서만 받아들인다.[34] 신천옹에게 있어서 역사는 앞으로 위로 층계를 올라가는 영원한 운동이다. 장공에게 있어서는 인간 존재의 원점은 창조주이시고, 인간 구원의 원점은 그리스도 예수 자신이고, 역사의 원점이자 종국점은 '하나님의 나라' 곧 '우주적 사랑의 공동체'이다.[35]

신천옹과 장공이 동양 고전에 친숙했고, 특히 그리스도교적

---

34. 위와 같은 책, 43, 47, 57~58쪽.
35. 『김재준 전집』, 제18권, 99~101쪽, '역사의 원점을 찾아서'

예언자 사상과 맹자의 정치철학을 그들의 삶 속에서 통전했다는 점을 이미 언급했다. 그럼에도 불구하고 두 사람의 차이가 나는 이유는 신천옹이 동양 고전 중에서 노장 철학의 특징, 즉 일체의 인위적 체계와 규범과 제약을 부정하고 개인의 무위자연적 창의 성과 예술성과 자유를 확보하려는 갈망이 장공보다 더 강했다는 점에서부터 연유한다. 물론 신천옹은 노자나 장자가 도달한 춘추전국시대의 '개인적인 자유와 해방'에 안주할 수는 없었다. 그의 사상의 또 다른 뿌리인 그리스도교 신앙이 공동체와 역사를 중시하도록 그를 붙들었고, 불교 화엄사상의 '일즉다, 다즉일'의 연기적 실재관이 개인 속에 이미 들어와 있는 전체를 항상 느끼게 했다. 그럼에도 불구하고, 신천옹의 정신세계는 장공의 그것과 비교할 때 보다 더 노장철학적이었고 개체가 지닌 인격적 내면세계에 대한 '절대적 무간섭의 자유'를 확보하려는 특징을 지닌다.[36]

장공은 그의 아호가 상징하듯 정신적 자유인으로서 노자의 '도충이용지혹불영'(道沖而用之或不盈)의 진리와 장자의 '소요유'

---

36. 노장사상의 발생하고 주창되었던 춘추전국시대의 역사적 삶의 자리에서, 노장철학의 위대성과 동시에 한계성을 밝힌 송영배교수의 글을 참조하였다. 송영배, 제자백가의 사상, 제9장과 제10장, 233~359쪽 (현음사, 1994)

(逍遙遊)의 예술적 자유혼을 가진 이였지만, 그의 정신적 뿌리는 맹자의 인의철학과 예언자들의 구원사 신앙과 예수의 성육신정신 토양 속에 더 깊게 뿌리내리고 있었기 때문에 노장철학적인 몰역사적, 탈공동체적, 개인적 안심입명의 경향성에 경도될 수가 없었다. 물론 그러한 노장철학의 장점인 탈속적이고도 예술적 자유혼은 장공의 역사 참여 신학으로 하여금 서구의 그것처럼 역사주의 폭력성과 과잉 의욕적 성장주의나 실적주의 유혹에로 떨어지지 않게 하는 안전핀과 방파제 역할을 했다. 요점을 말하자면, 장공의 '소요유'(逍遙遊)는 대자연에로 귀향함으로써가 아니라 세속적 역사 한복판에서의 '소요유'를 누렸다는 말이며, 역사전체와 범우주적 피조세계의 구원을 앙망했다.

셋째, 신천옹과 장공의 특징은 폭력적 세상 질서에 대한 '비폭력적 저항 및 투쟁'에서의 묘한 입장 차이에서도 나타난다. 두 사람 모두 그리스도인이 폭력 사용을 거부해야 한다는 것, 특히 정치이념을 정당시하면서 국가가 인간을 '합법적 살상행위'에로 내몰아가는 전쟁의 폭력성과 독재정치가의 정치폭력 정당성 주장을 절대 반대하였다. 그런데, 함석헌은 예수와 마하트마 간디와 조지 폭스 등의 영향을 받아 보다 철저한 '비폭력적 저항과 투쟁'을 강조한다. 이것은 철저한 종교적 신념투쟁이다. 자기의 죽음마저 각오하는 진리투쟁이다. 소극적인 폭력의 회피가 아니다.

장공에 있어서는 원론적으로는 함석헌의 입장에 동의하지만, 보다 라인홀드 니버나 본 훼퍼의 '크리스천 리얼리즘 윤리의 상황적 문제'로서 본다. 하나님 앞에서, 산상수훈의 계명 앞에서 '정의롭거나 떳떳한 폭력'이란 있을 수 없지만, 보다 더 큰 생명의 희생을 막고 악의 세기말적 횡포를 저지하기 위해서 '대응적 폭력'을 사용해야 할 경우를 열어놓는다.

[4] 나가는 말:
장공과 신천옹의 삶과 사상이 오늘에 주는 의미

1970년대는 한국 정치사회사에서 가장 어려웠던 시기였다. 쿠데타 이후 본래 공약을 어긴 것은 물론이요, 박정희 씨라는 특정 인물을 계속 대통령으로 연임시키고 그와 결탁한 보수정치인들과 정치군부세력이 영구집권 욕망을 가지고 민주주의를 근간에서 무너뜨렸기 때문이다. 언론에는 족쇄와 자갈이 물리었고, 양심적 언론인과 지식인들과 수많은 학생과 노동자들이 투옥되거나 직장에서 쫓겨났다. 그런 암흑의 시대에 1970년 4월, 4·19 정신을 이어가면서 두 개의 개인잡지가 세상에 출현했으니 그것이 함석헌의 『씨올의 소리』와 김재준의 『제3일』월간지였다.

두 사람이 약속이나 한 듯, 같은 달에 주권재민의 민주주의, 양심과 언론의 자유, 인권의 존엄성, 약육강식이 아닌 상생적 삶, 불의에 대한 저항의 권리와 책임성, 그리고 새로운 시대의 도래를 강조하는 공통적 비전이 돋보였다. 잡지의 제호(題號) 자체를 두 분이 각각 한글 붓글씨로 써낸 것도 공통이었다. 두 분은 '민주수호 국민협의회' 공동의장(김재준, 함석헌, 천관우, 지학순, 이병린)으로 추대(1973)되어 제야민주세력의 불기둥과 구름기둥으로 활동하였다. 끝내 '3선개헌'이 불법적으로 강행통과되고 재야지도부가 거의 가택연금 상태에 이르게 되자, 장공은 민주화운동을 세계적 교회기구를 통하여 전개하려는 계획을 가지고 캐나다로 출국하여 10여 년간 그곳에서 북미주 '한국민주회복통일촉진 국민회의' 의장으로서 크게 활약하였다.

장공과 신천옹은 1987년 1월 19일에 "새해 머리에 국민 여러분께 드리는 글"[37]을 발표하여 '한국의 늙은이들의 대표로 자처하면서' 온 마음으로 국민과 사회 대표적 집단에게 탄원의 글을 발표했다. 그 글은 장공의 서거(1987. 1. 27.) 직전 마지막 '유언'이 되었고, 신천옹도 생애 말년의 개인 투병 생활로 들어가게

---

37. 원문 전체 내용은 〈장공기업사업회회보〉 제12호. 18~19면 참조.

되어 2년 후에 타계(1989. 2. 4.)했으니 그분에게도 민족에게 주는 마지막 말이 되었다. 이 마지막 유언의 글은 오늘날 읽어도 역사의 방향을 지시하는 살아 있는 글이다. 그 마지막 글에서 강조하는 '탄원의 글'은 정부당국자들에게, 학생들에게, 야당지도자들에게, 군인들에게, 근로자와 기업주들에게, 그리고 마지막으로 국민(씨울)들에게 주는 간곡한 당부 형식으로 구성되었다. 글의 핵심 정신과 요지는 다음 3가지로 압축할 수 있다.

첫째, 현재 인류 역사는 '힘의 철학'을 믿는 '낡아빠진 대국가주의 시대'와 강압통치 시대가 아니므로, 소통을 무시하는 상명하달식의 군인정치나 독재정치를 완전히 청산하고 주권재민의 민주화를 완성해야 한다. 인간존엄과 양심을 어긴 폭력 고문 정치는 정치가 아니다.

둘째, 민족의 경제적 삶은 기업가와 경영전문가와 근로자들의 공생공영의 정신에서 이뤄나가야 하며 기업가 개인 소유나 경영 관리 집단 이익이나 근로자들의 것이 아니다. 재화생산의 소득분배도 정의롭게 이뤄져야 하고 기업가들의 '시혜품'으로 착각해서는 안 되며, 상생하는 사회가 되도록 겸허하고 빈 마음을 가져야 한다.

셋째, 새 시대의 주인공인 학생들, 군인들, 야당 정치인들, 기업인들, 노동자들은 각각 민족공동체 나라를 이뤄가는 정당한 자기 몫을 담당해야 한다. 그러나, 궁극적으로 나라 운명의 최종 책임은 국민(씨올)들의 각성에 달려 있다. 국민(씨올) 스스로가 나라의 주인으로서 제 임무를 다해야 한다. 자유, 정의, 질서를 가져올 궁극적인 힘을 가진 자는 국민뿐이다. 국민이 자신의 힘을 바로 쓰는가의 여부에 나라의 운명이 달려 있다.

위에서 요약한 내용은 그 글이 발표된 지 25년이 지난 오늘에도, 정치적 중요한 변화의 지점에 서 있는 한국 사회와 지구촌 시민운동에서 여전히 그 의미를 더욱 갖는다. 장공과 신천옹이 20세기 한국 기독교 역사를 배경으로 출현한 탁월한 기독교 사상가요 지도자임을 부정하는 자들은 그 부정하는 입장 선택으로 말미암아 스스로를 '빛의 자녀들'에 속한 것이 아니요 '어둠의 자녀들과 어둠의 권세'에 속한 것임을 스스로 입증할 뿐이다.

결론적으로, 두 사람의 차이와 특징에도 불구하고 두 선각자들이 오늘의 한국 사회와 한국 기독교에 주는 교훈을 3가지로 압축할 수 있다.

첫째, 인류 문명 사회와 한국 사회는 철저한 주권재민의 민주주의 사회와 지구촌 문명의 '하나의 세계'로 진입해 들어갔음을 깊이 인지하고, 정치적 경제적 민주화와 문화적 인간화에 진력해야 한다. 국가권력주의 잔재, 빈익빈 부익부의 양극화를 정당시하는 경제이론과 정책, 사회구성원간의 대립 폭력을 부추기는 분리주의자들의 독선을 경계하고, 국민들(씨올과 시민들)이 나라와 역사의 최종 책임자임을 스스로 자각하여 참여적 행동에 나서야 한다. 프랑스 혁명의 깃발에 '자유, 정의, 박애'가 강조되었다면 21세기 깃발엔 '생명, 평화, 정의'가 씌어 있다.

민주주의 3대 원리 중 '국민의 정치'가 온전히 실현되기 전에는 사이비 민주주의 사회가 전개된다는 것을 경험하였기에, 한국 사회는 시민의 정치 참여를 극대화하는 민주화 운동 시대로 접어들었다. 새로운 참여적 민주주의 시민운동의 본질은 민주공화국로서의 국가의 주권과 권위가 국민에게 있고 국민으로부터 나온다는 헌법 제1조에 기초한 '정치민주화'와 헌법 제119조에 기초한 균형 있는 국민경제의 성장, 분배, 안정, 독과점 시장지배권력의 남용 방지, 경제활동 주체간의 공생공영을 핵심정신으로 하는 '경제민주화'의 실현에 있다. 이 이념의 실천을 위하여 정치경제적 법규정만으로 안 되고 그 철학적 당위성과 문명사적 시급성을 각성시키는 장공과 신천옹의 '삶의 영성철학'을 널리 알릴 필요가 있다.

둘째, 한국 개신교 교회지도자들과 신도들의 일대 각성을 특히 촉구하고 있다. 오늘의 한국 기독교를 향한 두 선각자의 진지한 경고는 세 가지로 압축된다. 첫째는 낡아빠진 지난날의 교리

주의, 교권주의, 교파주의, 개교회중심주의, 물량숭배적 기독교
에서 벗어나서 새롭게 환골탈태하라는 것이다. 둘째, 개신교의
발생 배경 자체가 근대 중산계층을 기본으로 했던 태생적 한계
가 있음을 자각하여 다시 갈릴리복음으로 돌아가라는 것과 근대
서구사회를 키워온 '자본주의적 발전 진보논리'가 예수의 원초
적 가르침에 위배됨을 자각하라는 요청이다. 불의한 정치적 경
제적 사회제도에서 축적한 피묻은 재화(財貨)를 그리스도 예수의
보혈로 정화하기 전에 함부로 거룩한 제단에 바치면서 하나님의
축복을 남발하지 말라는 예언자 정신에서의 충고와 가난한 자와
억울하여 눈물 흘리는 자와 소외된 자를 시혜와 동정의 관점에
서 접근하려 말고, 하나님의 형상을 지닌 자녀들로 생각하라는
당부이다.

셋째, 인류 문명이 위기시대 혹은 근본적 가치관의 변화를 촉
구하는 '역사 카이로스'에 임했음을 각성하여 문명가치론을 근
본적으로 새롭게 정립하라고 촉구하신다. 생태학적 영성의 함
양, 과학과 종교와 예술의 화해, 종교 문화 인종의 다양성에 대
한 관용과 협동, 양이 아닌 질 중심적 가치관, 무한 경쟁이 아닌
상생의 삶 철학, 그리고 보다 절제되고 검소한 라이프 스타일 추
구 등을 '지속가능한 문명'과 종교의 생존을 위한 기본 조건으
로서 제시하고 있다.

새해 머리에 국민 여러분께 드리는 글

시시각각으로 어둠 속으로 치닫는 정국을 보다 못해 우리는 한국의 늙은이들의 대표로 자처하면서 온 마음을 모아 탄원합니다.

늙은이가 가진 것은 경험밖에 없습니다. 우리들은 20세기의 첫 해에 나서 이날까지 살아오는 동안 우리는 이씨 조선이 망하는 것도 보았고, 군국 일본이 패망하는 것도 보았고 제3세계 나라들이 군벌의 발호로 고난을 겪고 있는 것도 듣고 있고 핵우산을 펼쳐들고 세계의 모든 약소국을 못살게 하면서 무너져가는 대국가주의를 유지해보려 발버둥치는 미국이나 소련의 음모도 알고 있습니다. 노서지곡이라고 늙은 쥐가 곡식이 어디 있는지 아는 모양으로 비록 제1선에서 일하지는 못해도 우리 역사가 어디로 가야 할지를 분별할 수 있다고 자부합니다. 그러므로 **우리의 유언과도 같은 말을 귀담아 들어주십시오.**

첫째 정부 당국에 해야 할 말이 있습니다. 아무리 봐도 여러분은 잘못 출발했습니다. 그 흔적을 아무리 없애려고 6개 성상을 지나면서 온갖 치장을 했어도 국민은 그때를 절대로 잊지 않습니다. 거기에 군국주의로 나라를 다스릴 수 없다는 것을 전 정권(前 正權)에게서 배우지 못한 것이 큰 잘못입니다. 군인 조직은 상하질서가 주축을 이루고 있기 때문에 자기 명령을 거역하는 자는 하극상으로 처벌해야 하는 것이 그 기본질서입니다. 그런데 이런 것이 군대라는 특수 집단에서는 가능해도 국민 사회를 그렇게 다스릴 수는 없습니다. 당신들도 처음에는 개방정치를 표방했지요. 그런데 **날이 갈수록 꼭 군대 통치 방식만 남지 않았습니까!** 정권 평화 교체를 크게 내세우지만 군인은 전진만을 알도록 훈련돼 왔습니다. 국민이 바라는 정권 교체란 군사정권의 종식을 뜻하지 그 안에서 사람만 바꾸는 것을 뜻하지 않습니다. 설령 여러분이 어떤 방법으로 재집권한다 해도 국민은 더 이상 여러분의 통치를 용납하지 않을 것입니다. 더욱이 여러분이 매일같이 **겉으로는 잔치 마당을 벌이고 뒤로는 그 잔인성을 연속하기 때문에 이 국민에게 분노만 팽창**해가고 있습니다.

지난 해 김근태 씨 **고문 사건**에도 뉘우치지 않고 **성고문**을 자행하더니 급기야 **고문치사**에까지 이르고 말았습니다. 인간으로서의 존엄과 도덕적 양심을 깡그리 잃어버린 것입니다. 사람에게 가혹행위를 할 수 없거니와 고문으로 사람을 죽였다면 **여러분은 지금 여러분이 하나님과 국민, 죽임을 당한 박종철 군 앞에서 지금 무엇을 해야 하겠는지 깊이 생각하고 어떤 결의를 나타내 보여야 합니다.**

국민과 나라가 살아남아야 당신들도 살아남지 국민과 나라가 살지 못하고 당신들이 사는 길은 절대로 없습니다.

학생들에게!

학생들의 몸부림은 우리 민족의 몸부림으로 알기에 우리는 희생되는 여러분의 소식을 들을 적마다 부끄러움이 앞섭니다. 혈기가 이성을 누르는 나이에는 안하무인으로 선생도, 심지어 부모도 없는 듯 스스로 오만하기 쉽습니다. 이런 자세는 이 사회가 명분이야 어떻든 수용하지 않습니다.

폭력에 지친 우리 국민은 폭력을 싫어합니다. 감정이 있는 것이 사람이지만 감정의 불길이 너무 치솟으면 도리어 도둑을 부르게 됩니다. **현재는 힘의 철학을 믿는 낡아빠진 대국가주의가 스스로 망하느라 마지막 몸부림을 치는 때**인데 여러분은 새 시대의 주인이어야 하기 때문에 끝까지 지성인답게 행동해야 합니다. 여러분의 행동의 옳고 그름은 국민이 얼마나 호응하느냐에서 반응합니다. 심한 표현으로 국민을 잃고 민주화를 달성할 수 없습니다.

야당 여러분에게!

2·12 선거는 큰 충격이었습니다. 말없는 국민이 얼마나 정확하게 볼 것을 보고 제대로 판단하는가를 백일하에 드러냈습니다. 그런데 날이 갈수록 여러분에 대해 실망하는 걸 아셔요! 이번에 여러분을 대표로 뽑은 것은 권력을 누리라는 게 아니라, 오래 뺏긴 권리 되찾아달라는 것입니다. **그러니 모두 감옥 생각하지 않고 그 대임을 영광으로 알고 나섰다면 큰 잘못입니다.** 그 자리에 연연해서는 아무것도 못해요. 지금이 어느 때인데 계파니 자리다툼, 심지어는 분파 운동이 있는 소리가 들리는데 그러고도 국민의 심판에 견딜 줄 아나요. 여러분께 건 기대에 배신당하면 국민의 마음은 역전하여 여러분을 적으로 삼으리라는 것을 경고합니다. **여러분은 주권재민의 민주화를 이룩할 큰 책임이 있습니다.** 민중 생존권을 확립하고 자주 국가로 나아가는 길에 서야 하는 큰 사명이 있습니다.

군인들에게!

나라의 울타리인 군인들! 그대들은 민족 전체를 위해 도둑이 못 들어오게 하는 것이 사명이지 결코 안에서 부귀영화를 누리

자는 것이 아닙니다. 당신들이 분명히 할 일이 있어! 무자(武字)의 뜻은 무기(武)를 멈추게(止) 하자는 것입니다. 쓰지 말라는 것이 무기지 결코 쓰자는 무기가 아닙니다. 여러분만큼 나라를 위해 수고하는 이들이 어디 또 있습니까. 그런데 **정치권력에 눈이 어두운 극소수의 군인들** 때문에 여러분 전체가 국민의 불신을 사는 것은 그대로 보고 있을 수만 없는 일입니다. 그러므로 **튼튼한 전선을 위해서도 정치에 맛을 들인 군인은 다시 등장하지 말도록 여러분이 함께 단결**해야 할 것입니다.

근로자와 기업주에게!

여러분은 우리를 먹여살리는 생산의 주체입니다. 그러나 경영주 없이는 그 일이 불가능합니다. 그러므로 여러분은 기업주와 공생(共生)운동에 앞장서야 합니다. 여러분과 기업주가 함께 만들어내는 재산은 절대로 어느 개인이나 족벌의 것일 수 없습니다. 그러므로 **그것에서 생기는 재산이 어떻게 분배되어 의롭게 쓸 수 있도록 여러분이 깊이 간여하는 것은 권리이며 의무**입니다. 이 정당한 권리를 방해하는 어떤 세력도 국민들과 함께 배격해야 할 것입니다. 기업주들도 이러한 본뜻을 받아들여야 합니다. 개인의 것이라는 생각이나 오히려 내가 은혜를 베풀고 있다는 전근대적인 착각을 버리기 바랍니다. 함께 살아가는 사회건설을 위

하여 한 역할을 담당할 뿐이라는 겸허하고 가난한 마음을 가져
야 합니다.

국민(씨알) 여러분!

우리는 이 이상 상전 모시는 종의 시대에 살지 맙시다. 그러
므로 나라의 주인으로서 제 임무를 다해야 할 것입니다. 우리는
교묘한 '프락치' 정책으로 '정보국화(化)'하며 국민 운동을 통제
하는 경찰을 '전투' 경찰이라고 이름한 데서 보듯이 **국민을 전투
의 대상으로 아는 이 정부의 횡포를** 용인해서는 안 됩니다. **악의
뿌리가 문제입니다. 엉겅퀴에서 포도는 못 땁니다.** 자유는 정의를
내포하며 질서는 자유와 정의를 전제합니다. 그러기에 국민 여
러분밖에 이 나라를 바로잡을 힘 가진 자가 없습니다. **여러분의
힘이 곧 우리의 힘이요, 그것을 바로 쓰는 데 우리 민족의 운명이
달려 있습니다.**

1987년 1월 19일

김재준, 함석헌

연도	주요 사항
1901.9.26	함북 경흥군 상하면 오봉동 창꼴마을에서 김호병 씨와 채성녀 씨의 2남 4녀 중 둘째아들로 태어남
1905~1910	서당 훈장이셨던 부친으로부터 『천자문』, 『통감』, 『대학』, 『중용』, 『논어』, 『맹자』 등을 읽고 몸에 익히면서 가풍을 따라 유교의 세계에서 소년 시기를 자람
1910~1915	9살 때에 경원 향동소학교 3학년에 편입, 고건원보통학교를 마치고, 회령 간이농업학교를 졸업(13~16세)
1915~1917	회령 군청 간접세과 고원으로 취업
1917	18세 때 장석연 씨의 맏딸 장분여와 결혼. 이후 일생 해로하면서 3남 3녀를 낳고 기름
1917~1920	회령 군청에서 웅기 금융조합 직원으로 전직. 웅기에서 만주, 시베리아로 망명하는 애국 지사들을 수시로 보며 가냘픈 민족 의식이 싹트기 시작
1920	웅상 출신 청년 전도사로 서울 남대문교회 송창근 전도사의 방문을 받고, 나라와 교회를 생각하고 뜻을 품음. 웅기금융조합 사직하고 서울로 유학을 떠남
1920~1923	중동학교 고등과에 편입. 서울 YMCA 영어 전수과에서 영어 공부를 시작하고, 이상재·윤치호·신흥우 등의 강연을 듣고 신문화 흡수에 전력함. 톨스토이와 성 프란시스 전기 등을 탐독하고 청빈 사상에 큰 영향을 받음

연도	주요 사항

1924	승동교회에서 열린 장로교 연합 사경부흥회 때, 김익두 목사의 설교를 듣고 믿기로 결심하고 회심을 경험함. 믿은 지 3년 후 승동교회 김영구 목사로부터 세례를 받음
1924~1926	함북 경흥에 귀향하여 용현소학교, 귀낙동소학교, 신아산소학교에서 교사로서 어린 학생들을 가르침
1926~1928	일본 아오야마 학원 신학부에서 고학하면서 자유로운 학풍에서 신학 공부. 1928년 아오야마 학원 신학부 졸업. 기독교 사상과 신앙을 주축으로 한 교육 사업에 일생을 바칠 것을 설계함. 졸업반 때 귀향하여 두만강 유역 교회를 순방 강연함
1928. 9~1932. 5	미국에 유학함. 1928년 9월 미국 프린스턴 신학교에 입학하여 1년간 수업하고, 1929년 9월 미국 웨스턴 신학교에 편입학. 같은 학교에서 1932년 5월 신학사(S.T.B), 1932년 5월 신학석사(S.T.M) 학위를 받음. 미국 경제 공황에 직면하여 귀국함. 미국 유학 시절 송창근, 한경직과 특별한 신앙 동지로서의 우의를 굳건히 함
1933. 4~1936. 4	귀국 후 평양에서 3년을 지냄. 1933년 4월 숭인상업학교 교유에 취임하고, 평양 산정현교회 집사직으로 봉사하다가 1933년 8월 평양노회에서 강도사(講道師) 인허를 받음. 1936년 4월 신사 참배 문제와 민족 교육 금지 문제로 숭인상업학교 교유직을 사임함. 이 무렵 순교자 열전 연구에 몰두함. 평양 3년 머무는 기간 동안 송창근, 한경직, 김재준 등 젊은 소장 학자들은 평양신학교 신학 연구지 『신학지남』에 기고자로 관계를 맺게 되고, 유형기 박사의 '단권 성경 주석' 번역자로서 필화 사건에 연루 되어 세 사람 연서로 성명서를 냄
1936. 8~1939. 9	간도 용정 은진중학교에 봉직하면서 3년을 간도에서 청년 교육에 힘씀. 1936년 8월, 은진중학교 교유에 취임. 1937년 동만노회에서 목사 안수받음. 1937년 5월부터 1938년 2월까지 월간 『십자

연도	주요 사항

군』을 발간함

1939. 9   조선예수교장로회 27차 총회에서 신사 참배를 가결하고, 평양신학교가 폐쇄됨

1939. 9~1940. 2   서울 승동교회 김대현 장로의 정재를 기반으로, 조선신학원 설립 기성회가 발족.(김대현, 송창근, 김영주, 차재명 중심) 설립 사무 실무 책임자로 김재준 목사가 간도 은진중학을 사임하고 설립 사무를 전담하여 추진

1940. 3   조선신학원이 경기도 도지사 인가로서 승동교회에서 개교. 설립자 겸 원장에 김대현 장로, 이사장에 함태영 목사, 교수로서 윤인구, 김재준 임명

1941~1944   일제 말기 조선신학원 끝까지 지킴. 일제에 의한 관제 '조선 혁신교단' 시절(1942)과 조선신학원과 감신의 '합동 강의' 기간 동안에도 조선신학교 교장으로서(1943~46) 학교를 지킴

1945   해방의 기쁨과 함께 8월에 「기독교 건국 이념」 집필 발표. 9월에 천리교 본부 건물을 미 군정청으로부터 인수 불하받아 동자동 교사 시대 교수로 일함. 12월에 경동교를 설립함

1946. 3   송창근 박사가 제4대 조선신학교 교장으로 취임하고, 김재준은 한경직과 함께 교수가 됨. 6월 장로교 남부 총회에 의해 총회 직영 신학교로 지정

1950. 1   『십자군』을 속간하여 1951년 8월까지 속간 30호 발간함

1950~1951   6·25 동란으로 같은 해 8월 송창근 학장 북으로 피랍. 1951년 3월 부산 피난 전시 대학 개강. 부산 항서교회당 및 남부민동 임시 천막 교사에서 수업. 1951년 4월 학교명을 한국신학대학으로 변경, 김재준 목사 학장 서리에 취임

1953   장로교가 보수적 교권주의자들에 의해 분열. 장로회 37회 대구 총회에서 김재준 목사직 파면 선언, 한국신학대학 총회 인준 취소,

연도	주요 사항
	한신 출신 교회 취임 거부, 이미 위임된 한신 출신 목사들의 노회 재심 등을 불법적으로 결의. 대구 37차 총회의 불법성에 저항하여, 같은 해 6월 서울 동자동 한국신학대학 강당에서 장로회 38회 호헌총회를 개최. 기독교장로회 탄생
1953~1957	서울 환도 후 동자동 교사에서 학장 서리 겸 교수로서 봉직
1958~1959	1957년 12월, 수유리 한국신학대학 새 캠퍼스로 입주. 김재준 목사 제6대 학장으로 취임. 캐나다 연합교회 초청으로 순회 답방 (1958. 8~1959. 9)
1959. 5	벤쿠버에 소재한 브리티시 콜럼비아 주립대학교 유니온 칼리지에서 명예신학박사 수여받음
1961	5·16 혁명으로 군사 정권에 의해 60세 정년제 강행으로 동년 9월 한국신학대학 학장직 및 교수직에서 강제 퇴임. 쌍문동 국민주택으로 이주함
1961. 8	한국신문윤리위원회 위원이 됨
1965. 4	한국신학대학 명예학장으로 추대됨. 9월에 기독교장로회 총회 총회장으로 추대됨. 한신학원 제7대 이사장으로 피선(1966. 9~1970. 9)
1965	한·일 굴욕 외교 반대 국민 운동을 한경직 목사와 주도하여 영락교회에서 대중 강연. 교회의 대사회 참여 운동 시작
1970. 9	월간지 『제3일』 창간. 박형규, 현영학, 서광선, 이문영, 문익환, 문동환, 이우정 등이 동인으로 참여
1972	국제엠네스티 한국위원장이 됨. 12월에 유신헌법이 발포됨
1973	삼선개헌반대범국민투쟁위원장으로 추대됨. 민주수호국민협의회 공동의장(김재준, 함석헌, 천관우, 지학순, 이병린)
1974. 3	캐나다로 출국. 11월에 북미주 '한국민주회복통일촉진국민회의' 의장직 수임(2회 연임)

연도	주요 사항
1974. 10	캐나다에서 『제3일』 속간. 1981년 6월호까지 속간 60호 발간
1975	북미주한국인권수호협의회 명예회장으로 추대됨
1983. 9	귀국
1983~1985	전국 국토 순례. '재야 원로 모임'에 참여하여 민주화 운동과 평화 통일 운동을 지속함
1987. 1	고문으로 살해당한 고 박종철 군 국민추도회 발기인이 됨. 함석헌과 함께 「새해 머리에 국민에게 드리는 글」을 유언으로 남김
1987. 1. 27	서울 한양대학교 부속병원에서 87세로 별세